《年度散文50篇》系列精选
自然天地篇

向荒野

梁衡 刘亮程 李青松 等 著
陈建功 主编

北京时代华文书局

图书在版编目（CIP）数据

向荒野 / 梁衡等著 ; 陈建功主编 . -- 北京 : 北京时代华文书局 , 2024.9
ISBN 978-7-5699-5472-2

Ⅰ . ①向… Ⅱ . ①梁… ②陈… Ⅲ . ①散文集－中国－当代 Ⅳ . ① I267

中国国家版本馆 CIP 数据核字 (2024) 第 075861 号

XIANG HUANGYE

出 版 人：陈　涛
项目策划：张洪波　余　玲
项目统筹：余　玲
特约编辑：胡　家
责任编辑：樊艳清
执行编辑：耿嫒嫒　王凤屏
装帧设计：po
内文排版：迟　稳
营销编辑：梁　希
责任印制：刘　银

出版发行：北京时代华文书局 http://www.bjsdsj.com.cn
　　　　　北京市东城区安定门外大街 138 号皇城国际大厦 A 座 8 层
　　　　　邮编： 100011　电话： 010-64263661　64261528
印　　刷：北京盛通印刷股份有限公司
开　　本：787 mm×1092 mm　1/32　　　成品尺寸：130 mm×188 mm
印　　张：11.25　　　　　　　　　　　字　　数：224 千字
版　　次：2024 年 9 月第 1 版　　　　　印　　次：2024 年 9 月第 1 次印刷
定　　价：49.80 元

版权所有，侵权必究
本书如有印刷、装订等质量问题，本社负责调换，电话：010-64267955。

目录

瀑布声里,有命运在大笑	1
那些凝视我的野兽	11
向荒野	23
河流	43
四季相伴	51
七棵树	63
中国人的浪漫	73
秦岭抱南北	81
野水的季节	95
大白鹅的冬天	109
河流的几种形式	123
寻找缝补地球的"金钉子"	139
秘密生涯	151
梦回塞上	173
离家的猫头鹰	189
万鸟岭上	201
河流之上	221
若隐若现	237
黑乌鸦,白乌鸦	249
郁蒿树	267

在那百花盛开的草原上	279
失散的鱼会重逢	289
得耳布尔	301
大漠行歌	313
在普者黑看见一匹马	327
微尘大地	339

瀑布声里，有命运在大笑

卞毓方

学者，作家。先后毕业于北京大学东语系日语专业、中国社会科学院研究生院国际新闻专业。五十从文。有《长歌当啸》《千山独行》《寻找大师》《日本人的"真面目"》《天马行地》等作品。

一

水往低处流，这是水的天性。

伊瓜苏河正是得其所哉！它滥觞于巴西东南部的高原，迢迢 1300 公里的西征，由海拔 900 米下流到海拔 100 米，犹如从迪拜塔尖顶下滑到一层大厅，如此悬殊的落差，端的像"黄河之水天上来"。当然有障碍，有曲折，但是阻不住它夺路嚣嚣、争流瓬瓬。人说速度就是金钱，对于伊瓜苏河来说，速度就是凛凛威风，就是万有引力，它沿途招降了大大小小三十条河流，劫掠了如恒河沙数的赤土，凭高俯瞰，水赭红如血，在四野绿如地毯、浓似碧云的亚热带密林烘托下，红得剽悍！红得莽烈！

更近乎壮烈！到了下游，伊瓜苏河口这一带，河床毫无征兆地突然塌陷，凹下去，不是两丈三丈，而是一落就是几十丈。扔进一座十多二十层的大楼，恐怕也填它不平。那水千山万壑奔涌而来，正自摧枯拉朽，不可一世，忽临如削之壁、莫测之渊，进无可进，退无可退，但见它张发裂眦，奋爪朝未知扑去——在绝壁上扯出悬河注壑的水幕，学名瀑布。

我坐在直升机左侧的舷窗边，俯窥地面的河与瀑。恍若一条巨大的赤龙在向深壑喷水，搅得浑洪殷怒，鼓若山腾。那壑呈倒 U 状，又被称为马蹄形。我的天，除了天马，谁的脚印有这么大？

雄踞于"马蹄"顶端的，也是块量最大、气势最雄的那挂飞帘，是当之无愧的"瀑王"，当地人却把它叫作"魔鬼的咽喉"。

称谓这么吓人，想必烙印着某种可怕的记忆。

初次惊艳伊瓜苏瀑布，是在王家卫导演的《春光乍泄》；继而，是在迈克尔·曼导演的《迈阿密风云》。曾经到过牙买加、墨西哥的我，潜意识里总认为它是遥不可及的存在。直到此刻，才确认伊瓜苏瀑布就在脚下。

"瀑布，是水的舍生取义。"弟弟说。他靠着右窗，把头转向我。

"莫如说脱胎换骨。"我讲。

"我大学学的是海洋地质，赞同余光中先生的观点，瀑布的一生是一场慢性的自杀。"弟弟事先做过功课。

"余先生是就生命的本质而言，在这个意义上，天下生命莫不是慢性的自杀。而就伊瓜苏河而言，经此一番粉身碎骨的洗礼，焕然一新，汇入前方巴拉那河，与之携手共赴大西洋——我觉得更像是一场浪漫的婚礼。"

"哈哈，科学和文学，是住在两个房间里的。"弟弟忙着揿动相机的按钮。

直升机降低，再降低，低到群瀑的轰鸣声声入耳。

"你听，瀑布在怒吼。"前排有人用英文说。

不，是欢呼——瀑布声里，有命运在大笑。

二

伊瓜苏瀑布一手挽着三国国境——站在"马蹄"的顶端看，左岸，巴西；右岸，阿根廷；前方，巴拉圭。一壑瀑布旺发了三国的风水。

我们下榻巴西的国家公园，首游"天上"，次览"人间"。举目远眺，伊瓜苏三分之二的瀑布集中在对岸阿根廷，观瀑的最佳平台却在巴西这边。

"你们同济大学有风景园林专业，"小詹转向弟弟，"借用园林设计的术语，这就叫借景。"他是从里约同机而来的旅伴，温州人，在巴西经商。

"你们注意看瀑布，"弟弟招呼，"眼睛盯一会儿，再回头看身后的景物，你会觉得一切都在向上飞升，有一种梦幻的感觉，这就叫'瀑布效应'。"

"瀑布效应"常见于股市分析，高深莫测，向来隔膜得很。这当口，我寻了对岸那挂最高的瀑布，使劲盯着瞧，然后转身，瞄向不远处的一片丛林，那些树呀花呀草呀果然就像平步登仙，扶摇直上。这是一种错觉，涉及视神经的复杂反应。

"地质学是怎么描述瀑布的？"我问。

"就两个字，'跌水'。"弟弟答。

"跌水？太俗！应该叫跌河，起码也是跌溪。瀑布是直立的川流不息。"

"水包括了河与溪，科学不是文学，讲的是根本属性。"

"昨晚听了半夜瀑布的轰鸣，"我转移话题，"它一定是在与天地对话。然而，芸芸过客，有几人听得懂它的真言呢？我想把它录下来，带回去仔细辨听。"

"用不着录，"小詹摆手，"我店里有现成的产品，世界三大瀑布伊瓜苏、尼亚加拉、维多利亚的天籁之音都有。"

"太好了！我只要伊瓜苏的。"

"伊瓜苏是当地印第安语，意为'伟大的水'。"弟弟解释。

"当地有个传说，"小詹接过话头，"古时候，有位神仙看上村里一位美丽的少女，要娶她为妻。但少女已经有了心上人，她毅然和情郎乘独木舟逃跑。神仙大怒，将伊瓜苏河拦腰截断，企图让这对恋人陷入灭顶之灾。"

"这传说和牛郎织女如出一辙，"弟弟归纳，"中国是王母娘娘棒打鸳鸯，拔簪一划，在牛郎和织女之间隔出一条银河。"

"中国的牛郎织女亏得喜鹊搭桥，年年七夕相会，伊瓜苏的这对情人呢？"我问。

"好像没有下文，传说只强调这河是怎么断的。"小詹答。

"伊瓜苏既然是'伟大的水'，"我说，"那对恋人必然也像这伊瓜苏河的水，飞舟如箭，穿越滚滚劫波，拥抱海阔天高的未来。"

巴方的观景台依水而建，水面恰好有一条大鱼凌空跃起，仿佛是对我观点的呼应。

"可能是上游冲下来的,鱼喜欢逆流而上,也许它想重返故乡。"小詹迎着彩虹,眯起了眼睛。

那虹斜挂在瀑布的上方,居然有弯弯的两弧,这是阳光和水汽的联袂表演。今日天晴,却有人打伞,瀑布惊涛蒸腾起漫空的水雾,不是细雨,胜似细雨。

"可惜李白没有来过,否则,他会写出比《望庐山瀑布》更美的诗句。"弟弟感慨。

不一定的哦,我想。庐山瀑布和伊瓜苏瀑布相比,绝对是小巫见大巫,但庐山有幸,它把李白的才华激发到极致,到顶了,再也没有了。想象李白即使来到了伊瓜苏,除了"飞流直下三千尺,疑是银河落九天",还能写出什么更高级别的比喻呢?

三

午后,过境到阿根廷。巴西方面,栈道是修在水边的,观瀑,从下向上看。

阿根廷方面,栈桥是修在崖顶,观瀑,从上往下看。

在巴方纵目,瀑布赫然分作上下两挂,大水自绝壁倾泻而下,半道撞上突兀的崖棚,摔个虎啸龙吼,电闪雷鸣,旋即触石反弹,来不及整顿盔甲,就势扑向深渊。

在阿方四望,伊瓜苏河水面辽阔,宽约4公里,因为在断崖前，遭遇无数危岩丛莽的阻挡，所以它倾扑之际，水波自然分途，泻出的瀑布，一眼看不到头，多达275挂。

站在栈桥上欣赏瀑布，恍若欣赏百米高台跳水。上游，是澎澎湃湃、浩浩汤汤的波涛，临近嵯岩峭壁，流速加快，愈来愈快，算是助跑吧。到了崖顶，也是跳台的尽头，它没有高高跃起——水不像人，腾跳不起来，而是决绝地、义无反顾地扑向前方，百分之百的自由落体。也非完全自由，前面有先锋部队牵着拽着，后面有大队人马推着挤着，当是之时，跳也得跳，不跳也得跳。如此说来，可看作水的集体跌落。啊不，还是说跳来得确切。跌，呈现被动；跳，包含主动。瀑之为瀑，源自水的集体跳崖，那一纵，是破釜沉舟，那一落，是绝处逢生；生命的豪赌就是从绝望里赢得希望。水之为水，亦源自瀑的形象代言，天下之至柔，驰骋天下之至坚，举凡前进路上的任何阻碍，终将为其夷平。

远远地，从下游驶来一艘大型橡皮艇，游客人人穿着雨衣，但见船夫在礁石、漩涡间做大幅回旋，游客过足了冲浪的瘾。然后，拨正船头，驶近上游阿方的瀑布群，停止不动。他是要干啥？是供游客拍照吗？说时迟，那时快，橡皮艇一个发动，猛地冲进了瀑布。正惊骇间，它已退了出来，眨眼，又冲了进去，如此反反复复，搅得腾波触天，高浪溅日，游客锐声大叫。

这项目惊险而又刺激，游客的叫声未尝不是一种发自丹田的音瀑，半为惶恐，半为喜悦。

禁不住跃跃欲试，千里万里飞来，这挑战不容错过——

对我来说，登上冲瀑的小艇，就是登上伊瓜苏的制高点。

可叹的是：转眼白了少年头；可喜的是：少年青丝并未云散，仍在心头猎猎如旌。

在崖顶之外，阿方另辟了一条贴近谷底的游览路线。弟弟和小詹沿坡道而下，前去探索那些飞练垂帛后的隐秘洞穴。我听弟弟说过，黄果树瀑布就掩藏着天然的大溶洞，长达四五十丈，86版《西游记》的水帘洞就是在那儿取的景。

伫立桥头，虽然跟瀑布保持一定的社交距离，犹能感受到它喷珠溅玉的热情洋溢。心弦一颤，禁不住想起了我的大老乡、别号射阳山人的吴承恩。此公祖籍淮安，一辈子围着东部沿海转悠，撰写《西游记》的大神，足履竟未曾敲叩西土，不愧是大天才，但也是大遗憾。倘若他曾先我而来，先我而探赜索隐于伊瓜苏之瀑，其笔下的花果山水帘洞，气象定然更加峥嵘——兴许这个星球上最炫最酷的瀑布符号，就此落户中土！

不恨大神吾不见，恨大神未见吾脚下的伊瓜苏。

见闻绝对有助于拓开心瀑。

心瀑才是灵感的源泉，自有"飞流直下三千尺"。

选自《解放日报》2022年1月6日第11版

那些凝视我的野兽

玄武

1989年开始写作。作品见于《十月》《花城》《今天》《人民文学》《诗刊》等刊物。著有《物书》《种花去》《更多事物沉默》等十余种。

鸟类的语言非常古老,而且,就像其他古老的说话方式一样,也非常隐晦。言辞不多,却意味深长。

——

吉尔伯特·怀特

一个人能观察落叶、羞花,从细微处欣赏一切,生活就不能把他怎么样。

——

毛姆

壹

一只喜鹊,飞来偷吃院里晾晒的核桃。出门正好看见它叼着一个核桃,斜斜地飞走了。它去找空旷有石头的地方,从空中抛下去,啄食摔开的核桃。

不到十分钟,又来一只,眼睁睁看它落下叼起一个核桃就飞走。它在地面几乎没有停顿,看上去是蓄谋已久,等待多时,瞅准机会,落地、起飞,叼哪一个核桃,向哪一个方向飞,行云流水，一气呵成，流畅之极。

这才想起，窗台上放着的砸开的核桃有七八个，没来得及吃，全都不见了。

计明说，你赶紧收了，装袋里，要不一会儿工夫，喜鹊就叼得不剩几个了。

把晾晒的核桃装袋收到房间。听见一只喜鹊喳喳地叫。透过门帘看到，一只喜鹊落在原本晾晒核桃的墙头上。它大概在纳闷，发牢骚：刚才好多好吃的啊，怎么一下子啥都没了？

我就说一编织袋核桃，早晨一看怎么就少了那么多。这些个厮，至少叼走了七八十个核桃。

贰

獾子糟害过的玉米地，一片狼藉。晚上刚八点多，一个农民不放心，扛着铁锹去自家地边看，听到獾子掰倒玉米的咔嚓咔嚓声，冲进去把它赶跑了。

但不管用。我们过去时，分明看到一只獾子在玉米地里钻。很肥的一只，比中型犬大，腿短，几乎贴着地，贴着玉米根钻来钻去。有一阵子它还停住，挑衅一般朝我们的方向看，距离不过二十米左右。

这地就在坡下，几乎算是在村里面。獾子已经不怎么惧人了。

有个老汉，每天晚上搬铺盖住在地边路上，看守他的玉米，不让獾子作践。那晚刮大风，又有要下雨的意思，我看见了劝老汉，说天凉，你这把老骨头可受不住啊。老汉听劝，回去了。第二天听村里人议论，他们听老汉说是我劝他回去，他听了，结果当晚獾子进了地，一番折腾，毁了不少玉米。唉，我很是有负罪感。我又不能帮他抓住獾子那东西啊。据说是一大家子，四五只或者七八只、十来只，大的有三十斤，其中一只是三条腿。

老头岁数大了，他指望这点玉米过活呢。只要不下雨，晚上就搬来铺盖躺玉米地边路上，地里还拉着太阳能灯吓獾子，又在地里拴了狗。为收这点玉米，耕作不说，光晚上看玉米就快一个月了。但是没用啊，打个盹獾子就进去了。

獾子是这里的祸害。农民苦于其害，却是无法。太多了。一只獾子，每晚能糟害一百棵玉米。一般来就是两只，那么二百棵玉米一夜就没有了。还经常带家小，三只，四只……

有农民在地里不时地放炮来吓走獾子。但你不能一整晚放炮吧。玉米还是没有了。

村主任家的玉米，年年被獾子作践得长不成。他说，今年那块地没种玉米。"我不种了还不行吗？让它吃！"他气狠狠地说。

这个季节，玉米还没有成熟，这几天却正是獾子大量出现的时候。它们就喜欢吃这种一咬一泡水的嫩玉米。站起来，咔嚓一下掰倒，上去啃两口，扔掉，再一棵。它们边吃边玩，或者是挑剔，从中挑合口味的、好吃的。如果放任不管，一两亩玉米，三四个晚上基本就全部完蛋了。

玉米长得也不行，即便獾子不祸害也收不了多少。旱地，结穗时天旱无雨，有雨也只是过路雨湿个地皮，误了农时，之后再下雨也是于事无补了。今年这个村，玉米、谷子、黍子，大抵都是这个状况。有些地我看是基本没有收成，玉米至今仍是小柴火般，谷穗是扁的，白白浪费了种子、化肥。

这地方说獾子有三种，狗獾、猪獾和人獾。最后一种听起来瘆人。又说狗獾若死了，狗是不吃的。不知是何道理。

叁

遇石鸡。

石鸡，与野鸡品种不同，同属于雉科。体重450至580克，雌雄区别不大。叫声嘎嘎，有方言称作嘎嘎鸡。百姓谚语："石鸡石鸡十两肉。"

幼时捉过小石鸡，在山沟里追上，扑住，双手合拢捧回去，开心自己有了一只鸟。养着，总是长不大。后来下学慌张，一脚跳进门槛踩死了。自己气得要爆炸。也时常奔跑时踩死院里老母鸡带的小鸡仔，也觉得可惜，但从来不生气。生气是大人的事。

死了小石鸡，体会到大人的生气。我觉得当时大人们好像挺满意。他们大概想：瞅瞅，让你不小心，这下你自己感受到了吧。

一直以为，小时捉过养过的是野鸡，原来一直错了。它是石鸡，老家方言叫"野鸡娃"。

雉科动物，算是本领大的，能飞，短距离飞行爆发力强，飞得迅疾。石鸡是飞一下就歇，常见是从山坡上向对面坡下方飞。稍远距离飞行，石鸡应该不及野鸡。遇到过一种叫红腹锦鸡的雄野鸡，在头顶的山谷之上翩跹飞过，目测距离有五六十米高。阳光照得它的华羽闪闪发光，它傲娇得像个小神仙。

雉科动物善于奔跑藏匿，奔跑起来，速度和灵活性不亚于野兔，比野兔强的一点是它上下坡都不减速，野兔下坡不行，会翻跟斗。

雉科动物知道很多好吃的，冬虫夏草、灵芝之类。野兔大概也知道，但是野兔能抵达的范围远不及雉科动物广阔。雉科动物能干掉许多毒虫，蝎子、蜈蚣之类，于它是美食，是辣条。

雉科动物只是没有进化出游泳的能力。野兔是可以游的，游得很好，几乎是在深水里奔跑，是陆地奔跑的速度。登岸，速度不减，一跃一伏不见了。

肆

查了几个月,才弄清楚,中国现存所有品种的野兔都是旷兔,都不会打洞,也不钻洞藏匿。

人类从未驯化过任一品种的旷兔。旷兔人工养殖,会患佝偻病,也无法繁殖。旷兔与家兔是两个不同物种,染色体差两对,不能繁殖。

人类驯养的家兔只有穴兔,会打洞。全世界的家兔,都由野生穴兔驯化而来。野生穴兔原产于葡萄牙和西班牙,现为摩洛哥国兽,已是濒危物种。

野生穴兔群居,野外打架很凶,时常有打死一个的情况。野生穴兔的首领具有无上交配权,妻妾成群,基本是看上哪个算哪个。其他地位低的兔子实施一夫一妻制。有个老外研究兔子,写了一册书叫《野兔的私生活》。

中土既然古无穴兔,但《战国策》里为何有"狡兔三窟"的提法?或许是穴兔曾有,后来因某种原因灭绝?

几千年历史乃至目前,中国没有野生穴兔。中国和亚洲各地,没有穴兔的化石,可证中国古代没有野生穴兔。现存九种野兔,都不会打洞。

穴兔自古丝绸之路而来。中国古代也没有原生白兔,野生雪兔(也是旷兔)只有冬天变白,为保护色,但眼睛不是红色。

中国驯化兔子也晚。以前仅限于宫廷笼养穴兔。民间养殖穴兔，要到元明才普及。

国内的野兔，在隐秘的草窠里生小兔崽子。它的生育能力和豆角差不多，不同的是比豆角时间长。从一月份到九月份，它一窝一窝生个不停。和家兔不同，野兔生下来就长着毛，就能跑能跳。古人说处暑后腐草化萤，腐烂的草变成萤火虫，我则相信野兔是土坷垃变成的。扔出一块土坷垃，它一边滚动一边变成蹦蹦跳跳的兔子。只要有草，有土，甚至有坟，就会有野兔。

兔子和月亮弄到一起，是风马牛不相及之事。以讹传讹的事太多了，历史时常都是以讹传讹的结果，各历史时期的避讳，致使文字所载远远背离真实，甚或走向反面。奥维尔说："过去的被抹掉，抹掉的又被遗忘，于是，谎言变成了事实。"由此来看，真正的文学作品的意义和价值、真实性，大于历史。我逐渐认可小说是民族秘史的说法。当然要是好小说，统称小说的文体不能担负这般荣耀。文学有文学的弊端，比如白俄罗斯作家阿列克谢耶维奇写核事故，她没有办法取得太多真实的资料，只能是故事，是细节。打动人心的一直是故事，是心理真实，而不是数字，不是表面客观准确。

月亮里的白兔，原型与老虎有关。我就此写过一则长文《月亮里的老虎》。屈原提到过菟："厥利维何，而顾菟在腹？"那么多专家一代代考证，坐在精心装修的书房里皓首穷经，论文一篇一篇地发，升博士、博士后，却弄不清顾菟是何物。还有的把顾和菟解作是两种动物。他们这些人，恐怕连一只真实的野兔也没近距离看到过，更别提了解野兔的习性了。几千年了，人们至今还认为野兔会打洞呢。

这是事实，现状和历史的事实。没有穷究事物本性的精神，甚至没有精神。没有实地调查，甚至没有调查。没有真实，一切浮在虚妄和以讹传讹中。即便有实地经验的农民，也不知野兔是不打洞的。偶有个别知道的，也不能传载，其他人且不说，他的子孙也认为野兔会打洞。他们会说："弄清野兔打洞不打洞有个球用？"

是的，没个球用。

农民熟知动物现象，却不细究根源，也缺乏细究的动力和知识来源。比如农民告诉我，獾子在八月份、九月份疯狂出洞，因为爱吃嫩玉米，玉米老了它就不吃了。八月份、九月份是獾子猖獗的季节，的确如此，我今年就遇到过多次，它们几乎不怕人类了。原因却非这样。嫩玉荞子能有那么大诱惑力，让獾子魂不守舍舍生忘死去吃？恐怕不是。能让所有动物舍生忘死大脑一片糨糊的，古今也唯有一件事。

查了许久，果然所料不错。八月九月，是獾子寻偶交配的季节。

月亮里的兔子，原本可能是老虎。上古方言尤其楚方言里，於菟是老虎的意思。《左传·宣公四年》："楚人谓乳谷，谓虎於菟。"兔子和月亮联系到一起，从实际情景考虑，大概有兔子习性的缘故。兔子是典型的夜行动物，昼伏夜出，月出而出，月隐而隐，活动时间从暮晚到凌晨五点钟左右。

伍

夜行山间，雨细密，渐大渐疾，草木上沙沙声变成粗暴的击打声。山谷里数月干涸的河道，此时水流甚急，头灯晃去，浑浊而湍急，那速度、冰凉，有一种近于冷酷的东西。水流像刀一样嗜杀。

有动物的惨叫声，似远又近，风把声音吹得忽焉，疑心是因为它们栖身的巢穴垮塌。我脚下的路面,踩上去还是坚实的，觉不出有凹陷迹象，但终是不踏实。

友人打电话让我快些回来，说雨大，谷里不安全。也就是打电话的当儿，身后嗵的一声响。浑身汗毛直竖起来，回看却无野兽，若有，那么大动静，必是大兽，体重不会低于百斤。

上山寻车，走几步便前后左右看。无物现身。车下山过路面，轮胎碾着被冲落的沙石直打滑，发出咬牙切齿般的响动。再向下，峰回路转，刚才有大响动处，原来是路边的崖，耐不住雨水多日浸泡，站立不住，刹那间崩解。

好在车还过得去。又想快又想慢,小心翼翼通过。涉河道，水比来时深急了几许，水花飞溅到前窗。看到二十米左右有一只兔子，伏在高草中不动。只要不下车，它能一直装作不存在。

车门一开，它必撒腿就跑。

车歇了一会儿，不熄火，就这样突突地抽了一支烟。它一直在那里，间或再伏下去一点儿。这么多天的雨，它就在山野间流离，至今存命，殊为不易啊。它可能也在严密注视我的方向，但看到的只是人类的灯火，未必望得见车上的人。它认为灯火于它无害，直立的兽则是危险。

在这大雨多日不歇之夜，邂逅也算是缘分。就这样注视一阵，离开吧。

出山离代，是 10 月 9 日的事。晋地从北到南，大雨无休止。

选自《文学报》2022 年 1 月 6 日第 11 版

向荒野

苏沧桑

散文名家。在《新华文摘》《人民文学》《十月》等报刊发表文学作品四百余万字,出版散文集《纸上》《遇见树》等多部。获十月文学奖、冰心散文奖、丰子恺散文奖、琦君散文奖、中国故事奖等文学奖项。

要彻底觉察活着的每一天，深刻感受自己所在的这个世界以及身处其中的自己。

———

巡山员蓝迪日志

流沙

那粒沙的位置是：宇宙—拉尼亚凯亚超星系团—室女座超星系团—本星系群—银河系—猎户座旋臂—古尔德带—本地泡—本星际云—奥尔特云—太阳系—地球—北半球—亚欧大陆—亚洲—中国—内蒙古阿拉善—巴丹吉林沙漠—一座无名沙丘。

我的位置是：宇宙—拉尼亚凯亚超星系团—室女座超星系团—本星系群—银河系—猎户座旋臂—古尔德带—本地泡—本星际云—奥尔特云—太阳系—地球—北半球—亚欧大陆—亚洲—中国—内蒙古阿拉善—巴丹吉林沙漠——座无名沙丘。

穹庐般的苍天，罩着无垠的沙漠，它和我被包裹其中，它是一粒沙，我是俯瞰着它的另一粒"沙"。

风将它带到我眼前，一粒沙一定不知道自己是"浩瀚"这个词的组成部分，这一秒，它落在我眼前，下一秒，它会被风扬起，也许会落在另一座沙丘的最顶端，最接近苍穹的位置。再下一秒，它又会落到何处？这些问题对于它没有意义，就像它的存在对于宇宙没有任何意义，除非它有灵魂。它有灵魂吗？如果一粒沙有灵魂，它无比漫长的一生不会只取决于风的方向。

这是我和它的区别。此时，我不听从风，我在与风对抗。

他们在沙丘顶端喊我爬上去，只有我一个人落在最后。沙丘很高很陡，他们说沙丘后面是更浩大的荒野，有更壮丽的景色。巴丹吉林沙漠和中国其他沙漠地貌不同，沙丘格外陡峭险峻，连骆驼都会畏惧，它们汗津津地、气喘吁吁地在之字形的"路"上攀爬，没有路标，只有风干了的发白的驼粪，还有卧倒后再也站不起来的一堆堆白骨。我猫着腰努力攀爬，但爬一步退一步，一站起来就被劲风刮倒，跌坐在沙丘的腰部。我盯着那粒随风逐流的沙，纠结了大概十秒钟，听见风刮过来我苏氏老本家的那句话"此间有什么歇不得处"，于是我干脆将身子歪倒，甩脱鞋子，将脚埋进沙里。吸饱了正午阳光的沙们以干燥的温暖迅速裹住我酸疼的脚踝，我感受到一股来自宇宙深处的能量直抵心窝。

风在我耳边发出雷鸣般连绵不断的巨响，广袤的天地只有蓝和黄两种颜色，极其单调，极其干净，极其宁静，可我知道，这看似静默的世界并非我想象的那样毫无生机。

沙丘下有一汪和蓝天一样蓝的湖水，风推动着一轮一轮波浪，循环往复，时针一样轮回。

一群骆驼如一群蚂蚁在地平线上蜿蜒，几个牧民像更小的蚂蚁跟随其后。

诗人恩克哈达曾看见，沙窝里有兔子或是什么动物的粪蛋，一只小黑虫正匍匐着爬向驼队灰色的帐篷，身后留下一道细纹。小海子里有鱼儿在游戏，屡霭中的芦苇头在水声中凝固，几颗野果在孤独生长，沉默无语。

阳光为每一粒沙裹上金色，风为每一粒沙制造辉煌的眩晕。沙漠，每时每刻向苍天供奉着巨幅流沙画，千千万万条世间最流畅最美的 S 形金色线条，比流水更美，比流云更美。亿万粒渺小的、没有生命的个体组成的博大和灵动，却向天地展现了一种生命哲学：摊开手脚，目空一切，无忧无惧，任意东西。假如有永恒的物质，沙尘算一种吧？它们已粉身碎骨，死无可死。它们不与风对抗，不与世间一切抵抗，不与命运对抗。它们在天地间呈现出来的姿态，像一种死心塌地的、极致的爱情。

在遥远的地方，一些沙会成为摩天大楼的一部分，直抵天空，受着人们的仰望；一些沙会成为沙尘暴，受着人们的嫌恶，怨恨它占据了土地，导致了饥饿和贫穷；有一些雪白的沙或黑色的沙，会成为沙滩的一部分，接受着人们脚底的亲吻；而我眼前的沙，守着永恒的博大和安宁。人类的爱与恨，与它何干？一粒沙，不会告诉你它去过多少地方，藏着多少秘密。一粒沙，不会告诉你它有一千岁还是一万岁。一粒沙看着我时，像一位亘古老人看着一个婴幼儿，一个会转瞬即逝的生命，因此，它的眼神里充满悲悯和慈爱。

我躺下来,看见了天上有一只巨大的"眼睛"——一朵巨大的白云中间,露出了一只蓝色的温柔的眼睛,俯瞰着远处身披阳光的骆驼群正在晚归,照拂着茫茫荒漠上所有的呼吸和心跳。

他在万里之外的荒野深处说:"我怎么能自认为比高山野花还重要,比这里所生长的一切,甚至比终将成为沃土孕育万物的岩石还重要?是因为人有灵魂吗?然而谁能告诉我,灵魂不会寄居在植物和动物体内,甚至溪水和山峰里?"

胡杨

低调的橄榄色,是内蒙古高原最西端、额济纳胡杨林九月底的底色,极致的翠绿和金黄之间的过渡色,令人想起休憩、停顿、戏曲唱段之间的过门。

一大片倒伏在沙地上的枯胡杨,在青灰的天色里,像古希腊残缺的人体雕塑群。一棵巨大的枯胡杨横陈在我脚边,让我想起一尊深藏在欧洲某个教堂幽暗地下室的垂死者雕塑,他被从头到脚覆盖着薄纱,薄纱亦是雕塑家用玉石雕琢而成,与胴体的质感一样,无与伦比的真实,那层薄纱仿佛随着垂死者的呼吸一起一伏。

手不由自主地向它摸上去。被千年风沙捶打过的树皮,和它身下的沙尘一样洁白,和戈壁滩一样粗粝。这个千年不死、千年不倒、千年不朽的神奇树种,关于它的传说总是与凤凰与鲜血紧密相连,它将树身掏空,将根极力扎进沙漠深处,在最干旱的季节用身体里储存的水活命。生物的多样性和神奇总是匪夷所思,对于胡杨树而言,这只是一种本能,它拼尽全力活着,站着,在大地上留下自己和后代,不管有没有所谓的意义,也并不知道,弱水河畔的几十万亩胡杨林,阻止着巴丹吉林沙漠向北扩散。

我在死去的胡杨林间穿行,像在一座城郭之中穿行,生者和死者的幻影在我身旁呼啸而过,还有薄纱下倔强生命最后的喘息声。

一位内蒙古小说家在小说里写道:"是啊,老奶奶把那棵树奉封成了神树了嘛,怎么能随便砍倒呢……我的儿子,你将来应该把所有的树木全部奉封成神树呀!"

在我视线不远的地方,一片橄榄色的、风华正茂的胡杨树静静立在一湖碧水前,它们身后是正在逼近、像要吞没它们的沙丘。树们看起来像是一群母亲,张开双臂护着一湖碧水不被沙丘吞没,像奋力护着身后的孩子一样。

另一个九月,在印度洋的马尔代夫,当地人驾船带我们去一个很远很远的孤岛浮潜。孤岛像一个遗世独立的存在,只有网球场那么大,圆形的白色沙滩像一口小碗悬浮在万顷碧海之中,"碗"外是深蓝色的海水,"碗"里却是淡绿色的海水,游弋着一些鱼虾。沙滩上空无一物——不,突然,我看见一根一尺来长的白色枯树枝静静搁在沙滩上，与阳光将它在沙滩上投下的阴影相伴。是胡杨的枯枝吗？它在大海上漂了多少年来到这里？在此搁了多少年？还会继续搁多少年？

地球之上，苍穹之下，"高级"的我们总有一天会离开，"低级"的它们永远在。

他在万里之外的荒野深处说："就算我人在山里，只要心情不好或心有旁骛，就听不见山的声音，感觉不到山的存在和力量。"

魔域

是什么魔力让两个女人突然放声歌唱？

我抬头寻找鹰的身影时，一座欲倾之城，像崩塌的山体，像海啸的浪墙，向我俯身压来。

断壁，残垣，佛塔，蓝天，阳光，它们从黑水古城废墟的四面八方灌满我们的视线，沙灌满鞋子，风灌满我的红裙和披肩，关于黑城的千年传奇灌满耳朵。

鹰从黑城上空掠过，看见千百年前无数人从阿拉善的历史画轴里穿过，从阿拉善高原曼德拉山岩画的画廊里穿过，他们分属羌、月氏、匈奴、鲜卑、回纥、党项、蒙古等各民族，他们在此狩猎、放牧、战斗、舞蹈、竞技、游乐。如果鹰真能活千年，它会想念一千年前和它一样年轻的西夏城郭黑水城，这条丝绸之路干线上南北交通的交接点，熙熙攘攘穿行着驻军、商人、百姓，它目睹人们用马鞭、弓箭、猎枪、马头琴和长调将繁华喧嚣和波澜壮阔反复书写，也目睹黑水城在权力更替烽火狼烟中灰飞烟灭，成为一座孤城，一片废墟，灌满隔世的荒凉。

鹰见过这片古战场上无数场战争、无数次死亡。沙丘下突然冒出的枯骨，是谁的枕边人？谁的儿子？鹰用利爪掠杀猎物，却不懂人类的自相残杀生灵涂炭到底为了什么。

歌声突然响起。

穿着绿袍的斯日古冷摇晃着头，放声歌唱，她将合十的双手一下一下用力地挤向心窝，像在用力地倾诉、祈祷。风撕扯着她的绿裙和长发，撕扯着她有点沙哑低沉的歌声，歌声犹如脱缰的马，在我们头顶上空驰骋。

我问穿着蓝袍的苏布道歌词大意是什么，她回过头脸红红地笑着说，意思是想念他。

斯日古冷呵呵笑说："对，梦里老是醒来。"

穿红长裙的我唱起"十五的月亮升上了天空，为什么旁边没有云彩……"时，耳边响起了另一句歌词"苦海泛起波浪，在世间难逃避命运……"

我回头见穿粉色衣服的居延女子海霞在我们身后正随着歌声自顾自地手舞足蹈。刚才她跟我说，她有一个喜欢写作的好朋友，现在一个人在胡杨林里牧羊，她很想去看看她。我看着她真挚的眼神说,我也很想去看看她,我还想和她一起放羊。

沙漠上,烈日下,四个女人踩着沙子,走在黑水古城峡谷般的古土墩之间,旁若无人地唱着歌跳着舞,是因为黑城太过死寂,鲜活的人们忍不住想打破它吗?江南女子和蒙古女子原生态的音色反差很大,也许并不美妙,也许各有所妙。鹰从天上看,看到茫茫荒漠中四个艳丽的点,它觉得自己更喜欢大地上动人的生命乐章。

他在万里之外的荒野深处说:"山上没有风,阳光映着白雪射在我们身上,很热很暖。茱蒂脱下毛衣和衬衫,裸体滑雪。好美的裸体。我本来也应该卸下衣物沉浸在晨光里,却选择爬上湖穴丘,让茱蒂一个人在滑雪道上晒太阳。"

野骆驼

我觉得,它的姿态带着点挑衅的味道。

小雨将荒漠唯一的窄小的公路打湿后,公路在傍晚时分云层间泻下的斜线天光里,像一个闪闪发亮的走秀T台。

三只双峰野骆驼从路基下慢慢悠悠地走上公路。它是最健壮的一只,它走到我们车头前,侧身停下,转头亮相,嘴角上扬,然后,像舞蹈演员转身留头一样,优雅地侧转臀部,转过身,点点头,才将脸转了回去,慢慢走下路基,向着荒漠走去。

它带着嘲讽的微笑告诉我说,这个天地是它们的,自始至终是它们的。漫漫丝绸之路上，人类已经用飞机、汽车和火车取代了它们，它们依然没有获得自由，所谓的野骆驼都是放养的，它们也依然认为，这个天地是它们的。它告诉我：因此，我们此番走秀并非示好，而是示威。

我跳下车去追它，我想闻一闻它冲着天空的鼻孔里喷出的高傲气息，摸一摸它结着团的已被小雨淋湿的驼峰上狼狈的毛。它不逃跑，躲闪着，抬起一条前腿，似乎想去掩住鼻子。它说，它讨厌陌生人类的气息，不属于这片土地的气息。

那么，它喜欢它主人的气息吗？它回到牧民家里，会用湿漉漉的嘴唇碰碰主人吗？并告诉主人它们今天去了哪里，遇见了哪些牛羊马兔鹰虫，哦，还有野兽般凶猛的汽车难听的喇叭声，远不如它们的驼铃声动听。

我想起另一个九月，在青海可可西里的公路上，我遇见一只一惊一乍的小藏羚羊。它四肢纤细得像一个影子，离我约五十米，突然狂奔，突然停下，又突然狂奔，放眼四野并没有一个可供它归宿的群体。大概两百米外，一群野驴，有五六只，正在战战兢兢地穿越马路，它们已然看到了汽车，闻到了异类的气味，感受到了某种冒犯。

我站在原地，看到云层伸手可触，不由自主地跳起来去够，听见有人喊：不要跳，不要跑，高反！我才想起，可可西里的长途跋涉中，我完全忘了对高反的担忧。心跳加剧时，血流加快时，我感觉离高原上蓬勃的生命更近，那些羊，那些马，那些驴，那些草，还有那些脸上有两团高原红的人，他们的背影总是微微有点驼，因为沉重的肉身，也因为谦逊的灵魂。

无家可归的小藏羚羊又出现了，我慢慢靠近它，我希望从世界上最纯真的眼眸里，看到最静谧的落日。至今，它依然流浪在我的记忆里。

画家兴安曾送我一幅画，三匹马依偎在月下，从容安详，是我想象中动物们最幸福的模样。那幅画让我相信蓝色星球上仍有另一个世界，一切都敞开着大门，苍穹，荒野，湖泊，河流，如果宇宙有一颗心，也一定不会关门。

他在万里之外的荒野深处说："给自己一次机会，什么都不要做，别在一定时间抵达某个地方，别朝着某一个特定的方向。在这里，你可以随心所欲。这是你的机会，可以迷路、掉进溪里或发现一个美丽的地方。"

鸥

我清晰地看见了一只飞鸟的眼神。它黑色的眼珠如一粒海洋黑珍珠填满整个眼眶，上眼睑是双眼皮，下眼睑有卧蚕，上下都画了半根眼线，像一位妆容特别精致的少女。它全身雪白滚圆，除了脖颈和翅膀尖是时尚的雾霾灰，喙和脚爪是鲜艳的橘红色，这些色彩的搭配，使它看上去像一个在雪地里玩雪的少女，阳光洒满她的笑脸，眸子时时刻刻透着惊喜。

至今不知它的种类，海鸥，或是鸽子。它栖在居延海岸边的一根木桩上，和它众多的同类一起，它们看起来长得一模一样，就像这里所有的沙子长得一模一样、所有的芦苇长得一模一样。在苍天般的阿拉善，天地都简化成简洁的线条、单纯的色彩，构成最朴素却最摄人心魄的意境。

当我异类的气味逼近它的嗅觉，它腾空而起，巨大的白色翅膀掠过我的右额，扬起我的头发，我们彼此的眼睛离得如此之近，我看见它的眼神里没有丝毫恐惧。

也许人类的喂养已成功诱导它们在这片水域停留得更久，甚至将这里当成了永久的家，将人类当成了家人。我想，有一些动物其实是通人性的，就像我养的斗鱼，它把自己藏进水草，每天早晨当我靠近鱼缸，它会兴奋地从水草里钻出来，摆动着粉红色的透明的圆形鱼尾，迅速往水面游，拍动着鱼鳍鱼尾，翘首以待。我打开鱼食袋子，舀出十来粒鱼食。我无法理解隔着水和一尺远的距离，它是如何知道来的是我，我是来喂食的，而不是偶尔路过它的笑眯眯的阿姨，或来觊觎它的什么，比如猫小野和猫银河。

鸟们拍动着翅膀腾空而起，落到芦苇丛上，也落到水汽弥漫的居延海水面上，它们落的时候并不轻盈，重重的，沉沉的，仿佛水下有巨大的引力。它们浮在湖面上时，看起来圆圆的，笨笨的，萌萌的，像我老家玉环岛漩门湾滩涂上珍贵的遗鸥，如果它们都不怕人，多好。

匈奴语中"幽隐之地"的居延，茫茫戈壁、草原和沙漠延绵不尽。祁连山雪水孕育了众多河流，其中的弱水（额济纳河）自南向北而至居延，形成了居延海等众多湖泊，水草丰美，碧波万顷，也孕育了两千多年璀璨的居延文明。这里曾经响起过的金戈铁马之声，响起过的"大漠孤烟直，长河落日圆"的吟诵，早已被漫漫风沙和声声鸟鸣淹没。遗鸥、野鸭、黑鹳、疣鼻天鹅、白琵鹭、凤头麦鸡、黑鸢、鹗、蓑羽鹤、卷羽鹈鹕、乌雕等等，在此栖息繁衍，除了气候和天敌，再没有什么能伤害到它们，比如战火，比如捕杀，它们活成了大漠戈壁无数动物甚至人类向往的样子。

很多年前一个日落时分，我在澳大利亚南端的菲利普岛看企鹅晚归。夕阳下，雪白的浪花丛里不知什么时候突然冒出了几十个黑白相间、亮晶晶的小东西，就像雪地里忽然绽放的"黑玫瑰"，弱不禁风地随着波浪摇曳着。紧接着，另一处浪花丛里又浮出了一堆"黑玫瑰"。随着人群一阵一阵的惊叫声，雪白的浪花里不断绽放开一丛一丛"黑玫瑰"，慢慢涌向沙滩。一个浪头打过来，它们中的大部分又被海浪卷了回去，过了一会儿，它们又聚集起来，奋力游向沙滩。这些"黑玫瑰"，就是世界上最小的、已濒临绝种的袖珍企鹅。

从沙滩到它们的洞穴大约几百米，经过它们长年累月的跋涉，已经形成了固定的几条小路。对于我们仅几十步之遥，对于它们却如千山万水。几十只企鹅纵队摇摆着向着家园挺进，足足花了三个多小时。回到停车场，见告示牌上有一行英文："车子发动前，请看看车子底下有没有企鹅，防止轧着它。"我看见，准备上车的每一个游客，几乎都弯下腰，往车子底下张望一圈儿后才上了车。

人类很友好。人类友好吗？在离它们很远的地方，人类复杂的生活形态，已经使得冰山加速融化，海平面加速上升，气候极度反常，濒临绝种的袖珍企鹅并不知道，死亡已悄悄逼近。

他在万里之外的荒野深处说："在这里，日常生活非常简单。在荒野漫游，感觉自然而真实，另一个世界反而犹如小说，与我所了解的真实完全无关。"

天籁

金达来微微闭上眼睛，将屏住呼吸聆听的我们和人间烟火隔绝在低垂的眼睑之外，独自进入了他的世界。

低沉的马头琴声是一匹老马，他随之而起的呼麦声，是另一匹老马，将我带出了蒙古包，走向旷野，进入了一个神奇的、神秘的世界。

金色阳光从云层间瀑布般倾泻。
亿万棵草一起仰起了脸。

雪水在融化。

瀑布从高崖奔涌而下。

羊羔子的唇终于够着了母羊的乳房。

布谷鸟在鸣叫。

牛群循声而来。

黑走熊在攀树。

四岁的海骝马在奔跑。

草原狼在月光下长嗥。

风撕扯芨芨草和炊烟。

胡杨林落叶纷纷。

一个蒙古族女人背着羊奶桶，走进草原深处。

马奶酒的芳香里流传着英雄的传说。

大地凝神聆听着草原上久远往事里的柔肠百转。

呼麦，这古老而神秘的声音引领着我的心，与生灵说话，与风聊天，与月光对饮。源于匈奴时期的久远回音，是草原上的人在狩猎和游牧中虔诚模仿大自然的奇妙和声，靠口腔和舌头的变化，一个人能同时唱出两个以上声部的旋律，高如登苍穹之巅，低如下瀚海之底。

他在唱什么，我一个字都听不懂，我跟着这个声音去了很多地方，那些地方人与万物和谐共生，灵魂与灵魂窃窃低语，不分种类。他半眯着眼睛，不像是唱给我们听，而像是唱给自然里的神听，唱给沙漠，唱给草原，他一定也听到了它们的回应。

呼麦声和马头琴声一起，像苍老的骏马驮着我，晃晃悠悠，我的身体、我的心完全交付于这摇篮般的节奏。人类是否天生喜欢这种晃晃悠悠的感觉？否则，婴儿为什么喜欢摇篮？孩子为什么喜欢荡秋千？人们为什么喜欢骑马、喜欢喝酒？是因为生命之初源于大海吗？

达日玛悠远而又高亢的长调，将我带回了蒙古包里的热闹。狂欢的人群，烤着羊排，喝着奶酒，眼神里溢满天真和好奇，我的手里还抓着啃了一半的牛骨。

我想起另一个九月，青海一个蒙古包里，主人们载歌载舞为我们敬酒，我席地靠坐在一只画着艳丽彩画的柜子前，听到苍凉的歌声响起——

"鸿雁，天空上，对对排成行，江水长，秋草黄，草原上琴声忧伤……"

那一刻，我按在毡毯上的右手在和地面做着一种力量对抗——主人的下意识叫它用力将她的身体撑起来，站起来，跳起来，她会跳《鸿雁》这支舞蹈；可下意识里羞涩的力量又在阻止它用力，最后，它端起一盏奶酒，一饮而尽。

我终究没好意思站起来和他们一起跳舞，这个遗憾让我做了一个梦：我追不上他们的脚步，听不懂他们的语言，我猜测着他们嘴里吐出的每一个字的意思，很累很累。然后，他们中一个耄耋之年很邋遢却很美的女子,突然跑到舞台上,做了一些舞蹈动作,最后亮相的时候,脸上是带泪的笑,她扭曲腿部,脚底朝天,这对于年迈的她,似乎是不可能完成的动作。在梦里,我觉得她很丑。在梦里,我突然发现,她就是我,那个被自己拘禁、从未真正洒脱如奔马的自己。

诗人蒙古月来到杭州,钱塘江边我们第一次见面。他对我说,从你的长相、你眼珠的颜色看,你一定有塞外血统。

他在万里之外的荒野深处说:"某种伟大没有边际的东西,将我吸纳进去,包围着我,我只能微微感觉到它,却无法理解它是什么。"

鲸落

蓝迪·摩根森(Randy Morgenson)是美国巨杉和国王峡谷国家公园的传奇巡山员,他在山谷中出生长大,做过二十八年夏季山野巡山员、十多年冬季越野巡山员,救助过身陷困境的登山者,指引过游客领略山野之美,他是一个热爱山野到骨子里的人,是"行走在园区步道上最和善的灵魂"。蓝迪带新婚妻子茱蒂旅行时,夜里就在路旁的干涸沙漠扎营,只靠一桶冷水洗澡,因为他不想夺走沙漠生物无比需要的养分,连枯木也不拿来生火。

1996年7月21日,54岁的蓝迪在巡逻途中失踪,园方出动一百名人力、五架直升机、八组搜救犬，展开前所未有的地毯式搜救，结果一无所获。五年之后，有人在国家公园的偏僻角落发现了一只残留着脚骨的登山鞋……

致敬蓝迪的悼词是这样的：

蓝迪最后的旅程结束在一道狭窄的山沟，在一处偏远的高山盆地。久远的小溪流经山沟，虽然总是仰望天际，却始终深藏在严寒的晨光中。峭壁上传来岩鹨质问似的叫声，远方则是隐士夜鸫缥缈的呼喊，一面注视着缓缓穿越峡谷的暗影。天黑了，潺潺的溪水流经岩石，水花飞溅直奔遥远的星辰，再落入静谧的高山湖泊，不停往下流、往下流，和国王河的轰隆声响合而为一，接着迅速汇入汹涌的急流，经过一千七百米高的悬崖和依傍在陡坡的沉睡树木，梦想温暖春日里有熊搔抓树干的时光。

最后，他悄悄流进中央山谷大平原，群星和深邃的夜空将他接去。从第一滴融雪直到无边的寂静，欢愉的内华达高山之歌不曾停歇。蓝迪的声音也在歌里，只要我们安静倾听，永远都能听见。

2021年小雪时节，当我一边回望一年多前的阿拉善之行，一边捧读美国埃里克·布雷姆的《山中最后一季》——和我同龄的，且将生命、灵魂与激情融入山野的山野之子蓝迪的人生传奇时，有两股巨大的、相似的力量裹挟着我在不同的时空穿越，让我常含泪水。

2021年小雪时节，四名中国地质科考人员在哀牢山失联，山把他们吞了进去，多日后又把他们吐了出来。山说，不要打扰我，不要打扰我，不要打扰我。山不知道，有些人是来打扰它的，有些人是来考察它保护它的，比如帮它清理垃圾，警示游人不要在野地生火，营救失联者或者搬出他们的遗体。

1966年，24岁的蓝迪写道："为什么花草树木、万事万物要存在？因为少了这一切，宇宙就不再完整。"

也许，这句话已经道尽一切。

鲸鱼死去的时候，会慢慢沉入海底，人们为它取了一个美丽的名字——鲸落。我看过一个视频，鲸鱼母亲被人类射中，正在慢慢坠向海底，鲸鱼宝宝在母鲸身旁惊慌而又徒劳地游动着，甚至游到母鲸身下试图把它托起来。那是一段真实的、令人心碎的视频。

我们只是隔着屏幕的观众吗？是大自然的主宰吗？不，如果长梦不醒，总有一天，我们就是那头幼鲸。

选自《草原》2022年第1期

河流

安宁

现任教于内蒙古大学,内蒙古作家协会副主席。发表作品四百余万字,出版作品 30 部,代表作:《迁徙记》《寂静人间》《草原十年》。荣获华语青年作家奖、冰心散文奖、丁玲文学奖、三毛散文奖等十多种奖项。

你若去过巴彦淖尔，走过阴山脚下，一定不会忘记一粒小麦的芳香。那是几十万年以来奔腾不息的黄河浇灌滋养出的河套平原的芳香。

所以我在巴彦淖尔，只想看一眼黄河。这条奔腾不息的河流，裹挟着孕育了我生命的一粒沙子，流经九省，浩浩荡荡，最后在我的故乡——齐鲁大地注入渤海。当我想起它，我的心便会生疼。这被一粒沙子硌出的疼痛，时刻提醒着我的来处——我出生成长的华北平原，也时刻提醒着我的归处——最终将会把我埋葬的蒙古高原。

夜色缓缓下沉，仿佛一滴饱满的墨汁坠入黄昏。就在天地温柔交融的瞬间，我透过飞机的窗户，瞥见广袤无边的库布齐沙漠，在幽静的月光下，犹如巨大的魔毯，铺展在大地上。被长年累月的大风吹出的每一道褶皱，似乎都在向着夜空呐喊：荒凉啊荒凉！卧龙般蜿蜒向前的黄河，随即出现在面前。它横亘在洒满月光的蒙古高原上，静寂无声，似乎早已陷入混沌的睡梦之中。广阔无边的河套平原与绵延起伏的库布齐沙漠，被闪电般的黄河倏然劈开。漆黑的阴山山脉化作一头猛兽，在乌拉特草原与河套平原的夹缝中匍匐向前。微弱又恒久的星光，正穿越距离地球几万光年的神秘宇宙，抵达裹挟着泥沙滚滚东流的黄河。

这月光下恍若梦境的高原，让人心醉。一切正在下落的声响，都轰然消失。只有陷入黑夜的大地，在暗涌中闪烁着隐秘的光泽。

多年前的夏日,在从内蒙古开往故乡的火车上,我以同样惊鸿一瞥的方式,途经黄河。携带着几千公里的泥沙,浩浩荡荡奔赴生命最后一程的黄河,在烈日炙烤的平原上,蒸腾着雄浑磅礴的力。水汽裹挟着热浪,以一览无余的荒蛮推进的方式,扫荡着一切阻挡一条巨龙般的长河成为汪洋大海的障碍。夏日的风黏稠、窒息、浑浊、干燥,带着一种巷口枯坐的百无聊赖。人在缠搅上升的热气中,仿佛因缺氧而探出水面大口喘气的鱼。只有站在黄河岸边的人,能够在干热中沐浴清凉潮湿的风。这源自青藏高原又洗去一路尘埃的风,这行经我迁徙并定居的北疆大地的风,这遥远的带着远古祖先梦中呓语的风,飞过巴颜喀拉山,穿过秦岭,越过阴山,行经黄土高原,掠过华北平原,最后在渤海上空缓缓停驻。当火车穿越黄河大桥,我看到生命中血液一样奔涌的河流,它因行经阴山脚下肥沃的土地,而在华北平原越发沉郁、舒缓;仿佛它正与我一起,抵达人生的中年,不再愤怒,远离嗔怨,祛除锋利,剪去欲望。被盛夏烘烤着的黄河,在没有波澜也无起伏的大地上,抛去万千的沙尘,只让最洁净的魂魄融入大海。

这是我第一次与黄河相遇,并看到它以悬浮大地的轻盈姿态,汇入深蓝的海域,义无反顾地终结自己作为一条长河的命运。它依然以河流的名字,在大地上日夜不息地歌唱,仿佛北方的流浪歌者。但它又神秘地消失于波澜壮阔的汪洋之中,杳无踪迹。它的"消失",又是某种意义上的新生。生命以更为开阔的方式,存在于宇宙中的一个星球。它不再记得青海的花儿、黄土高原上苍凉的呼喊,也不记得阴山脚下烈烈大风中的苏勒德、华北平原上翻滚的金黄麦浪。当它忘却生命的形态,以一滴眼泪的咸,离开大地,汇入深海,它便凤凰涅槃,获得永生。记忆与忘却,咆哮与寂静,存在与死亡,就这样消除了对立,化为浩瀚无边的宇宙。

几年后,我站在内蒙古河阴古城附近的黄河浮桥上,仿佛看到两千多年前与我同样迁徙到这片北疆大地的王昭君,在走过浮桥前,内心涌动的对于命运的敬畏与不安。北地大风凛冽,卷起漫漫黄沙,沙蓬草裹挟着尘埃在大地上流浪奔走,天地化作呼号的野兽,发出震动山林的吼叫。这塞外的苦寒,让一个女子对遥远的故土生出无限的眷恋与哀愁。命运在酷寒中张开巨大的手掌,一段浮桥,化为命运之手的两端。走过去,一切历史都将改变,而那草原上不停迁徙的命运,也将自此相伴一生。命运站在河流的对面,露出钢铁般的冷硬与威严。最终,一个南方的女子,选择了顺从命运的召唤。

而我,站在浮桥的一侧,注视这古老又生机勃发的黄河,在风中发出的激越声响,仿佛听到跌落平沙的大雁跨越千年的动人的歌唱。青冢上的草黄了又绿,绿了又黄。树木在秋天从容地死去,又在春天安静地苏醒。河边的芦苇,在蒙古高原无尽的长空下,自由地起舞。这空灵不羁的舞蹈,与奔涌不息的河流，追逐着飞沙走石、日月星辰，在大地上永不疲倦地歌唱：长乐未央，长乐未央……

塞外大风日夜不息地吹过黄河，仿佛一头永不被驯服的猛兽，它带走了无数昌盛或者衰败的王朝，却将一个西汉女子的哀思，刻进大漠平沙，并跟随一条漫长的河流，抵达她的生命从未抵达的远方。长夜叩响着门窗，河流撞击着两岸，出塞的女子在哀怨的琵琶声中慢慢沉入梦乡。这北方河流掀起的浪涛，与南方江水激荡的回响，缠绕相生，不弃不离。它们从西部遥遥相望的两座山脉一起出发，行经万里江山，共同谱写出荡气回肠的民族生存史。这历史的瞬间，沉入一个弱小女子的梦中。她在击穿黑夜的浪涛声中醒来，知道迁徙的命运早已融入血液，纵使她百般不舍，终将走过浮桥，化为历史悲壮又闪烁的某个部分。

在阴山岩石上刻下人类崇拜的先人，他们雕刻出的犹如面临末日审判般惊惧的双眸，一定也曾注视过荒凉的大风席卷起这条翻滚的长河。在严苛的自然面前，他们无能为力，只能祈求上天。于是他们刻下山川，刻下河流，刻下飞马，刻下日月，也刻下生死。他们仰望星辰，也俯视大地。洪荒宇宙中盛满先人的敬畏，荒蛮的大地上江河游龙一样咆哮。无字天书烙刻在红色的砂石上，仿佛巨人朝着远古在仰天长啸。古老的黄河日夜冲刷着阴山脚下的大地，带走无数的王朝，也留下肥沃的泥沙。逐水草而居的人们，犹如被大风吹散的蒲公英，在黄河滋养出的河套平原上野蛮生长。月亮高悬在阴山上，将一半微寒的光，洒在乌拉特草原，又分另一半温暖的光，给万物蓬勃的河套平原。它也不曾忘记乌兰布和沙漠，一千多年前，这里曾是人类繁华的家园，城池遍地，牛羊满坡，而今，只有大风吹出的流沙下埋葬的坟墓与朽骨，在清冷的月光下，讲述着白云苍狗，沧桑变幻。

这浮天载地的长河，曾因凌汛决堤，带来遍地阴森的死亡，也因缓慢深情的"几"字改道，冲击出水草丰美的万里沃野。就在这里，我吃下一口面食，整个被黄河浸润的瓜果飘香的秋天，便都回荡在我的齿间。夏天里千万亩葵花追随着太阳，在河水中投下绚烂的笑脸。秋天里它们与无数的庄稼一起谦卑地低下头颅，身体自由地舒展在大地上，以深情的目光，最后一次注视风起云涌的天空。野草抚过它们枯萎的身体，发出窸窸窣窣的温暖声响。一粒饱满的种子在阳光下炸裂，跌入草丛；一队出巡的蚂蚁迅速捕获上天的恩赐，在涌动的黄河浪涛声中，浩浩荡荡拖回岸边的巢穴。秋风从遥远的某个地方吹起，带来一缕若有若无的花香。就在这个时刻，桂花迷人的甜香飘满长江沿岸的大街小巷。人们走到落满银桂的树下，抬头看看澄澈明净的天空；人们又走到洒满金桂的树下，低头看看落叶纷飞的大地。就在落花的私语声中，一条蜿蜒北方的大河，与一条横亘南方的大江，听到彼此的召唤，朝着浩瀚的太平洋奔涌而去。

刻下阴山岩画的先人，用惊骇的眼神，向万年后的世人呈示着远古时代人类对于宇宙星空、生命万物、咆哮江河的惊惧与好奇。生命从何处来，又将去往何处？河流隐匿在哪儿，又消失在何方？肉体与灵魂，哪个更接近真实？死亡与新生，谁是开始，谁又是终结？天空与大地，会不会在人类永远无法抵达的边界处相接？落入河流与葬入泥土的生命，谁会腐朽，谁又会永生？一只从恐龙时代飞来的蜻蜓，如何穿过几亿年的沧海桑田，抵达苍茫的蒙古高原？

在巴彦淖尔，阴山下的先人没有告知我们答案，只有一条人类永远无法驯服的河流，穿越今古，生生不息。

节选自安宁《行走在苍茫的大地上》，《十月》2022年第1期

四季相伴

荆歌

20世纪60年代出生的代表性小说作家之一。作品集《八月之旅》入选"中国小说50强丛书"。另有作品被翻译至国外，多部作品被改编成电影。曾在杭州等地举办个人书画展。获中国出版政府奖图书奖提名奖和紫金山文学奖。

那时候，我住在吴江，那是一个太湖边优雅的小镇。虽然不能直接看到湖面，但每当有风从湖的方向吹过来，我就似乎能听到浪波的声音，似乎能闻到那有着水草和鱼虾气味的湖水亲切的水味。特别幸运的还有，我家的楼前楼后，没有高楼的遮挡。北窗之外，是一个度假中心，它有着广阔而优雅的草坪，有着四季争艳的鲜花，以及散落于花木草坪间的巴洛克风格的白色建筑。窗外有天空，有四季，有花香鸟鸣，有彩霞虹霓，有变幻的风景，有自然的恩赐。

有一年下起了大雪，那雪真大啊，从北窗口望出去，所有的地方都是白的。这在江南，可以说是太难得一见了吧！把头探出窗外看，平日因为停放密密车辆而显得如羊肠道的小区道路，一下子宽广起来了。没有一辆车。所有的车都被厚厚的雪覆盖了。雪抹去了一切。雪要修改道路，雪要修改世界。屋檐挂下来一米多长的冰凌，一根一根排列着，或长或短，仿佛什么怪兽龇着狰狞的牙齿。这种景象，似乎小时候在乡下都没有看到过。孩提时代的冬天，确实要比现在冷。只要是冬天，就一定会看到冰。冰蒙在小河上面，让水变成了哑光，就像是经过了磨砂工艺似的。冰凌也有，挂在低矮的屋檐上，但确定没有这么长的。冰无孔不入，只要是有水的地方。那时候，家家户户门口，大清早都放着一两只马桶。冰悄悄地潜入马桶。调皮的男孩把圆形的冰从马桶里捞出来，抠了一个洞，用绳子挂起。这就算是提了一面透明的锣了。随便取一根树枝，就可以一路敲，一路喊"鬼子进村了——"。如今在江南要看到冰，看到雪，并不是一件容易的事。冰箱里的冰块不算。

但是那一年，雪真的太大了。大到让我担心，会把房子压坏。我住在楼房的五层和六层。六层就是顶层了。我知道楼下的所有邻居，他们都不用担心。一楼的人，知道二楼也住着人。二楼的能听到三楼的脚步声。三楼的夫妇，最喜欢将音响开得像摇滚音乐会，因此而讨二楼和四楼两户人家的嫌。四楼的经常半夜了，也穿着睡衣，拖着拖鞋，跑到三楼去敲门。"轻点！轻点！就不能轻点啊？半夜三更的！"住在五楼的我，听到这呵斥声，有点儿同仇敌忾。我希望他来点儿语言暴力。他应该这么吼："关掉你们的狗屁音响！不开这么响你们会死啊？册那！"最后一个词是骂人话。不骂不足以平民愤。

我住在顶层，我上头没人。因此我想象，雪正像长了翅膀的昆虫，一片片黑压压地飞来。是黑压压吗？那又应该怎么说？说白花花吗？它们疯狂地飞来，停歇在我的屋顶上。它们一层层叠盖上去，越来越厚，越来越重。我听得到我的房子在吱吱嘎嘎地响。我估计，要不了多久，屋顶就要坍塌了。"怎么办？怎么办？"我既是在问妻子，更是在问我自己。我要不要找一把铁锹，爬到楼顶上铲雪？可是，我能爬得上去吗？那是一幅多么英勇无畏的图景啊：严冬的半夜，一个人，爬到高高的六楼屋顶，在那里抗雪救灾。我能赶得上雪的脚步吗？我能战胜雪吗？雪会把我埋掉吗？或者干脆，我自己站立不稳，倒下来，从六楼的屋顶滚落。坠落。

只听得一声巨响。我们屋顶上发生了雪崩。硕大无朋的雪块，在我眼前呼啸而过。当时，我的感觉是，整个房子塌下来了。天塌下来了。但是，啥事都没有。屋顶上的雪，只是把楼下的几辆电动车埋了，别的什么都没有发生。

那个冬天，雪站到了舞台中央，仪态万方，成为主角，成为生活中躲不开的一件事。成了所有人见面必定要说的话题。大雪的光临，给似乎久违了雪的江南的人们，带来了一点儿震撼。而我们的房子，是好样的，它经受住了大雪的考验。雪埋掉了楼下的车，雪封锁了道路，但它没有将我的信心动摇。反而，给我客厅巨大的玻璃窗，带来了一片圣洁的光耀，带来了晶亮的白，带来了清洁高贵的风景和幻象。

每当夏季来临，所有的树，那些高大的水杉，那些柳树、香樟、广玉兰，还有一丛丛的竹子，都把枝叶伸展开来。绿色，就像滴在宣纸上的水墨，迅速地、毫无节制地洇化开来。窗外那座度假中心，原来是可以尽收眼底的。一幢幢建筑，错落有致，它们按照设计师的意图，饶有趣味地散布于这片美丽之地，仿佛一切都是自然生长出来的。房子，树，还有小河、草坪、假山以及铺着碎石子的弯弯曲曲的路，这些都是像海洋的岛屿从海面上升起，就像星星在天空中野花般散落，就像草原上云一样飘浮的牛羊，就像这些景象一样，是自然生长自然形成的。夏天一来，那些巴洛克的建筑，忽然就变了性格，不再像春天那样裸露奔放，而变得含蓄、内敛，甚至羞涩起来。它们在大片大片的绿色中掩映，好像是这个世界，突然间变得神秘，变得一下子生出了许多的秘密。我的落地开阔的大窗户，满是绿色。绿色长驱直入，如潮水般涌了进来。屋子里面，那灯罩上，那家具的侧面，静卧着的茶壶，似乎都轻笼着一层淡淡的绿光。我想象着自己安坐着的身影，也被勾上了绿色的轮廓。这样的绿，这样开阔而生机勃勃的风景，似乎就是我们当初选择了这个居室的全部理由。没有任何遮挡，看不到别人家的阳台，更没有他人厨房里冒出的油烟来污染空气。绿色泛滥，如行云，如洪流。而在绿色中掩映的度假村的巴洛克建筑，是那么典雅、松弛而神秘。空气是香的，洋溢着似有若无的草木芬芳。它经常夹杂在我屋子里点燃的沉香粉的香气中，隐约而低调。但我知道它确实是存在的，即使是在沉香清凉夺命的香气中，也时时能感觉到它的存在。这种草木的芳香,当屋子里的沉香熄灭，将窗子大开时，它便轰然奏响。它澎湃，它蒸腾洋溢。它将我的身体熨帖地拥抱，并将我托起，让我失去重量。

在这样浓烈的夏天读书或者写作，我会感觉到，我就是夏天的一部分。我就是那株最高大的香樟树的一根枝丫，我连着那片风景——我在云的映衬下招展,我用细碎的绿叶摇动蓝天、摇动风、摇动鸟鸣。与鸟翅的振动合拍，与蝴蝶粉翅的扇动合拍，与蜜蜂的舞蹈合拍。和着雨点歌唱，让阳光在叶面上跳跃，让星光在树叶的缝隙间滴落，让月儿像一枚发光的蛋一样落进鸟巢，让月光为叶面镀银，让太阳镀金。

让我接着说说春天。

短暂的春天，我感觉我的窗子外，上演了一出出短暂的爱情剧。但是，它是激情燃烧的，是淋漓尽致的。围绕着那片草坪——在草坪上，每到周末，或者一些节日，都会举行草坪婚礼。在这样的地方海誓山盟，确实够浪漫的。即使音乐太过吵吵，即使婚礼主持油腔滑调低俗，但浪漫的情调，是任何人都能感觉到的——自然界的爱情浪漫曲，以成片的迎春花和白玉兰奏响。由于当时各种大树的叶子还没有长出来，就是柳树，也还只是刚刚吐出一些嫩黄的绿色，看上去仿佛是一笼青黄的烟。所以围绕着大草坪，迎春花仿佛是在进行狂欢。它们要在短暂的时间内，将自己尽情开放，把自己燃烧，不惜烧成灰烬。白玉兰，还有成片成片的紫玉兰，这些学名为"辛夷"的花儿，它们在一片叶子也没有的树上，绽放开来。它们开放开放，急切地开放，把花苞吐出来，将花瓣张开，毫不顾忌是否会将自己的精血消耗殆尽。这就是春天吧？春天就是这个样子吧？春天是四季中的芳华，因为短暂，所以放肆。它是对严冬的叛逆，是性的觉醒，是一场忘我的热恋，是大自然最具梦幻色彩的创造和挥霍。它是不需要观众的，它也不在乎世俗的评价。它是自由的、任性的，完全由身体里激流一样的血液造就。它是野性的爱，是不需要听众的歌唱，是把世界当成一个广阔舞台的表演。

是的，我站在窗口，眺望着它们，我就是这么想的。这场忘我的恋爱，这场肆无忌惮的交合，它是季节尖锐的顶端，是转瞬即逝的大潮，是舍生忘死的开放和给予，是嘹亮的高潮。

秋天的深沉，是没有喧哗的。除了几声偶然响起的犬吠，所有的声响，都仿佛是被过滤和屏蔽了。这份安静令人清醒，让阅读变得清晰明亮，让思考和回忆也变得辽远悠长了。一些在其他季节里读过的书，在秋天是能读出另外的意味来的。即使是一本在夏天读得恹恹欲睡的书，那似乎乏味的文字，到了秋天明净的窗口，竟然会读出许多的微妙和精彩来。秋天是充满才华的季节，有神性的季节。它本身就是一本耐人寻味的书吧，是以深沉含蓄的笔调写就。在这个季节里阅读，会想起最遥远的往事，那些逝去的人与事，会像清凉的风一样从窗外吹进来。亲切的越发亲切，痛与伤害，会得到平复与宽容。

窗子外的微风，你能明显感觉到它的干燥和清新。天空比其他季节澄明，颜色也相对更蓝。蓝是秋天的底色，是天空的颜色，是宇宙无穷的颜色。它衬托了澄明，衬托了深情的诗歌，把云衬托得更白。

还要感谢云！在地球的表面，在我们的天空上，竟然会出现一种名为云的东西，这是一个什么样的奇迹啊！据说，每一朵云都有几百吨的重量，可它们的每一朵，看上去都是那么轻盈。它们是天空的叹息，是飘飞的裙子，是秋季最活跃的风景。在秋季，在我的整面的大窗子外，还有什么景象能比天空的流云更好看，更壮观？好看，耐看，百看不厌。

　　云推着云，在窗子外轰轰烈烈地过去。天空的舞台无边无际，它们恣肆洒脱，无拘无束。它们或浓或淡，或纤巧或庞大，从容地悬浮在半空，悄悄地移动，从这一头到那一头。它们其实每时每刻都在变化着，暗暗地变化，让人难以察觉。我如果是个孩子，就会把它们看成奔马，看成羊群，看成鼠、牛、虎、兔、龙、蛇、马、羊、猴、鸡、狗、猪，或者看成山，看成岛，看成房子或巨浪，看成英雄和美女。呵呵，不要不要，还是不要吧！我从来都不喜欢将自然的山水木石往具象处想象。它们的美，不应该是具象之美，而是如赏石、如书法，是造型线条之美，是虚实轻重之美，是顾盼娉婷，是动静有度，是欲言又止，是依稀仿佛。云就是云，它就是这个样子。它不是别的任何东西，它无须像任何东西。它就是它自己。它是多变的，不确定的。它们的变化既在情理之中，又常常出人意料。它们的丰富，让秋季更丰富。它们的妖娆，让秋季也更妖娆。它们是读不够、读不厌，也读不完的。它们有无穷无尽的能量，有无限的创造力。它们既沉静又调皮，既伟岸又妩媚。它们是孩子，是绅士，是淑女，是浪人，是百变女郎，是归隐田园的名士。

　　整排落地的大窗子，被天空和白云挤满。它们是知道有一个人窝在沙发里，饶有兴致、不厌其烦地看它们吗？云为悦己者容，它们越发百媚千娇了！它们推推搡搡争先恐后，忽又漫不经心雍容矜持。它们一刻不停地向一个方向而去，却始终走不出我的视野。它们仿佛飘然而去，其实顾盼眷恋。

在没有云的日子里，我经常会想到云。其实，我知道许多时候云不仅没有在天空消失，反而厚厚地覆盖在我的窗外。全都是云，反而看不到云了。天上阴沉沉地罩着的，那也叫云吗？我所界定的云，是应该以蓝天为底色的，是洁白的，是有着各种各样轮廓的，是轻轻地浮在空中的，是飘移着的。因此，当季节为我慷慨地奉献此类白云的时候，我是多么珍惜。把窗帘全部拉开，什么事也不干，就是看云。看云就是所有的事。仿佛一年的秋收，满怀着喜悦，要把变幻无穷的天空中的云，贪婪地收获，收进视野，收进记忆，收进生命。从天空的这一头到那一头，纯明的世界里，这轻盈柔软洁白的物体，被风推着，在我面前仪态万方，风姿绰约。它把天空擦干净了，把窗玻璃擦干净了，把心擦干净了。

一年四季，在窗外与我相伴的，还有各种各样的鸟。栖在蹿天水杉最高处的，常常是喜鹊。还有一边飞一边喳喳叫着的黄雀。野鸽子咕咕的叫声，经常从远处传来。而眼前那些灰溜的饱满的鸟儿，不知是不是它们的身影。而成群结队的鸽子，总是在广阔的天空上盘旋。它们呼啦啦地掠过，有一只会偶尔停歇到我的窗台上。它优雅地将脑袋歪来歪去，眼睛明亮。然而我每次将一撮米饭放到窗台上，希望能有鸽子前来享用，却从来都没有一只鸽子领受过我的好意。它们飞来飞去，窗台上的米饭，一粒都不会少，最终又变得像米粒那么细小和坚硬。

所有的鸟都不来享用我提供的食物,它们只是在窗外广阔的空中飞来飞去,像风一样舞蹈,画出一道道纯粹的浪漫。

选自《草原》2022 年第 3 期

七棵树

江子

本名曾清生，现在江西省作协工作。有两百多万字发表于《人民文学》《十月》《北京文学》等刊，出版散文集《青花帝国》《回乡记》《田园将芜》等，获第八届鲁迅文学奖。

等我们老了,每年春天都相约去看树吧。

——
题记

名称:樟树

树龄:不详

地址:江西泰和县沿溪镇赣江码头不远处

它有非常迷人的身段和容貌:它笔直,从脚部开始一直往上伸展着身子。它对称,左右两边的样子几乎完全相当。它在离地两米的上空画着半圆,离地面最近的脚底就是它的圆心。

它的半圆不是某种机械画出来的,而是类似于手绘,特别有手工感,因为有的地方显得并不那么规整,也就是说,会有枝叶稍稍逾矩,但只一会儿,线条立马又回到了原来的圆形轨道上。

它特别像一把巨大的伞,一把遮风挡雨的伞。当地人就叫它大伞樟。

它应该有三层楼那么高。说明它已经长了很多年。两百年?三百年?谁知道呢。可是,它没有一点儿老态。它年轻着呢。它枝叶浓密,却一片枯叶也没有。它的每一片叶子都是泛着光的。春天来了，它最外层的叶子，就会迫不及待地长出来，嫩黄嫩黄的，整棵树立马有了英雄少年气。

它的体质那么好，如果拉它去做体检，它的所有指标肯定都正常得很。

有理由怀疑它会是林木中的运动员。不然,何以大风吹来,别的林木都瑟瑟发抖,它反而兴奋得摇头晃脑,一副吹着口哨举着哑铃痛快淋漓的样子？它的腿并不粗，可是壮得很，巨大的树冠顶在上面却稳如泰山，真像是玩单手倒立的体操运动员！

当然，它也可能是树木中的自由艺术家。它那么漂亮，像一朵临时停在大地上的绿色的云，完全一副爱打扮的艺术家的派头。它有特立独行的自我。它所在的脚下，是一块还算辽阔的平地。没有任何树木跟它在一起。这使它有一种自弹自唱自得其乐的意味。它享受着这属于一棵树的舞台。它是这个舞台上唯一的主角。

它其实是一个不知底细的野东西。它前不着村,后不着店。不像很多树，总是长在村前屋后，做了牛和狗的朋友，一副被家养驯化的样子。它不稀罕。它根本不耐烦村庄的鸡鸣狗吠。它像是从原始森林里走失在此的。它的全身洋溢着一种自由不羁的气质。它肯定有一颗野魂灵！

它在江西吉安泰和县沿溪镇赣江码头不远处。当然，这是人类的说法。它对自己的位置也许有另外的表述，谁知道呢。

它长久地守在这儿，是等什么呢？不远的赣江，源源不断地输送着时光和流水，倒映着夕阳和残月。这个野东西，心里有什么牵挂不成？

从这棵树看，大地是慈悲的。这棵树透露出来的信息，是自由良善，是不动声色却又惊心动魄的美。

多么难得呀。一块土地，能长出这样的一棵树，足以说明她是积了德载了福的。反过来说，一块土地，再怎样苦难深重，有这么一棵树，苦难就可能得到消解，日子就会有童话的光感。

老实说，我对包括沿溪镇在内的泰和县一点儿都不熟。我是江西吉水人。我在南昌工作。我的成长与这里毫无交集。除了因工作认识了一些人，我对这里知之甚少。我来的次数也很有限。那样一块不知名的乡野，并没有引起我特别的注意。

可是十几年前的一次出差，我偶然看到了这棵树，这个野东西，就一直忘不了它，这些年来，经常恳请当地朋友把这棵树拍给我看。每一年，我都想知道它全部的信息。

——就这么一棵树，就这么单纯的草木之美，让我对这个几乎完全陌生的地方有了乡愁！

名称：柰树

树龄：600 年

地址：江西吉水县阜田镇陈家村

你见过会走动的树吗？

它姓陈，位于江西吉水县阜田镇，距离我所在的乡镇只有二十里。可是我直到中年才见到它。

难道树有姓氏吗？我想是有的。它所在的村庄陈家村全部姓陈，它自然也姓陈了。

——这村庄住的是明朝著名外交家陈诚的子嗣。陈诚曾受明成祖朱棣之命五次出使西域，重开古老的丝绸之路，行程数十万公里，与郑和一海一陆，共开"万国来朝"的盛景。今天的乌兹别克斯坦、哈萨克斯坦等地，依然保留了不少陈诚使团当年出使的遗迹。他积十余年往返西域而形成的诸多外交经验（他晚年写下了《历官事迹》），被后来的李东阳、杨廷和、王崇古等多位明代名臣推崇备至，近代洋务运动的主要倡导者李鸿章，也从中得到了巨大的滋养。苏联历史学家弗拉基米尔佐夫如此评价他的外交成就："这个杰出的中国外交家用诚恳的态度和不放弃的精神，化解了两大世界最强帝国之间的矛盾，为帕米尔高原周边各民族带来了安宁与和平，是 15 世纪最杰出的和平使者。"

1424 年，朱棣病逝，即位的仁宗皇帝昭告天下，停止四夷差使，已经走到甘肃的陈诚听命返回北京，不久就辞去官职回到故乡江西吉水县阜田镇陈家村，直到 94 岁时去世。而那棵树，是陈诚从西域带回的不多的财富之一——西域遍地珠玉，他不取分毫，却把这棵树的幼苗、几株竹子和松树的幼苗带回，栽种在陈家村里。

他何以要带柰树而不是其他品种的树苗？有人说柰通"耐"。孤悬于外国，数十万公里的旅程，全靠骆驼、马匹和徒步，没有耐心是做不到的。"耐"是陈诚五使西域的精神法宝，也是陈诚最想留给子孙的精神财富。

持这个观点的是明朝四朝元老、与陈诚同是吉安人的杨士奇。他为陈诚写的《柰园记》曰：盖柰之为言，耐也。

可也有人认为柰树的寓意远非如此。柰乃是儒家的理想之物，也与蒙古帝国国师耶律楚材对蒙古人的教化有关。

相传耶律楚材应邀给成吉思汗诸子讲授儒家经典，详细讲述孔子关于大同社会的描绘，认为百鸟之王凤凰集于柰树之上，就是和谐大同社会的美好象征。

1225年，成吉思汗次子察合台汗得到了广袤富饶的一大片封地并创建了一个封国（察合台汗国）。他遵照耶律楚材的教诲，在位于伊犁河北岸的封国首府遍种柰树，并将该城命名为柰城（蒙古语叫阿力马里城），以此表达对儒家理想社会的向往。

明朝时，陈诚前后五次出使中亚各国，多次途经和造访此城。了解到二百多年前耶律楚材关于柰树的讲义，就对城中柰树格外珍视，故而决定将伊犁的柰树苗背到北京，继而移栽到他的家乡吉水县阜田镇陈家的陈氏祠堂院子里。

这一棵柰树苗，已远不是"耐"这么简单，还有更深层的含义：

它是西域与明朝友好的见证,是陈诚五次出使西域的象征;它也是陈诚作为儒者心中的图腾之物。以毕生所学,服务朝廷辅佐明君,致君尧舜上,再使风俗淳,创造如同瑞鸟栖于柰树的理想社会,是儒者心中的至高追求,也是陈诚行程数十万里五使西域的精神支柱。

可柰树这一北方的树种,要在南方生长谈何容易!据说陈诚从西域返回时,一路不断给柰树树苗按比例置换土壤,小心翼翼地侍候它如同完成一件十分重要的外交任务。正如他的名字所暗示的那样,他的精心侍弄终于精诚所至,金石为开,这棵承载了巨大信息量的树在南方活了下来,活成了这整个南方国土的唯一。

——我去看这棵树的时候已是寒冬,可它依然满头绿叶,看得出的确有几分耐心。它在离地面几十厘米的地方就分成两枝,然后各自向上生长,整棵树形规规矩矩的,远看是南方乡野寻常可见的草木的样子。只是它的叶子有着南方的树叶少有的阔大和硬厚。当地的村民说,它春天时会长出白花,夏天的时候会结杧果一样形状的果子,果子的味道是苦涩的。

我从村民口中得知这棵树有着特别的个性:五百多年来,村里人想着广播陈诚五使西域的伟业,尝试着让它在当地繁殖开来,可经多次剪枝嫁接、栽种都不能成活——它要以唯一的方式存在,而拒绝复制与粘贴。

它看起来并没有五百多岁,只有一两百年的树龄。村民还告诉我一个天大的秘密：它原本并不是长在这里，而是在离这里几百米的地方。一两百年前，原址上的柰树莫名枯死，却又在现址爆出了新芽，然后慢慢地长成了如今的模样。——也就是说，它以死去活来的方式，让自己走了几百米！

真是草木有灵啊！这样一棵有着不凡身世的树，有着强大的不死的生命力，同时又有着某种魔性，携带着某种特别的信息，保持着五百多年前的主人远行的惯性。我几乎要相信，只要有一声特殊的号令，它就很有可能拔腿而去，向着西方出发，把脚印踩在那条古老的无与伦比的丝绸之路上。

节选自《草原》2022年第8期

中国人的浪漫

韩少功

曾任海南省作协主席等职。作品分别以十多种外国文字共三十多种在境外出版。另有译作《生命中不能承受之轻》等。曾获全国优秀短篇小说奖、第四届鲁迅文学奖，法兰西文艺骑士奖章等奖项。

洁白纱裙，柔美手足，炫目旋转，优雅谢幕……当年，芭蕾舞剧《天鹅湖》曾是很多中国人的梦中仙境，几乎成了美丽、高贵、纯洁的象征。然而，作为浪漫主义艺术时代的一颗明珠，这个关于天鹅的故事，在欧洲并不新鲜，无非是王子配公主终成佳缘美眷。这一类故事对标宫廷和贵族的心情，也引领普天下文艺青年的美学向往。

我差不多也有过这种向往，用小提琴学习演奏《小天鹅舞曲》时，后来在彼得堡观演现场热烈鼓掌时，都不无某种精神身份的临时代入感。我们都风雅兮兮的，都为天鹅牵肠挂肚，但并不了解，甚至没打算去了解那种生命体。艺术嘛，与现实毕竟是两码事，怎么梦与怎么活没必要一一对应——那种雁形目鸭科的大鸟真的很重要吗？在那一刻，在那种令人屏息的艺术仙境里，我们就把舞台当作生活的全部好了。

生活终究比舞台要大很多，要芜杂也要艰难很多。直到遇见徐亚平，我才知道更大的"天鹅湖"其实一直在自己身边，在庸常的日子里。他是省报的一个外派驻站记者，这种跑腿的活儿一干几十年，有时头发乱糟糟的，似乎是缺乏上进心的那种油腻男，倒是折腾了一个民间组织——岳阳市江豚保护协会。这一次，鱼友们也成了鸟友，因一只小天鹅的跟踪器信号异常，他们前往现场救助，一路上翻山越岭、雨中迷路、车辆陷坑、队友病倒、涉水沼泽，最终只在 GPS 信号静止的位置，找到一只跟踪器，显然是被哪个猎手丢弃的。满地的血迹和散落的羽毛，还有一圈儿又一圈儿肢体挣扎的痕迹……说到这里，他哽咽了。

他可能并不懂柴可夫斯基，不懂巴甫洛娃，也从未见过《天鹅湖》中的仙境。但谁能说他不是一位真正的"王子"，一位为保护人间美好而一再受伤的隐名义侠？

从他嘴里，我才知道，尽管天鹅已成为西方诗歌、音乐、舞蹈的一个经典符号，但天鹅的故乡并不限于欧洲，不限于将其奉为国鸟的丹麦与芬兰。每当冬寒逼近，它们悉数南迁，远离北极圈，飞越西伯利亚和蒙古草原，换名为中文里的"鸿鹄"（或更精简的"鹄"），也兼名人们泛指的"雁"，直抵它们熟悉的大河上下大江南北，直抵洞庭湖、鄱阳湖这两个最南的越冬区——它们的另一片家园。数十次南来北往，它们在这种长旅中要应对的，岂止一个恶魔"罗斯巴特"，还有千百年来沿途防不胜防的罗网、猛兽、恶禽、暴风雨……

正是这漫长的苦难旅程，感动了另一位"王子"。同亚平一样，周自然也是湖乡子弟，有点家传的内向和诗癖，中年时在外地商圈创业有成，之后重返洞庭故土，再续多年前的旧梦，不惜倾其家产也要当一个"鸟人"。因其创意，他仅用几条微博，就使"跟着大雁去迁徙"的网上活动一鸣惊人，应者纷起，千万张博友的涉雁照片顷刻间哗啦啦贴上来，差点挤爆网站。散兵游击的状态，借助互联网这种新工具，一举转型为八方联手、广域监护、高效协同的大事件，成为热浪迭起的社会运动。不少理工男女受其邀请或激励，也自带干粮加入进来，投入他们自嘲为"神经病"式的狂热中。这里还得说说周立波和周明辉。这两位博士差不多是从零开始，啃下芯片、传感、电源、天线、封装等难题，一步步把跟踪器的性能做上去，把重量、能耗、价格做下来。到最后，研发团队硬是把法国那种40克重的背负式跟踪器，做到了20克以下，最轻的一款仅重2.3克，如一片鸿毛。

于是，再一次借助高科技，广域监护升级为"广域+全程"的监护。如有必要，眼下每一只天鹅，几乎都可以有编号，有昵称，有档案，都能在电脑上显示航迹、落点、身体状态。人们这才惊讶地发现，天鹅竟是这样飞的啊：屏幕上一个光点可一口气跨越一两千公里，若喘口气，在某地盘桓和磨蹭数日（想必是在狂吃蓄膘），该光点还可再次一口气抛出四五千公里，划过整个辽阔的西伯利亚——它们最后累得可能只剩下皮包骨，其意志，其体能，是何等惊人！人们还发现，屏幕上两个光点可一辈子形影相随，即便有过一段分离（也许是其中一方贪玩、赌气、别恋、崇尚自由），但最可能的下文，是它们再聚如昨，隔山隔海也能准确地找回来,不能不让人类感慨万端。当然,爱鸟者们最不愿意看到的，是屏幕上两个光点久久静止，直至熄灭（是一同遭遇不测？还是有过拼死相救或以命殉情？）——想想吧，比比吧，这些爱侣生同衾，死同穴，相遇随缘，归去有约，其一颗颗鸟心令人类动容。

如此等等，一个神秘的鸟世界在这里渐次揭开，一部鸟类史有待重写。一个民间护鸟运动不仅助推了各地野生动物保护机构，不仅汇聚了政府、媒体、警方、青少年、社团、企业家、摄影发烧友、农民渔民牧民的力量，还释放出新异的学术价值，迅速吸引了高等院校和科研单位的人力资源。

一种全新的组织方式也应运而生，让人不容易看懂。这些"王子"和"鸟人"，来自看似十三不搭的各地各业各层级，无领导，无财政，无薪资，连业余社团都算不上，却无处不在，如太空尘时有时无，却总能一呼百应，召之即来，各尽所能，协同有序，低摩擦运转。他们设立一个个候鸟迁移标志，推动国家和地方的有关立法，连俄罗斯、蒙古、日本、澳大利亚等国也同道蜂起，形成规模越来越大的跨国情怀圈。他们在地图上标绘出一条条"鸟道"，导向穿越山脉所需的峡谷和隘口；发现和维护一个个"鸟港"，即候鸟采食和栖息所需的大湿地，相当于旅途中的休息区。依据卫星信号的异常，他们还能及时发现一个个可能发生惨剧的风险点，一次次紧急出动。这样做的时候，他们并无执法权，哪怕心头滴血也不可越权动粗，但他们至少能实现网上定向动员，迅速征召风险区附近数以十计或百计的鸟友，投入现场的宣传、劝阻、取证举报，形成强大的民意浪潮和行政反应，最大限度地遏阻灾难。

有一次，他们从吉林一个厂区成功解救了一只触电致伤的白尾海雕——其时监护范围已从天鹅扩展至所有珍稀野生鸟类。他们给这只"巍鹏8号"做了全国首例猛禽接爪手术，并在随后的四年多里，捕捉到它九次越境迁徙的卫星信号，包括在白城某地一个农家院一再出入，颇有些形迹可疑。这家伙，想必是吃鸡上瘾啊！妥妥的贪嘴吃货一个，是不是与人争食太过分了？小分队事后忍不住去提醒粗心的事主。不料，那位农妇得知院里那些剩骨残羽的谜底后，哈哈一笑："算个啥，俺今年多留几只给它吃呗。"作为种粮大户，她是富得不在乎几十只鸡了，还是一时找不到别的方式来感激这些远道而来的好心人？

鸿雁，在天上，
对对排成行。
江水长，秋草黄，
草原上琴声忧伤……

这首歌徐亚平在车上总是唱不完，鸟友们也常在线上此起彼伏地云合唱。这次，受全国爱鸟人所托，一支由这些中国草根"王子"拼凑的车队，带着镜头、电脑、望远镜、宣传品，真的"跟着大雁去迁徙"了。他们从洞庭湖的01号迁徙碑出发，越千山，过万水，历时十天，辗转长驱两千多公里，最终抵达内蒙古甘其毛都边境口岸，难舍难分地目送一批又一批鸿鹄北迁。

长亭接短亭，落霞继星斗。车轮追赶雁翅，鸟鸣呼应歌潮。天上的"一"字和"人"字在泪眼中模糊了又清晰，清晰了又模糊，一会儿被高山隔断，一会儿又落下云端。这是动物界乃至生物界多么欢欣而忧伤的再别离，是人间一个多么奇特的最新节日。也许，回雁峰、黄鹤楼、白鹤寺、雁鸣湖、雁门关、雁栖湖、大雁塔、雁荡山，这一长串古老地名，将因此而纷纷苏醒，一个个开始萌动、舒展、绽放，重现容颜与光泽，再续它们各自无声的故事、无声的千年沧桑与浪漫。

这一年的3月27日深夜11点，月亮从乌拉山口升起。亚平告诉我，这个时候，他们几个追风送鸟的汉子仍久久守候在乌梁素海岸边，遥望深远无际的北方夜空，一个个忍不住泪流满面。他们多想在这里待下去，一直待到天上的"一"字和"人"字在秋后南归的那一刻。

选自《光明日报》2022年9月9日第15版

秦岭抱南北

李青松

生态文学作家。长期从事生态文学研究与创作,主要代表作品有《开国林垦部长》《北京的山》《相信自然》等。曾获徐迟报告文学奖、北京文学奖、百花文学奖、呀诺达生态文学奖。

一张地图

秦岭是南方的北方,秦岭是北方的南方。

在这里,北方转身抱住了南方,南方回头抱住了北方。

梁爽赠送我一张地图。——不是示意图,而是一张带有比例尺的精确到毛孔的秦岭此行路线图。我手捧地图阅览之,有一种别样的感觉。纸张也奇异,不怕撕不怕拽不怕折不怕水,野外用时不用小心翼翼,不用顾及会不会损坏地图。在一般人眼里,地图是平面的,可是在制图人眼里却是立体的。

地图,原来也是活着的东西呀!

当车窗外的山岭和森林呼呼地闪过的时候,我分明看到来了闪过的一切,又长了翅膀呼呼地落到了地图上。倏忽间,时间和空间并置了——这是一张充满生命律动的地图啊!在地图上,汉江流出秦岭闪着白光;在地图上,大熊猫抱着翠竹吃相贪婪;在地图上,朱鹮迎着黄昏前的落日振翅飞翔;在地图上,金毛扭角羚怒目圆睁野性生猛;在地图上,金丝猴呕呕呕地乱叫搅动着山林。

"哇,果然是搞制图的,太专业了!"我对梁爽说。

梁爽是我的朋友,现任自然资源部第一地理信息制图院副院长。梁爽毕业于武汉大学地理专业,是测绘与制图方面的专家。梁爽告诉我,秦岭的每一座山岭,每一道沟壑,每一条河流,每一棵草木都有地理信息记录在案。测绘制图工作者,就是用脚步丈量大地的人，就是用科技手段描绘山河的人。

秦岭北缘太白山庞大高耸的山体，如同一道坚固的屏障，阻挡了北方南侵的寒流。而南坡的气候却温暖宜人，林木繁盛，生物多样性丰富，是大熊猫、金丝猴、朱鹮和金毛扭角羚最理想的栖息地。

梁爽指指地图说，秦岭以太白山体为分界线，以南为长江流域，属于南方；以北为黄河流域，属于北方。

唉，在地图上，北方与南方是如此的直观。如今，秦岭的广大地域都被划入了国家公园保护范围。我们所生活的世界，并非只是我们的世界。一切活着的生命，都在为求食而生存，为传种而繁衍。人是例外的，在危机和灾难面前，人类除了拯救自己之外，还承担着拯救世界的使命。

秦岭，山连着山，水接着水，森林叠着森林。

对于中国来说，秦岭意味着什么呢？

牛背梁

柞者，木也。

秦岭以柞树为主的森林分布在牛背梁。

当地人把"柞"字读作"炸"。起初，我疑为读错了。可是，错了的是我。事实上，柞树即为橡树。在东北林区，此树唤作蒙古栎，也称之柞树、橡子树。秋天，柞树林里常有野猪出没。野猪最喜食柞树上掉下来的果实（橡实）。

柞果粒粒饱满。

嘎嘣嘎嘣！嘎嘣嘎嘣！——野猪嘴巴嚼着柞果，嘴里发出脆裂的响声。或许，野猪嚼柞果，不单单是充饥，有时可能也是为了嚼出柞果在口腔里碎裂的那种感觉。

然而，野猪总是粗心得很，取食潦草，大大咧咧，而且随意排粪，现场被它糟蹋得混乱不堪。当它用嘴巴拱食腐殖质层或者土壤中的柞果的时候，也就给另一些柞果培了土，施了肥。

次年春天，柞苗就眨巴着眼睛呼呼地长出来了。

我在牛背梁没有看到野猪，却看到了野猪拱食的痕迹。也许，它听到了响动，远远地躲起来了。

野猪在森林生态系统中具有不可替代的作用。它能用嘴巴拱出土坑，雨天蓄水，供各种小动物饮之。它能掀翻石头，拱开坚硬的地面，拱出土壤为柞树播种。当然了，它也能给柞树松土透气，让地下的根舒展起来，尽情呼吸。

当地一位野生动物专家告诉我，野猪有三大特性：一则，虽然是食草类动物，但也杂食，草根、树根、鲜果、浆果、坚果、花茎，基本上不挑食，啥都吃，食物种类丰富；二则，适应能力极强，无论是高山，还是草地、灌丛、荒漠，随遇而安，随处可栖；三则，繁殖能力惊人，一胎数崽，年年产崽，崽又产崽，种群数量成倍增长。

生态系统的平衡是一个动态变化的过程。

在某段时间，即便野猪数量出现了爆发式增长现象，也不必大惊小怪。某些物种的局部丧失或减少，增多或爆发，都会导致生态系统失衡，或者病虫害发生，或者某种疾病发生。然而，动物与动物之间自有相处的法则。如果人类过多干预，往往会破坏了自然之道。所有的物种皆为生态系统的组成部分，相互制约，在动态中取得平衡。

森林里，植物、动物、菌类及其微生物各处于自己的位置，新与旧，小与老，更迭不歇，周而复始，生生不息。

即便倒木和朽木，也并不意味着生命的完结。

在森林里，从来就没有多余的东西。直立的干枯柞木上长出一串一串的木耳，倒木和朽木及其腐殖质层上生出一朵一朵的蘑菇。偶尔，啄木鸟光顾枯木枝干，快速地搜寻一番，"当当当，当当当"，一顿猛烈的敲击，震晕了树皮里的虫子，然后用带钩子的长嘴把虫子取出来吃掉。

呃，牛背梁的早晨，在啄木鸟的敲击声中醒来了。

朱鹮与白鹭

秦岭腹地的宁陕县渔湾村，恰好处在南北分界线上。人称离南方最近的北方，离北方最近的南方。

汉江支流之一——长安河流经这里，并在此处回头转弯，虚晃一下，然后埋头开掘出多个漩涡。也许是一块一块的巨石有意要制造一些麻烦吧,搞得河水飞浪喷雪。

长安河充溢着野性,生猛滔天,它日日倾诉着遇到的委屈与愤懑、快乐与欢喜。岁岁年年,渔湾村从来都是能包容有耐心的倾听者的,它把有关长安河的故事和传奇,转化成一片一片的稻田,转化成起起伏伏的蛙鸣。

渔湾村周边的山林、沼泽和稻田是朱鹮的重要栖息地及活动区域。这里播种的水稻是供朱鹮觅食之用的,村民从不指望收获多少稻谷。稻田里的泥鳅、黄鳝、青蛙、螃蟹、青虾、河蚌及一些昆虫是朱鹮的主要食物。在渔湾村,村民做任何事情都要考虑朱鹮的因素。山林不得樵采、不得放牧,农作物不能打农药、不能施化肥,河流禁止开渠、挖沙、采石。

早年,有人提出这样的问题:为了几只鸟,如此如此,这般这般,值得吗?如今,这已经不是问题了。村民已经习惯了与朱鹮共生共存、共存共荣。固守传统的农事法则,向对朱鹮觅食和繁衍生存构成威胁和带来隐患的一切生产方式和生活方式说不。

然而,作为珍稀物种,朱鹮并非随处可见的。

驻村干部小张说:"我从三月份进驻村里,到今天总共看到朱鹮三次。"

"都什么情况呢?"

"头一次看到的,是两只。一前一后从村庄的上空飞过。"

"怎么知道那就是朱鹮呢?"

"朱鹮的头上有彩色翎羽。"

"第二次呢？"

"第二次看到的只有一只。"

"在哪里看到的？"

"喏！"她用手指指前面那片稻田，"就是那里，当时那只朱鹮很孤独，在水田里呆立着，心事重重的样子。"

"第三次呢？"

"第三次是两只。"她停顿了一下，"呃，确切地说，是一只朱鹮一只白鹭。"

"嗯，白鹭是朱鹮的好友。"

"朱鹮是抓泥鳅的高手，但它做事太过专注，眼睛只看猎物，常常忽略周围危险的存在。白鹭跟着它，白鹭给它放哨。朱鹮抓到泥鳅后往往先送给白鹭吃。"

因之朱鹮，河湾村闻名遐迩了。

近年来，来河湾村旅游的游客渐渐多起来了。许多农家搞起了农家乐和民宿。一些有眼光的企业家也瞄准了这里。长安河的河湾上有一座废弃的水电站，蜘蛛网纵横，荒草连天。一位有文化情怀的企业家斥资，把它改造成书店和咖啡馆，使山色河景与书香咖啡香融为一体。让那些来河湾村寻找诗和远方的人，获得温暖和慰藉。

书店曰之"天空下的自然书店"。

咖啡馆曰之"鹿柴咖啡馆"。

书店和咖啡馆有着浓浓的文学气息——名字有什么寓意吗？不得而知。自然书店书架上有上千册书，均为自然、人文、美学和历史方面的书。

在咖啡馆里，我没有喝咖啡，倒是喝了一杯当地产的绿茶。呷之，清香满口，舒坦极了。

金丝猴

"呕呕呕——！呕呕呕——！"

秦岭深处，数只金丝猴在高大的乔木上嗖嗖嗖地"飞腾"和"悠荡"，森林里充满喧嚣。

若干年前，潘文石跟我谈到秦岭时，就涉及那里的金丝猴。他说，秦岭金丝猴长相特征为朝天鼻，也就是两个外露的鼻孔是朝天仰起的。毛色金灿灿的，长发披肩，很有富贵之气。他说，同其他地方的金丝猴相比，秦岭金丝猴更干净、更漂亮。

秦岭金丝猴是一个大的种群，种群里又分数个家庭。家庭和个体数量有多少呢？我没有具体问过潘文石。这次来秦岭，宁陕秦岭办副主任张力文告诉我，在秦岭，仅皇冠镇的山林中就有三百余只金丝猴。

一处旅游景区为了吸引游客，一度投掷香蕉和苹果等食物将一群金丝猴引下山。然而，此举却遭到野生动物学家的反对。专家认为，金丝猴是属于森林、属于高山、属于自然的。它们不该在地面上爬行,而应该在森林中"飞腾"和"悠荡"。一旦靠人提供食物,金丝猴会产生依赖心理,生存能力降低,失去风餐露宿和与天敌抗争的本能。人类过度照顾和过度关爱,可能"好心办了坏事。"

况且,金丝猴同游客近距离接触也会带来安全隐患——猴子不怕人了,不免干出抢夺食物及一些惹是生非的勾当。

在一定意义上说,人类对金丝猴生活的强行干预是错误的。通过投食行为,让金丝猴变得如绵羊一般,对周围失去警惕性,没有了生存的压力,也就丧失了生命的魅力和竞争的能力。野生动物需要时刻保持对外部的警觉。

繁衍是每一个物种的本能和生存目的,它们要繁殖更多的后代,就需要选择更强大的基因,才会有最大限度的可能保证后代存活,继而确保种群兴旺。

错误很快得到纠正——有关方面审慎做出决定,再进行反向投食,把金丝猴重新引入山里,引回了森林。

就母爱而言,没有什么野生动物能超过金丝猴。母猴从来不抛弃自己的孩子。一只母猴一胎只生一只婴猴,一生只生三四只。婴猴的出生都是在夜晚。为什么不是在白天呢?这个问题没人能回答。我想,自然问题未解之前只能敬畏了。

每只小猴,母猴都无比珍爱。当婴猴因某种原因在母猴的怀里死亡了,母猴还会紧紧抱住而不扔掉它,母猴还经常下意识地抚摸婴猴的头部,或者为它梳理体毛。直到有一天,婴猴的尸体腐烂了，四肢已经脱落，肚皮溃烂奇臭无比，甚至体内爬出了蛆虫，母猴才把它安置在山洞里，流下悲痛的眼泪。甚至，多日不吃不喝，守着婴猴已经溃烂不成样子的尸体不肯离去。

失去婴猴的母猴，会用脚掌拍击树干、拍击石头，甚至会抄起树棍，表达自己的哀痛。也有的母猴，仰天发出粗鄙而凌厉的吼声。"呕呕呕——！呕呕呕！——"那吼声震撼着森林，令其他野生动物恐慌。

在森林中取食或活动时，金丝猴的"飞腾"和"悠荡"，传播了种子，对维护秦岭生态平衡发挥了重要作用。然而，它的生物进化过程、它的生活习性、它的免疫能力等方面的情况，我们几乎毫不了解。比如，通过观察发现，金丝猴不畏寒冷，但却惧怕邪风。邪风吹之，必生病。邪风者，害虫也。害虫者，毒也。——而毒邪之物是通过风作恶的吗？

"呕呕呕——！呕呕呕——！"金丝猴，你内心装的是痛苦，还是困惑，还是焦虑？我知道你有话要说，你要告诉我什么？

逻辑总是悖谬——我们越是渴望破解自然中更多的秘密，越是感到我们对自然的所知是如此之少。

秦岭雨声

哦，秦岭的雨说来就来了。

森林在雨中发出独特的声音，那声音难以形容，是那么清亮又那么有弹性。雨滴在叶片上滚动，滚落之后，叶片突突抖动，余音不绝。在森林里，雨声令一切生命睁开了眼睛，即使是一排一排的蘑菇，也放声歌唱了，即使是蛰伏在树干的苔藓，也焕发出以往从未有过的激情，让我们看到了卑微之物所具有的坚韧和能量。

置身秦岭，凝望细雨中的森林，我感受到了一种奇异的气息。我的潜意识中充盈着这种气息，它让我想起最本质的一些东西，忘记了城市，忘记了困惑，忘记了那些失意、挫折和种种烦恼。

我们是这个星球的一部分，因此我们不能孤立地看待我们自己的事情。应如何看待秦岭呢？

雨停了，空气湿漉漉的。我驻足一棵巨松之下，观流云匆匆从树隙穿过，闻鸟鸣一声一声从云间飘落。如果说云是山的使者，那么鸟该是森林中的什么角色呢？我想叫住云，云却头也不回，隐了。而鸟鸣真是奇怪的声音，鸟愈叫，山愈幽，林愈静。

告别秦岭的那个早晨，我拿出梁爽赠送给我的秦岭地图，把那些已经置于我心底的山岭、河流和森林一一在图上做了标注。我知道，无论何时，只要看到那些标注，我就会想起秦岭的人和事，想起秦岭的大熊猫、金丝猴、朱鹮和金毛扭角羚。

是的，就生态系统而言，秦岭是独立的个体，又是完整的整体——我从我的观察中感受到了一种不可言喻而又美妙的快乐。

选自《人们日报（海外版）》2022年10月1日第7版

野水的季节

黄风

山西作家协会副主席，《黄河》杂志主编。出版中篇小说集、散文集、长篇纪实作品多部。曾获《中国作家》鄂尔多斯文学奖、中国作家出版集团奖、山西出版奖、山西"五个一工程"奖、赵树理文学奖等奖项。

1

风窜着屋脊,扒在烟囱口上,又猫号了一夜。

屋顶下的人,早见怪不怪,听不到风号还叫春天吗?窗纸呼啦啦急了,风要破窗而入,也仅是翻个身将背掉给窗户,把钻进被窝的冷踢出去,把滚开的被角掖紧了,继续搂着头扎在怀里的梦入睡。

临明的时候,院里杨树上的一根胳膊粗的枝断了,嘎巴巴骨折似的,把夜幕扯个口子,带着一绺牵连的皮肉坠地。屋檐头的一片老瓦站起来,纵身跳到台阶下,溅落满地,有的滑溜得很远。碎碴儿新崭崭的,还是当年出窑时的蓝,日月仅锈黑了瓦皮。

眼睛被黑暗的四壁围堵着,蜘蛛似的在墙上爬来爬去,耳朵却看得屋外清清楚楚,每一声响都是形象的。耳朵反馈给主人,也就一根树枝一片瓦,算不上啥损失,只是虚惊一场。梦却又一次被搅了,是收拾好接着睡呢,还是天就要亮了,挨上一会儿起炕?

2

风卷起夜幕,像村庄在夜幕下曾经传说的马匪一样走了。

天按部就班,从东方亮起来,向西方亮去,爬出山的阳光,越过空旷的田野直入村中。鸡噤了一夜，狗噤了一夜，这时都叫起来了。鸡扇着翅膀，有的还跳上墙头，但叫声稀零寡落，响应者不多。狗叫声却很凶，你追我赶的，从地下蹿到天上，邻村的狗叫声也加入进来，一起咬着早已不见踪影的风。

鸡犬之声落定后，院门一声不吭地开了，一颗容貌不整的头从门缝探出来，石子似的抛几眼，然后将两扇比春联还鲜艳的门响亮地开大了。背着手站在院门口，边朝街两头张望，边从喉咙深处清理一口唾沫，用舌头抟揉了，啪地丢到对面的墙根下，便转身回去收拾被风折腾得乱七八糟的院子。

趁院门打开之际，狗逮个空子溜出来，迎着大半条街的阳光跑出村，跑到村东的嘶云河上。整个春天是不会拴它的，如果拴住它，它会魂不守舍，终日呜呜地叫，把院中空闲啃得满是牙痕。它没有咬着大风，就到河边去找小风。春天常有开小差的风，像逃学的生小子在河上贪玩。狗找到小风后并不咬，而是满河作耍起来，汪汪声撵着呜儿声，呜儿声撵着汪汪声。

早起的，路过嘶云河的村人，在水泥大桥上驻足观看，狗河上河下，不知在跟什么东西玩闹着。那东西他看不见，只有狗看得见。但肯定不是不干净的东西，不干净的东西天一亮就跟着夜走了。河中蹿起一缕烟尘，狗就追着烟尘叫，河堤上的柳树摇晃了，狗就扑向柳树叫。或者掉转头，边跑边冲自己身后叫，好像那东西追上来了，就趴在它尾巴上。

早起的村人，眼睛天上地下溜了一圈儿，又与狗一同追逐半天,他很想看到狗眼里的东西,但就是看不到。能看到的话,也是狗眼里的他。他不能再消磨时间了,要去地里走走,看看啥时候能开墒。

可就在离开大桥的一刻,他脑中像钥匙插进锁孔转了一下:春天来了,狗还能追逐什么?

3

冬天的风号冷,一寸一寸号到地下三尺深;春天的风号暖,将地下三尺深的冻一寸一寸号浅了。三尺之下的地气,便伸胳膊蹬腿,舒展憋屈已久的身子,将一冬天冻僵的土地暖过来。

干喇喇的嘶云河苏醒了,有冰的地方冰开始消融,没冰的地方渗出湿来。从冻在一起的沙石之间,湿围绕着石头渗出来,起初一根线似的不经意,慢慢地变粗变深了,承接着绵延的地气,像石头生出阴影一样扩展。湿气越来越重,把沙土黏糊糊地松软了,渐渐变成泥沼。某天风卷走夜幕,河上出现东一汪西一汪的水,像嘶云河渴望的梦,那渴望穿越了漫长的冬天。

在此之前,已经历了一场一场的风,包括那晚折断树枝、摔碎瓦片的风。但就整个春天来说,风还刮得远远不够,还得刮下去。在一场场的风中,河中梦一般的水,梦一般地变化着,有的扩大了,有的缩小了,有的甚至消失了。因为变化无定,还没有生出根来,所以叫野水。

狗依旧往河上跑，天一亮就蹲在窝边，一会儿盯着屋门，一会儿瞅着院门。在紧闭的两门之间，眼睛就像它的狗爪，把院中薄霜似的清静，来来回回地蹽下几道爪印。容它跑出去的机会就待在门后面，从拔缝挤扁了脑袋瞭它。但它跑出去追的不再是风，而是那野汪汪的水，水比风更骚。

4

野水沉浸的雁门关上残雪皑皑，那闪耀的光朵仿佛雁叫声。狗听到了那明亮的叫声，担在雁翅膀的两头，一扇一扇的。它在长空中寻找着雁的身影，可雁早就北上，到达更遥远的北方。

倒映的天空愈瞭愈深远，把阳光能穿透的水无限延伸了。狗没有瞭到雁的身影，却瞭到了还未落定的雁叫声。每年雁渡关山，一声一声的雁叫声，从丢下的那一刻起，就跟雪花似的，跟它掉下的羽毛似的，开始飘啊飘的。雁门关活了千年，雁叫声飘了千年。瞭到雁叫声的时候，狗还瞭到飘着的，一样没有落定的儿歌：

二月二，剜小蒜，狼一半，狗一半。

儿歌早在此前就飘起来了。儿歌飘起的那天，在嘶云河畔的田野上，三五个仒小子手执小铁铲，一步一盯地寻觅着。他们剃过的"龙头"，有的半毛不剩，有的仅留一撮后拽拽。小蒜是此时地里最早生出的绿色，孱弱得近乎于无，只有走到跟前才能看到。样子瑟瑟的，似乎想从你眼前逃走，却又力不从心；或一动不动，怯生生地注视着你，企图躲过你的视线，不被你发现。

那小蒜苗仅有两三根细叶，像《三毛流浪记》中三毛头上的毛，直到盛夏才会茁壮。可它能拱破初春硬邦邦的土地，经得起料峭春寒，经得起一场接一场的风，是想象不到的柔韧。风可以折断树枝，摔碎屋上的老瓦，却折不断毛一样的小蒜叶子。

仒小子们剜下小蒜后，便聚集到野水边，受旱一冬天了，他们很想像夏天那样跳进去，光不溜秋地玩个痛快。可大人们早警告过，这时的水还凶，下去会浸得腿抽筋，浸坏传宗接代的小祖宗，长大娶不下老婆。他们只好作罢，心又回到小蒜上。掐掉小蒜泥哄哄的根须，剥去蒜头的苢衣，一棵一棵地清洗干净。两手通红了，做活的样子蛮大人的。

收拾好的小蒜，从头到尾的鲜嫩，那扑鼻的小蒜味儿，勾起他们无限食欲，喉咙里像长出第三只手来。母亲曾经用小蒜做过的饭菜,凡能记起的便涌现脑中。最奢侈的是小蒜炒鸡蛋，绿茵茵的蒜叶子，白珍珠似的蒜头，嫩黄嫩黄的鸡蛋，再俏上几片西红柿。最提味的是腌小蒜，切小葱一样切好了，炝上胡麻油，浇上老陈醋，吃什么都下饭。特别是吃面条，吃高粱面"鱼鱼"，撩上那么两三小勺，呼呼噜噜地，能把舌头吞掉。或把卤猪头肉切得薄薄的，一片儿一片儿蘸上腌小蒜吃，一入口便粉皮似的滑溜到了肚里。

收拾小蒜的时候，他们对水仍念念不忘：

一个说，你说，这水像啥？

一个笑道，像你妈的奶子。

一个说，你骂人。奶子是鼓的，这水是鼓的吗？

一个笑道，不是鼓的，那你说像啥？

一个说，像你姐的桃花眼。

5

狗被生小子们吸引着，目光一抽一抽的，把阳光弹成了雾。它很想蹭个热闹，却又不敢靠近他们，便隔着一片干涸的河床，在另一处野水边玩起来。

水中的一条狗也跑来，与它一同玩耍，一个水里一个水外，玩得情投意合。它举起尾巴摇一摇，对方也举起尾巴摇一摇，它直起身子人立了，对方也直起身子人立了。可玩着玩着翻脸了，隔着如镜的水面，两颗头凶相毕露地抵到一起。先前的欢洽变成恶咬，它龇牙咧嘴地咬一口，对方也龇牙咧嘴地咬一口，相互咬得面目全非。咬了半天才发现，它在跟自己的影子打架。

打得水世界天崩地裂，一块块飞溅起来。阳光乱纷纷的，像遭老鹰追逐的雁叫声。沉没在水中的石头，有的像乌龟一样露出水面，惊恐地张望着撕咬的狗。圧小子们也停下手张望着，他们不知道狗在跟什么打架，或者怎么会跟水打架呢？他们想到了鱼，狗不是在打架，大概是在咬鱼。可这水中哪会有鱼呢？

狗与水的气氛感染了他们，像盛夏一片被风吹过的葵花地，感染了另一片葵花地，他们也手舞足蹈起来，把左腿朝后编到一起，一边用右腿弹跳着转圈，一边拍手歌唱：

编，编，编花篮，花篮里面有小孩，小孩的名字叫花篮……

在野水边转了一圈儿又一圈儿，花篮编了一个又一个，他们陶醉在游戏之中。眼前海阔天空，一个个花篮像彩气球升起，像孔明灯升起，歌声成了系在花篮上的飘带。花篮里的"小孩"，扒在花篮边上俯瞰到，离河畔的村庄越来越远，离环绕村庄的田野越来越远，他要想回到地下，就得生出一双翅膀。

6

风变得隔三岔五，被风刮走的夜幕，一幕撵着一幕，在白天那头翻卷。圧小子们与狗的玩闹，在野水边仅留下杂乱无章的踪迹，还有石头上狗骗起后腿做的标记。

狗闻寻着自己黄渍渍的溲味,溲味一头粘在石上,一头发丝一样飘着。狗去撵一丝飘向水中的溲味时,发现雁门关上的残雪不见了。好像大前天还在,阳光照得刺目,今天却不见了,空余下一片湛蓝,一片能敲出铁响的山寂。那消失了的残雪,也是盘踞雁门关的最后一片残冬。

除了消失不见的残雪,狗还发现水面上蹽着三五只水蚊子,像多年后它蹲在电视机前,或在城市广场上的后代,看到的滑(旱)冰的人一样,滑来溜去。还有几片悄然而至的花瓣,晃悠悠地漂着。便有燕子扑下来,在水面上一闪而过,鸻走一只水蚊子,叼走一片花瓣,丢下一个不断扩大的水花。

水花将日子变成圈儿,一个日子一个圈儿,后一圈儿赶着前一圈儿,带来耕地的扬鞭声,带来播种的耧铃声,田野上一天比一天人欢马叫。田野上热闹的时候,水中也热闹起来。蛙鸣是从一个无风之夜开始的,走进云幕的月亮先听到一两声,过了一会儿又听到三四声,叫得小心翼翼。直到月亮重新走出云幕,与水中的月亮交相辉映,蛙才连续不断地叫起来。夜越深叫得越响,呱呱哇哇个不停,把野水变成了沸水。

蛙声像一串串水泡,带着一团团蛙卵,从水中间向四周扩散。在聚集了蛙声的水边,芦芽敛声静气地观望着,它看到浮现的蛙脑袋,一边叫一边保持警惕,随时准备躲到水下面。亮晃晃的水面,为芦芽展现出日后的光景,一如往年枝繁叶茂,长成绿汪汪的芦苇丛。小苇莺来了,大苇莺来了,别的鸟也来了，黑夜是蛙的世界，白天是它们的天堂，一样把野水变成沸水。

早在蛙现身之前，在踪迹杂乱无章的野水边，狗就发现多了新踪迹。从那些踪迹残余的气味中，它嗅出有虫有鸟有兽，它们来到水边的时候，有的小心翼翼，有的漫不经心，有的直奔了过来。这天狗嗅到的，最高大的是一头驴，这家伙它前几天就见过，在河堤上走来晃去，只因惧怕它和生小子们不敢靠近。

驴是一天中午收工后，在从地里回村的路上，瞭见野水边只有午闲眯了眼守着，得到主人的允许跑来的。主人卸下它背上的犁，给它摘掉笼头，朝它屁股上拍一巴掌，说去吧。它选择水边一个干净处，先四蹄朝天地打几个滚，把浑身的疲劳从毛孔赶走，然后埋头饱饮一通，把一上午积聚得满肚干渴，顺着肠道一股脑儿地浇灌掉，便照着水顾影自怜起来。

主人扛着犁回到村口，担心驴玩儿过了头，就遥望着驴吆喝，耍上一会儿就回来，吃了饭歇一歇，还得下地去。主人吆喝的时候，其实连个驴影子也没瞭到，只是朝着驴大致的方向，把喊声放出去。驴压根儿就没听到，或者听到了，逛城门洞似的，左耳朵进，右耳朵出。

驴甩打着尾巴，没有像狗一样连自己都不认，打架打得天昏地暗，而是偏了头认真地欣赏自己。如此相貌堂堂，它还是第一次发现。驴一下子无法自已，周身的血液山呼海啸，渴望得到一头母驴的青睐。于是从胯下掏出枪，吼叫起来：

啊啃尔——！

啊啃尔——！

7

那天的驴叫声，是驴的魂在奔跑，奔过嘶云河，奔向炊烟已在烟囱上像松散的辫子盘起的村庄。在一片片屋顶之上，驴蹄铁闪耀着飞机的银亮，围绕村庄尥起一圈儿一圈儿烟尘。

除了耳浅的驴崽子，村里的驴都听到了，也听出是哪个家伙在撒野。这样的撒野，尤其是春天，时常会发生。公驴们不以为然，它们都声嘶力竭地干过。母驴们更是习以为常，早被这种叫声喊惯了，也追赶惯了。在这吃饱喝足，上午架过的车或犁卸在太阳下的午间，最美的事就是和屋里的主人一样歇上一会儿，站在驴棚里的驴槽前，或卧在墙根的阴凉处，边甩尾巴边打盹。因此回应声寥寥，抛到天上又掉下来。

野水边的驴，顺着叫声蹚下的路，直趔趔地瞭到，它遭受冷落的叫声变得纷纷扬扬，无精打采地落下。有的落在笼罩房屋的树上，像雪落到水中一样。嫩绿的树亮闪闪的，一副春雨洗过的样子，叶尖上挂着水珠。等到盛夏的时候，会在村子上空绿成潭，投奔的鸟们扎进去，激起嘭咚嘭咚的声响。

一如雁门关上残雪的消失，树绿得不知不觉，村中长嘴的都说不清它是何时绿的。似乎太不当回事了，感觉也就一夜之间，可回头一程一程地去瞭，又好像已经历了一个春天。

环绕村庄的树木，环绕田野的树木，早告别了冬天的枯瘦。与天相衔的山脉，圈起远远近近的绿色，还有一片一片已开始烟消云散的桃杏花。更广阔的，是此时的绿色还无法遮盖的黄土地，像怀孕的女人一样温存而安详。布谷鸟断断续续地叫着，叫得苦口婆心，无人听了，它还在叫。它从哪天起叫的，要叫到什么时候才作罢，只有埋下种子的黄土地知道。

"春风不刮地不开"，把地刮开了的风不再呼号，刮成了嘶云河畔的垂柳，那万千绿丝绦便是拂煦的风。倒映垂柳的野水，已在河中扎下根，与地下水串通了，不会再梦一般地变化，不会被夏天到来后的洪水冲走。水中除了乇小子的身影，又多了女人或肥或瘦的身影，她们坐在水边，双脚浸泡在水里。白胖胖的脚趾，被顽皮的蝌蚪当成虫，围绕着摇头摆尾。每人面前摆块洗衣石，一边说笑一边洗衣。

乇小子们有时一丝不挂，做了母亲的便替做姑娘的驱赶，挥舞着手中的棒槌叫骂。被骂的乇小子，害怕她隔着水把棒槌像弼马温的金箍棒呜呜地扔来，便水淋淋地抱上衣服就走。走远了却不甘心，于是在阳光下亮晃晃地朝女人耍小祖宗，笑嘻嘻地喊：

"我就不穿衣裳，我就不穿衣裳。"

姑娘脸赤了，赶紧并拢两腿，把头别向一侧，一只手轻掩在唇边，吐出几片柳叶似的笑，在水里浅浅地打转。女人的嗓门又大开了，能开出坦克来，忽颠着两个奶子，把话当棒槌扔出去：

"死娃子！回家叫你娘看去，跟你爹的比一比，尺寸不够揪一揪。"

每个人的衣物都不少，好像积攒下来，就等着这一天洗。衣物有新有旧，新的花花绿绿，旧的灰灰暗暗，"嘭嘭"地捣洗净了，晾晒在野花星星点点的河滩上。晾晒的时候，一个人双手拎着，或两个人参开胳膊揪住四角，先要将衣物抖展挂了，抖出能挂到眼睫毛上的七彩晕。

阳光也树一样丰茂起来，在白云苍狗的天空下，在日昼漫长了的村庄内外，长成参天大树，但不是浓荫匝地的树，而是轰轰烈烈的树，一树一树的金叶哗啦啦的。

村人像往年说：哎呀，夏天来了。

村人又像往年说：今年的春天，咋这么短促？

选自《山西文学》2022 年第 10 期

大白鹅的冬天

刘亮程

中国作家协会散文委员会副主任、新疆作协主席。著有诗集、散文集、长篇小说、随笔访谈等多部。有作品收入中学、大学语文教材，获鲁迅文学奖等奖项。2013年创建新疆菜籽沟艺术家村落及木垒书院。

冬天

雪地上没有鹅的脚印,以为它在窝里没出来。我提着一壶开水,烫开水盆里的冰,又烫食盆里的苞谷糁子,这是给鹅和猫狗的早餐。

这时听见鹅在前面"鹅鹅"地叫,声音翻过积着厚雪的屋顶落下来。我放下水壶过去,见鹅在松树下没雪的地方站着。雪被茂密的树冠兜住,松枝都压弯了,树冠下落了厚厚一层松针,看上去比别处暖和。

它看着我又叫了两声,嗓门宽阔有力,像在空中打开一扇门。我赶着它去吃食。地上的雪没扫,它好像眼盲了,认不得路,跑到两排松树间的大道上,头顶到院门才知道走错了,又掉转回来。我紧追几步,它扇动翅膀跑起来,一副要飞的样子。我真希望它飞起来,飞得找不见,我们也不用每天操心喂它,它也不会每天受冻。但这冰天雪地的,它能飞到哪里?南飞的天鹅和大雁,早在三个月前就飞走了。那时一行行的雁群飞过书院上空,大白鹅时常仰头朝天上叫,翅膀张开助跑一段想要飞起来。我妈说,白鹅的翅膀该剪了,不然会飞走。

但一直没剪。那时它吃得肥胖,走路都费劲,怎么可能飞走。顶多有飞的愿望吧。如今它已经瘦得只剩下一堆羽毛了。它跑起来,翅膀展开,真像要飞起来的样子,却一头撞到雪堆上,整个身体陷在深雪中,张开的翅膀被雪托住。

我把它抱出来，放地上撵它走，看它的红爪子踩在雪里，整个肚子蹚在雪里。我都能感觉到它的脚冷。

到了食盆旁，看见一小堆绿韭菜叶，它使劲啄食起来。那是金子昨天拿过来给鹅的。它卧在雪里吃菜叶，把冻红的脚丫捂在肚子下面。它能暖热自己的脚丫子吗，下面全是冰雪？我给它在地上铺了纸箱板，又铺了松针和树叶，希望它站在上面脚不会太冰。它不领情，固执地卧在纸壳边的冰雪中。

我真担心它过不了冬天。每天一早推开窗户，我最想听见的就是大白鹅的叫声。只要它叫一声，我便放心了。它似乎知道我在这时醒来，它在松树下叫，叫声翻过两栋房子的屋顶和积了厚雪的菜地，传到我耳朵。

寄养

这是它跟我们生活的第一个冬天。

去年冬天我们把它寄养在老郭家。4月，金子带着我妈从养殖场买了两只小鹅和两只麻鸭，养到8月开始下蛋，大白鹅的蛋又大又白，麻鸭蛋和它的名字一样灰皮麻点。那时它们跟鸡圈在一起。鹅整天扬起脖子，"鹅鹅"地撵鸡，哪只不听话就拿嘴啄鸡毛。它们成了鸡群里的老大。两只麻鸭个头比公鸡小，只能灰溜溜地待着，不和鸡合群，也不跟鹅混。

金子每天去鸡圈好几趟，喂食，添水，收蛋，每次收了鹅蛋鸭蛋，都高兴得跟小孩似的。鸡蛋给厨房，鹅蛋鸭蛋她存起来，排成排摆在篮子里，说要等女儿回来吃。女儿的孩子小，刚几个月，说明年回来。结果几个鸭蛋放坏了，鹅蛋放到了下雪前。

天气冷了，我妈回沙湾过冬，我们也回乌鲁木齐住一阵，留下方如泉守院子。养了大半年的鸡鸭鹅就得处理掉。公鸡全宰了（真对不住公鸡），三只母鸡给厨师王嫂家代养。两只鹅和两只鸭子送到村民老郭家代养，说好下的蛋归老郭家，再给两袋子苞谷。到雪消天暖和，给王嫂代养的三只鸡死了两只。喂在老郭家的两只鸭子都死了，鹅死了一只，老郭不好意思，把收的四个鹅蛋和活下的一只鹅一起送了过来。

我们送去时雪白丰满的大白鹅，一个冬天瘦成了鸡，毛黑不溜秋，眼神也呆滞，不知道它在老郭家是咋活过来的。老郭家的鸡有暖圈。所谓暖圈，也就是个小房子，夜晚能挡风而已。不过，老郭家的几十只鸡和我们的鸭鹅挤在一起，每只鸡鸭鹅都是一个小暖袋呢。鹅在它们中间，是一个大暖袋吧，它们依靠着互相取暖。但是那两只麻鸭和一只鹅，还是没有熬过冬天。

春天

转眼又到冬天，圈里养肥的鸡又要宰掉（又对不住鸡了）。鹅再不敢往老郭家送，本来要和鸡一起宰了，后来还是留下来了。大冬天鸡窝空空的，看着都冷。鸡到另一个世界避寒去了。鹅留下来，它独自承受着满圈满院子的寒冷。靠院墙斜立的两块工程板下面，是金子给鸡和鹅做的下蛋窝。现在一个成了鹅过冬的窝，里面铺了厚厚的麦草，另一个被黄狗星星占了。那个两头通风的窝，其实只比露天稍好一些，能挡住西边来的寒风。

年前几天降温，我们又要回城里过年，大白鹅和猫狗托给王嫂家喂养，她老公每天过来烫一盆粗面，大伙一起吃。猫不用担心，能捉到老鼠。狗也不用操心，它们总能弄到吃的，前年冬天我们回到书院，见牧羊犬月亮在松树下守着大半只羊，肯定是从村民家偷来的。去年书院后面住的老张说，他宰了猪，猪头挂在仓房，想着过年吃，结果没有了，顺着雪地上的印子一直追到我们院墙上的水洞，肯定让我们家大狗叼来吃了。金子说，确实看见月亮吃剩下的半个猪头。我们也不养猪，没法赔一个猪头给老张，只能说句对不住了。这些年几条狗给我们惹了多少事情，月亮大前年把村委会烧锅炉的老王咬了一口，老王几年前打过月亮一棒子，记仇了。金子开车拉老王去县医院打了狂犬病疫苗。今年7月小黑和星星在山后的麦茬地咬死了村民的四只羊，让我们赔了6000元钱。现在我们把院墙上狗能钻出去的洞口都堵住，它们再不能出去惹祸，也不能在夜晚爬到坡顶的草垛上对天吠叫了。

回城前我把秋天菜园里掰的苞谷棒子在鹅常去的松树下

放了一堆，又在它的窝边放了一些，鹅会自己啄食苞米粒。只要有足够的吃食，它便能抗住寒冷。在城里我还常打开监控视频，看见猫和狗围在食盆旁，看见大白鹅在雪地上踱步。

年后回来，车开到大门口，月亮、星星和小黑都在门里面守着，它们能听出我的汽车声音，当车开到公路拐弯处，离书院大门还有上百米的地方，它们就闻声往大门口跑。我下车开门，三条狗亲热地往身上扑，金子把带来的狗食分给每条狗。

大白鹅站在松树下叫，它瘦了一大圈儿，见了我们，它张开膀子像要飞过来。两只黄猫不见了，方如泉说猫到别人家混吃的去了，过几天来院子转一趟，可能见我们没回来，就又走了。

我去鹅的窝里看，给它留下的苞谷棒子才吃了一半，地上扔着四个鹅蛋壳，我们离开的二十多天里，它下了四个蛋，可能都自己吃了。金子说：鹅不会吃自己的蛋，肯定是星星和小黑偷吃了。我拿着鹅蛋壳，大声审问小黑：鹅蛋是不是你吃了？又审问星星。两条狗都一脸懵懂，装糊涂。我猜想肯定是星星偷吃的。它住在鹅旁边，可能就是盯上了鹅蛋。鹅下一个，它吃掉一个，把空蛋壳留给我们。不过也都没亲眼看见，吃就吃了吧。

早晨我烧一壶开水提过去，鹅已经在食盆旁守着。我用开水烫开水盆里的冰，再把冻硬的饲料烫开。鹅的嘴伸进水里，边喝边拿喙戏水。

它吃好了站在墙根，一只脚抬起，过一会儿又换另一只脚。水泥地太冰冷。我给它铺的纸箱板扔在一边，它还是不知道站

115

上去，可能它的蹼已经冻木了。

回书院的第二天一早，大白鹅踱着步从前面过来看我们。我给它撒了些芹菜叶子，它一个月没见绿叶菜了，低头啄一口，高兴得仰起头来。

中午金子见鹅卧在窝里，她关好圈门，过一阵听见鹅叫，金子说鹅下蛋了，让我赶紧去收。我出门看见星星也朝鹅叫的地方望，小黑也朝那里望，看来都在等鹅下蛋。这让我有点儿不确定是小黑还是星星在偷吃鹅蛋。我指着星星又指着小黑，狠狠地骂道：再偷吃鹅蛋把你们送人，不要你们了。星星知道我在骂它，夹着尾巴躲一边。小黑一脸憨相，我又觉得冤了小黑。

到窝边时，鹅的样子把我逗笑了，它伏在窝里，整个头和脖子贴在草上，一看就知道它在本能地躲藏，不让我看见。我拿专门收蛋的长把木勺拨开它的屁股，它扭转屁股护住蛋。我还是把一只大白蛋舀在木勺里拿了出来。鹅见自己的一个蛋被我收走，眼睛圆圆地瞪着，鹅没有表情，但它肯定有心情。它的心情会跟农人失去一年的收成一样吗？或许它已经习惯自己的蛋被人收走。它回到书院就开始下蛋，已经下了十几个，我们没有留下一个让它孵育出孩子。这样想时竟生出些人的伤心来。鹅会不会伤心呢？

晚上听见鹅在窗外叫，天黑好一阵了，它不去窝里睡觉，在转啥呢？或是它想要给我们说啥？我出去查看，外面很黑，院子里没安灯。白鹅站在雪地朝我望，它的眼睛反着星光。也许是自己的光。我过去摸摸它的脖子，它转过身，沿着菜地边我们踩出的雪路一直走到小柴门旁，回头叫了一声，像是给我打招呼，然后回它的圈里去了。

我冻得浑身发抖，回到暖和的屋子里时，想到鹅也回到它两头透风的工程板下的窝里了。它只能把自己的羽毛当暖屋，把裸露的蹼捂在肚子下面，把喙伸进羽毛里。

我又听到鹅叫。它的叫声在半空中打开一扇门。我从二楼窗口看见它在屋后果园觅食，个别处雪已经化开，露出干黄草地，它不时低头啄食，不知吃到嘴里的是什么。中午我扛铁锨到前面的玻璃房墙根疏通积水，屋顶融化的雪水，积在墙根的水槽里，一半是冰，我拿铁锨敲开一个小水槽，让水往下流。每年都要干这个活，其实不去干，过几日水槽的冰全化开也就疏通了。但还是去干，人等不及季节。

转回到餐厅前见鹅在草莓地觅食，以为它在吃露出的绿色草莓叶子，却不是。它在化了一半的雪下面，找见先露出的细草芽，它啄食草芽时把冰粒也一起吃进嘴里，嘎嘣嘎嘣的响声，像一个孩子在咀嚼糖块。

夏天

被厚雪覆盖了一冬的院落，在一个早晨突然暴露出来，几件我们以为丢了的农具自己跑出来，它们倒在地上，在雪中睡了一个长冬。天暖得很快。金子在集市上买了五只小鹅，丢给大白鹅带。大白鹅显然喜欢小鹅，但小鹅怕大鹅。毕竟不是自己的亲妈。这些小鹅有亲妈吗？可能没有，它们在孵化场破壳而出，从没被大鹅带过，见了只有害怕。

我妈在院子里用纸箱围了一个小圈，喂草喂水。晚上把小鹅装纸箱拿进屋里。除了怕被猫和狗吃了，天上飞的鹞子也会叼走小鹅。书院这一片至少有七八只鹞子，每日在树梢盘旋，捉鸽子和鸟，经常有鸽子被鹞子吃了，在地上留一摊羽毛。那天我还救下一只鸽子，它被鹞子一翅膀拍打下来，鹞子紧随其后，眼看叼住了，我大喊着跑过去，牧羊犬月亮，还有星星、小黑也叫着跑过去。鹞子一侧身飞走了，受伤的鸽子也扑腾着飞到树上。

新买来的小鹅，要先拿去让月亮、星星和小黑看，给每条狗说这是我们要养的鹅，不是野生的。狗都懂事，见人和鹅亲近，就知道不能咬它，咬了会挨打。

第一只小猫带来时给月亮和星星做了介绍，如今猫和狗成了院子里最亲近的朋友。冬天两只小猫和两只大猫，和小黑一起抱团取暖，小黑每晚卧在门口的地毯上，两只小猫钻进小黑怀里，两只大猫卧在小黑背上，小黑一动不动，搂着它们度过寒冷冬夜。一天早晨，金子拉开窗帘，说大白鹅也和小黑挤在一起了。

今年夏天小外孙女知知来到书院，也是先带到几条狗跟前，让它们认识。狗看我们对小知知好，就知道不能对她不好，见小知知过去就远远躲开，生怕不小心碰着小朋友。知知不怕狗和猫，追过去抓。但害怕大鹅，它会追着叼知知。

我们买的五只小鹅活下来三只，如今已经是大鹅了。我妈依旧每天坐着她的电动车牧鹅。它们认下我妈的电动车了，跟着到前面草坪上去吃草，到后面果园去吃草。鹅胆小，只去我妈带它们去过的地方，不敢往远处跑。

那只大白鹅呢，在坡上果园的狗洞里坐窝了。

去年夏天大白鹅坐过一次窝，它占着鸡下蛋的窝，用嘴把自己的羽毛撕下来，垫在窝里。它下了一个蛋，一直捂着。隔天又下了一个。它要把两个蛋孵出小鹅。可是，我们这里的气候凉，小鹅长不大天就冷了，怕过不了冬天。金子把它的蛋收了，它还是坐窝不走。中午金子看见鸭子凑到鹅身边，嘴啄鹅的脖子，在说话。过一会儿，鹅起身走开，鸭子急忙跳到鹅窝里，下了一个小麻蛋。然后鹅便捂着麻鸭的蛋不放。我妈说，鹅和鸡一样的，到了坐窝时节，给个石头蛋都会捂住不放。

金子说，大白鹅去年没抱上小鹅，今年就让它抱一窝吧。我以为她只是说说，我出了趟差回来，没见到大白鹅，问金子，说已经坐窝 12 天了，再有 18 天小鹅就出来了。金子把果园水塘边的狗窝收拾出来，用我们家的七个鹅蛋，换了村民家的七个蛋。他们家的母鹅有公鹅交配，下的蛋才能孵出小鹅。

我带着小知知趴在门洞看，鹅卧在自己用嘴拢起的一小堆麦草上，眼睛朝外看我们，可能已经忘了我是谁。金子在门口放了一桶水，还满满的。我让知知在鹅窝旁等着，我去菜地薅了一把鹅喜欢吃的野莴笋，扔到它嘴边。它只是啄了两口，又专心孵它的蛋了。我妈说，鹅和鸡一样，孵蛋的时候不吃不喝。

到了小鹅该出壳的那天，金子和厨师去看，只孵出来三只小鹅，其他四只蛋都坏了。小鹅只是啄开了蛋壳，身子还在里面挣扎，金子把其余的蛋壳剥了，这个事本来是大鹅做的，它会拿嘴啄蛋壳，让小鹅快点出来。

出壳的小鹅放在纸壳里，下面垫了棉布，金子还在棉布下放了一只暖宝宝，上面又盖了一层布。小知知第一次看见小鹅从蛋壳里出来，我把毛茸茸的小鹅放在她手上，她捧着不敢动，不知道该怎么面对这个小生命。三只小鹅在我书房过了一夜，第二天还给了大鹅。

我妈像放牧那三只鹅一样，照顾大鹅和三只小鹅，白天放出来吃草，晚上吆到鸡房。它们一天一个样子地在长，可能小鹅也感到自己出生得有些晚，秋天已经来了，得抓紧时间吃草长身体，尽快长出能御寒的羽毛来。到了冬天，它们要跟大鹅一起，光着脚丫子在冰雪中走，靠自己的羽毛度过寒冷长夜。

大雪

大雪下了一天一夜，好多树枝被雪压断。昨天还遍地的青草，一夜间被雪埋没。除了大白鹅，其他的鹅都没经历过冬天，不知道它们看见这么大的雪，会不会惊慌。雪下得太突然，树都没落叶子，落了一地的苹果没顾上捡拾，几棵桃树和葡萄藤也没顾上埋住。人和草木都没准备好，冬天就来了。

好在三只小鹅已经长到半大，长出了厚厚的绒毛，和先长大的三只鹅一起放在果园。刚放进去时，那三只大鹅追着小鹅跑，可能是想亲热小鹅，大白鹅跟在后面护。没几天它们便亲热如一家了。

我在三楼的书房时常听见鹅的叫声，它们在果园边的绿草地上练习飞翔。我下楼在木栏杆门外探头看，它们展开翅膀，"鹅鹅"地高叫着，朝南跑到篱笆墙边，又折头跑回来。跑在前面的是三只新长大的鹅，大白鹅和它的三个孩子跟在后面。大白鹅已经三岁了，早已知道自己飞不起来，但还是展开翅膀跟着做飞的动作。两只小鹅似乎相信自己能飞起来，翅膀举得高高，爪子一下一下离开地。见我在木栏门外看，都收住膀子，像是怕我看见它们练习飞翔似的。

我推开栏杆门进去时，鹅全围过来，见我两手空空又停下来。

给鹅喂食是金子的事。她每天早上端半盆麦子喂鹅吃。鹅和鸡的食都是金子在村民家买的。下大雪的前一天，金子听说玉米要涨价，叫上厨师柳荣贵去六队买了七麻袋苞米，又开车到乡上工厂粉碎了，码在库房。到冬天没有骨头可啃的狗和猫，都得吃开水烫的苞米糁子。鹅也吃，但鹅似乎更喜欢吃麦子。或许更喜欢吃草，但草突然被雪埋了。给鹅的麦子每天都剩下一些，或是鹅的嘴没办法将盆里的麦粒吃干净。金子天黑前把鹅吃剩的麦子端回来，她说留下全让老鼠偷吃了。果园北边是苜蓿地，西边山梁后面是麦地，我散步时看见好多老鼠新打的洞。地里没吃的了，老鼠开始往人家里跑。我们院子的两只猫都生了小猫，母猫每天出去捉老鼠来喂小猫。即使这样，也阻不住老鼠往院子跑。去年冬天喂鹅的苞谷棒子，喂肥了两只大老鼠，它们钻在柴垛下面，猫捉不住，晚上出来偷我们喂鹅的食。好久再没看见那两只老鼠，可能被猫捉吃了，也可能过了一个冬天和春天、夏天，它们静悄悄地老死了。

说到老，又想起已经三岁的大白鹅，它算是年老了吧。这个冬天尽管有六只鹅陪它一起过，每只鹅都要担受自己的寒冷，肚子下的绒毛只够捂住自己的爪子，怕冻的嘴只能塞进自己的羽毛里。但它们会挤在一起。会有七个嗓门的大叫声，响在阳光明亮的书院上空。至少，它们不会太寂寞。

选自《散文海外版》2022年第10期

河流的几种形式

田鑫

中国作家协会会员,鲁迅文学院第 40 届高研班学员。出版散文集《大地知道谁来过》《大地词条》两部,作品获丁玲文学奖、宁夏文学艺术奖、《朔方》文学奖等奖项。

水，这大地的气血，它们有来处，也有去处，比人的脉络清晰。你想了解一条河的来龙去脉，只需要逆流而上，或者顺流而下就行。

水比人更了解团结的好处，一条河，从源头开始，水滴们就聚集在一起，一路结伴而行。它们走到哪儿，哪里就有路，无路可走的时候，就停下来一起想办法。

面对一条河的时候，我经常陷入沉思，想那些弥散的水，从毛细血管一样的河床上流下来，原本是一小股，后来成很多股，汇集为一条河。它们流到我面前的时候，不知道更换过多少回名称，经历过多少次分流，在被截流、阻隔之后，始终有一部分水朝着一个方向流淌。

水一定是大地之上谱系最清晰、脉纹最明显的物体。那些细小的水，和大地的关系最密切，它们来自大地深处，洞悉大地的心思，喷涌而出以后，顺着大地的褶皱流淌，形成河流，滋润大地。

人受了河流的启发，逐水而居，聚集在某一处，受水的恩泽，在水的帮助下，休养生息。于是，大地之上，一条河孕育出一座又一座的村庄。它们有自己的名字、形状以及曲折的一生，就像孕育它们的河流，有错综复杂的命运。

河流的命运，借由生活在它附近的人们的总结而成。人类灿烂的文明遗产，离不开河流的哺育。河流不光提供水，还让人便于流通，繁衍与交流就在河流之上、两岸之间延展开来。

河流在流淌，生活在继续，我们熟悉而又陌生的河流中，有人类历史发展和社会更迭的痕迹，也藏着河流作为自然力量与人文社会间错综复杂的关联；我们的生活最终也形成一条条河流，在大地上留下痕迹。

乡下的河流，大多瘦弱，没有远大宽阔的出路。它从山里或者沟底渗出来的时候，你都无法将其与"河流"两个字联系到一起，可等它们汇集到一起，才发现积少成多的魅力。在山涧，这来自大地深处的精灵们，如此迷人。

曾经，我们是被缺水缺怕了的一群人，村庄四面环山，像个敞口的大锅，这锅聚人，却不聚水。山上下来的涓涓细流，白白地向远处流淌，沟里渗出来的水，还没来得及形成泉，就被心急的人一马勺舀进桶里了。为了这一口水，人们得半夜三更起来，趁着月色去排队，等它缓慢地从大地深处冒出来。极旱的时候，人们就没有那么礼貌了，为抢一勺水大打出手的事情常有，经常是水没等到，却等到了打架者的泪水。

看过一张新华社记者拍摄于 20 世纪 80 年代的照片：母亲噙一口水，给两个孩子洗脸。这用嘴喷出来的水珠，在阳光的照射下，显得短暂而绚烂。在这张照片面前，我做过很长时间的停留，也想象过照片拍摄的场景。这个母亲，噙这口水的时候，在心疼水和心疼孩子之间是否做过权衡，不得而知。但是，当水珠从她嘴里喷出来的时候，每一滴水都带着细小的光芒。那一刻，两个孩子脸上便有了水色。

为了这点水色，黄土地上曾经上演过很多的故事。好在苦日子能把人变聪明，我们村的人，把天上的水、地下的水拦截在一起，形成一个涝坝。这条被堵死的河，解决了整个村庄的吃水问题，也让村庄温润起来。原本开阔的一条沟，被一道土坝截成两半，上游的水惦记着下游的远方，下游的河床，像痴情的女人等着心爱的汉子。雨季的时候，人们才打开水闸，涝坝被河流串联，显得生动而丰富。

这些细节，早已经储存在童年的记忆里。如今，六盘山区早已经不受水的牵制，不过，在水龙头被拧开之后，每个曾经吃过苦水的人，都显得小心翼翼。

大地之上的河流，有很多种形式。

站在塬上往村庄里看，我觉得村庄本身就是河流，四面环山，每一条路就是一条支流，不管风从哪里吹来，或者人从哪里来,路都能带其到合适的渡口。而那从烟囱里升起来的炊烟，不管色泽还是形状，像极了朝上的河流，它们从厨房里"流"出来，最开始还是一团，然后就四散了。我会觉得，它们短暂的流淌之后，归于天空这片无边的海洋。

植物是更为具体的河流。一棵树站在大地上，根须是向下的河流，深入大地内部，它知道人间的苦乐，也知道大地的深远；树杈是向上的河流，天空辽远，它们可以肆意生长，翻飞的叶子波浪，婆婆娑娑，无意间就把大地的空间拔高。十万棵玉米笔直，既是一泻千里的流水，又是翻飞的巨浪，在大地上以静态的方式奔腾。豌豆是藏在河床的暗流,弯曲的茎蔓,向深处延伸,蛇一样缠在玉米上,豆荚里藏着圆润的、珍珠般的小果子。小麦是梯田上的溪流,舒缓、迂回,恨不得漫过整个山头,它的野心比玉米还大。我常常站在麦浪中间,张开双臂,等风吹过来,起伏的麦田中间,我也成了有野心的浪花。

耕种过农田的牲畜们,用蹄子在大地上冲出属于自己的河床。牛走过的地方,泥浆厚实,有积水卧在蹄窝里,这小小的河流留着牛的味道;马跑过之后,尘土飞扬的样子和水花四溅的样子一模一样;毛驴性子缓,它留下的应该是曲折婉转的小溪,需要仔细寻找。

连那些贴在地面上的花花草草,也都是河流,它们细小的花朵、低矮的茎蔓,都是河流的组成部分。打碗碗花用小漩涡让我迷路;马兰用二十二个花瓣把河流分解成二十二条更小的溪流;蒲公英像瀑布,四处飞散……我躺在一地花草之间,觉得自己开始涌动,开始流淌。

人本身就是一条河流,不过是站立的、行走的河流,每一条毛细血管都像山泉一样,汩汩地流出最初的水,血管再将它们运送到身体的每一个方向,这河床,百转千回。人吃水的时间长了,就有了水的性情,终有一天,也像水一样流向未知的大地。

每到婚丧嫁娶的日子,祖父总会从箱子里拿出那副已经旧得掉渣的家谱,颤颤巍巍地挂在墙上,在他的意识里,家谱被挂起来，我们就在祖先的目视下生活，不管是迎接新人，还是送别亡人，生命的延续就有了仪式感。

家谱是一个卷轴，里面写满密密麻麻或变形或掉色的汉字，我那时候总搞不清楚，为何家谱挂上去之后，就要摆供品，就要焚香，说话时不可大声，吃饭时还要先给家谱上的人夹几筷子。

祖父说，家谱上住着祖先。再望着家谱时，我觉得从第一个人生发出来的先辈图谱，像一条河一样流淌在陈旧的纸上，于是就生发出一些奇怪的想法：我的家族，一部分人以辈分和名字的形式活在家谱上，由时间和敬畏供养；而另一部分人，活在大地上，由土地、空气、粮食、水养活。先辈们虽然离开了大地，但是他们在家族的河流里永存，而我们在先辈的护佑之下，生生不息。

认识了字，知道了名字背后的意义后，再回头来看家谱，就仿佛通过这简易的谱系，看到了我姓氏的源流，找到了数典认祖的证据，也从而探知到村庄的历史、地理和民俗。

而以记载父系家族世系、人物为中心的家谱，流到了祖父这一脉，就停住了，名字的部分是一个又一个等着被填满的方框。我曾经问过祖父，家谱上为何没有他和祖母的名字，他笑着回我："等我们的名字写到家谱上，你就看不到我们了。"那时候，我觉得这一天好遥远，希望它永远也不要到来。

从家谱的走向看，祖父是我们整个家族的一个关键点。作为家里的独生子，他的存在，代表着某种转折；假如没有他，我们的家谱可能就此断了，祖父使得家谱这条河流一直持续流淌着。

祖父是个保守的人，这一点从他的三个女儿出嫁的距离就能琢磨个一二。大姑嫁得最远，我们村翻一座山，再经过两个村庄才能到达；二姑嫁到了大姑的隔壁，两姊妹想见面了出门走几里地就到了一起；祖父最疼的三姑，祖父让她嫁到了离我们村最近的镇上。

三个姑姑像一条河的三个支流，按照祖父的意愿排列在大地上。祖父祖母有个头疼脑热，三个姑姑就像能感应到一样，齐齐来探视。多年以后再回头看，我才发现，三个姑姑更像倒流河，她们被安排得如此之近，除了走动的方便，还有情感上交流的便利，有很长一段时间，三个姑姑轮流照顾着祖父祖母，村里人对爷爷的安排可是羡慕呢。

和对三个姑姑的苦心安排相比，三个叔父的未来明显让人省心得多，到了合适的年龄，他们接过祖父手里的鞭子，继续在祖父耕耘过的土地上忙碌了。而到了我们孙子辈，情况就明显不一样了，我们先后离开了村庄这个小小的河床，分别在上海、兰州、银川、石嘴山等地落地生根。

只有儿孙走远，祖父的河流才有真正意义上的漫延，不过他再也没有办法安排每一个人的生活，只能通过电话小心翼翼地打探我们的生活。就像河流，源头老惦记着支流的去向，支流又未必只顾着往前走,它们心里也一定惦记着源头。

堂妹是祖父这条河流流淌得最远的一支,她远嫁新疆之前,三叔和三婶经历过很长一段时间的思想斗争,他们觉得,虽说女儿迟早要离开爹娘,但近水能抚慰人,嫁到千里之外,双方有个头疼脑热只能两头干着急。

这个时候,还是祖父的话让他们下了决心。祖父抛开他安排三个姑姑的初衷不提,只说自己年轻的时候去新疆讨生活,曾被那里看不到头的肥沃土地所吸引,也立志扎根于斯可惜最后未能如愿。

堂妹出嫁那天,临出门前,祖父喊住她,递给她两个小陶罐,一个装水,一个装土。多少年以后,再想起堂妹出嫁时带水土这个细节,突然就佩服起祖父来,他让堂妹带着的,不光是乡下的水土,还有斩不断的根脉。

河流是原乡的标记,是一个人生命的根系,人是背着原乡远行的河流,人这条河流到哪里,根就扎在哪里,休养生息。这是爷爷做了但是并没有告诉我的道理,我把它记在了心里。

我不会游泳,却喜欢"泅渡"这个词,这或许和从童年就开始的自我改变有关,也或者,人的一生本身就是一次一次泅渡的过程。

我生活的这条河流,在十岁的时候,出现一个巨大得让人悲痛的旋涡,母亲的去世,让我和我的家庭沉入水底,周遭是深水一般的压力,喘不过气。

当时，我就感受到了什么叫孤独，还学着抵挡它、忍受它，尽量不去人群中。于是，涝坝便成了我躲避孤独的去处。坐在寂静的死水边，看着河水在风的作用下一波推着一波前行，像时光之手推着生活一样；但到了岸边，这波浪就折回来了，风的力量再大，也没办法给它们出路。如此反复，水跟已经接受了现实的人一样，麻木，呆滞，这应该是在千百次努力之后的结果，要不然河岸两边的土，为何被冲刷得如此光滑呢？

其实，这些死水并不如我看到的那么颓废，是我错怪了它们，它们有自己的苦衷，它们没办法告诉任何人，只能隐忍地借着风，冲撞河岸。

那时候，就觉得那一波一波没有出路的水中，隐藏着太多的疑惑，弄懂它们，就弄懂了人生。可是当时我年龄太小，岸边生发出来的少年惆怅，最后都变成了遗憾。我不能一一破解水的密码，在水的启发下开始改变自己。

我开始在书本里寻找出路，走很远的夜路，挨冻去镇上的中学，然后再辗转去县城的高中，经历四年的煎熬，在经历了两次高考之后，终于给自己找到了一个出口。当我拿着录取通知书准备向村庄告别时，我悄悄地去了涝坝，蹲在岸边，掬一捧水，洗一把脸，像壮士一样离去，再也没有回头。

多少年后，再看走过的路时，我才发现人生这条河流，少年时以为困囿于山涧，一生最远也就去个镇上；青年时去县城才发现柏油路上的水，随时可以成为河流，也随时可以消失得了无踪影；而内心的汹涌，推着年轻的身体气势如虹地湍急奔流，不畏惧狂风暴雨。

现在，好不容易冲破壁垒，把泉眼扎根在坚硬的城市，而我的两个孩子，像两股从我身体里流出来的清泉，开始撕扯和牵绊。我这条河，已经和乡下的那一潭死水没有两样了，两岸的风景越来越固定、越来越熟悉，内心开始有所牵绊，不再如从前般一往无前，慢慢地放缓了脚步，甚至瞻前顾后、停滞不前了。

父亲的河流也被我改道。行至暮年，生命的长河已经趋于平静，不再容易起波澜时，父亲被硬生生地引流到了陌生之地。虽然父亲这条河已经深沉得让人不易捕捉到任何情绪，可我还是能看出来他的局促和不安。他尝试着在新的河床流淌，但明显缓慢，没有了在乡下的恣意，像个学步的孩童一样。

有几次，我站在楼上，看见父亲站在街道的人流中，神情紧张，紧盯着路河对岸的红绿灯，人群向前，他努力地让人群裹挟自己。每每看到这个情景，我的眼眶里就有了小小的温热的河流，我并没有想着阻止它们，任由它们在脸的河床上纵横。

在乡下，我走过的路，是父亲走过无数次的路；我流淌的河床，是父亲流淌过的河床，我在父亲的护佑下横冲直撞。而进了城，我和父亲互换了身份，父亲走过的路，我走过很多次；父亲流淌的河流，不远处就能看见我的身影，父亲在我的影子里，学着适应。我明白他在人群里的无助和迷茫，因为这是我曾经经历过的。

一个乡下的父亲被改变了航道，就有更多的乡下的父亲经历同样的过程。其实，不知道从什么时候开始，一条条叫作乡下的河流，日夜不息地朝城市这片海洋奔波，我们这些终于抵达了城市的水滴，瞬间就被淹没了。

帕慕克在《我的名字叫红》中这么描述河流和城市：像伊斯坦布尔边的博斯普鲁斯海峡的海水一样，白天，它多么湛蓝和美妙；而到了夜晚，城市的灯光让它成为一个驿动的黑域，浪尖上跳舞的灯光让黑暗越发地神秘莫测。水浪追逐着水浪，诗句追逐着诗句，玻璃窗外，呼啸的风带来了夜汛的潮湿气息，斑驳的灯光底下，世界重归于无序和复杂。而此时，一个外乡人很容易被城市的暗流吞噬了，包括他的灵魂与肉体。

父亲离开村庄进入城市，他的灵魂与肉体不断被城市改变着。我和父亲，两滴在乡下无法相融的水，在城市的波浪中却紧紧拥抱在一起，彼此引领。

一直希望有时光倒转的机会，这样，就可以穿越到童年去，回到六盘山腹地宁夏和甘肃交会处那个叫山河镇的地方，那里有寄托我少年情怀的山，有给我灵感的水。

山河镇，两面高山，"山"字有了；一条河流从两山的连接处流过，"河"字便跳到了地图上，"山河"两个字组合到一起，就成了立在路边的路标，也成了我乡愁的归处。

山河镇有山河的气势，也兼具了镇的内秀，和身边的六盘山相比，它小巧玲珑，却交通便利，三座山聚拢在六盘山腹地，形成小片平坦之地，这不起眼的交会处，自有它的迷人之处。这里聚山，也聚人，十里八村的人们，住在山上的人们，过路的人们，做生意的人们，就把这里当成了集市，宁夏甘肃的货物和人，在这里集散。我们的童年，也在这里写了个感叹号。

乡下的集市，大都分布在一条叫甘渭河的河流的两边，从东到西，共有四个集市，一个一三五逢集，一个二四六开市，一个逢九，另一个逢十五，山河镇上赶集的具体日子我已经忘了，但是依然记得一条街上挤满了人，我跟在祖父身后，在人群里寻找想买的东西时的激动至今铭记。

集市也是一条河流，需求是重力，把四面八方的人吸引到同一个河床上来。几乎是一瞬间的事，街道上人声鼎沸，面孔各异的人们，接踵而至，扮演各自的角色。赶集的人，脸上写着要买的东西。凑热闹的人，像河流里的泡沫，轻轻一弹，就消失了。摆摊的人或站或蹲，面前的簸箕、脸盆、牛缰绳、剪刀、白布、菜叶子默不作声，和摊主生着闷气。这些都不是我关心的，祖父自有安排，我只操心牛市的交易和羊肉包子摊的板凳什么时候空下来。

牛市在路边的一处低洼的坑里，牛被聚集在这里，形成暗涌的河流，贩子们到处物色买主，然后是卖主、买主和贩子衣襟下交换手指头，一来二去，没有一句话语，但是买主和卖主的脸色却有着很大的变化，一头牛就有了准确的交易价格。我被这诡异的讨价还价方式吸引，总想知道衣襟之下是如何暗流涌动的，可一直没有答案。

牛市在十点准时散去，能卖的牛早卖了，没有卖掉的还要回去赶着干活，没有人有闲工夫在这里耗着。这个时候，羊肉包子摊上的人开始少起来，吃早饭的时间过了，吃午饭的时间尚早。我便趁人少去缠了祖父，要了一笼羊肉包子，狼吞虎咽起来，第一个包子吃完，才意识到吃得太快了，我应该细嚼慢咽，这样就可以延长吃包子的时间，这样就有机会让同学或者同村的玩伴看见。在集市上吃包子，是那时候乡下比较有面子的事。我吃过好几回包子，却没有一回碰见熟悉的人。

集市的河流一般在临近中午的时候就到了尽头；人如河水一般倒流，回到自己的来处。镇上的街道空旷，像从来就没有"河流"来过一样。而到了固定的赶集的日子，这里将再次热闹起来。如此反复，这条季节性的"河流"，流淌过我的童年，将我的人生从少年带到青年。

很多次，我在所居住的城市逛超市，恍惚回到童年的集市河流里，可是所见的每一个面孔都是陌生的，摆在柜台里的每一件商品都板着脸。如果超市也可算作河流，那一定是一条被冰封的死水河。

我总盼望着再一次汇入乡下的集市中去，感受人流的拥挤，寻找童年的痕迹。于是，最近一次回乡，我在山河镇停了车，想带孩子找找童年的集市，可是这里已经变成了干涸的河床：长长的街道两边，山还在，河流还在，医院还在，戏台子还在，就是集市不在了。三三两两的人，无精打采，两侧的门面房的老旧手写招牌还在，大铁锁上锈迹斑斑。

我童年的集市河流，在这里算是彻底断流了。

往低处流是重力给河流的命运，但人可以改变河流的命运。当然，河流也改变过很多东西，包括人的一生。

乡下的人，一生简单得一出生就能看透一辈子，一个人这一生要干的事情，土地早已安排妥当，人只需要按照时间节点，去完成它们。不出意外，人在土地上出生，也在土地上死去。有些人的一生是一条完整的河流，起点和终点之间，隔着好几十年；有些人的一生，像季节性的河流，流不了多久，流着流着突然就断流了。

一个人最开始的时候，是住在河里的，子宫把人浸泡其中，为其输送养分，好安稳地等待人的出生。按理说从水里来的人，应该是不怕水的，可偏偏没有鱼的习性，于是除了给身体里灌进足够让自己活着的水之外，人对水、对河流敬而远之。

大夏天的，我的玩伴本来是跟我们一起捉迷藏的，大家都汗津津地，没觉得热，偏偏只有他说要去河里冲凉，一个猛子扎下去，他就像鱼一样消失了。人们说这是受了水的蛊惑，河流里住着鬼，它们不上岸，却有把人勾引到水里的办法。

村里有个叫水生的，长得俊俏不说，还出落得白白净净，当乡下人带着两团"高原红"的时候，他就显得与众不同，每个人都被他的白所吸引，而他却被水吸引。一个午后，他走进涝坝，等出水的时候，他的被水浸泡过的皮肤，更加白皙。

　　人们不知道他为何会选择这样的方式了结自己，但是隐隐约约听说，他的精神出了问题，并且很严重，以至于从自己的名字下手，最后结束自己。后来人们才发现，水生这个名字确实不一般，那时候大家大多叫地生、路生，而他却叫水生，水生的人，最终永生于水。

　　逝者如斯夫。被水带走的，最后也埋进了土地，而土地上更多的人，像河流一样继续奔腾着，不管是在波澜壮阔的河床，还是在曲折蜿蜒的山涧，一滴水拥挤着另一滴水，一滴水追着另一滴水，勇往直前，生生不息。

　　　　　　　选自《朔方》2022年第12期

寻找缝补地球的"金钉子"

梁衡

《人民日报》原副总编辑,中国作家协会全国委员会委员。先后有60多篇文章入选大中小学教材。曾获赵树理文学奖、鲁迅杂文奖、全国优秀科普作品奖、全国好新闻奖和中宣部"五个一工程"奖。

参观一个地质博物馆,我才知道原来地球是由112颗"金钉子"缝补连缀而成的。中国有11颗,最后一颗在贵州。我不觉起了好奇心,专程从北京到贵州去找这颗神奇的"金钉子"。

"金钉子"是一个形象的比喻。源于1869年首条横穿美洲大陆的铁路胜利完工,这在当时是一件大事。疲劳的建设者们不忘浪漫一把,就把一颗由18k金制成的道钉,钉在最后一根枕木上,以作纪念。1965年,国际地质科学联合会(简称"国际地科联")借用"金钉子"一词来命名地球不同年代的岩层。

1. 让石头说话,讲述地球史的秘密

人类从哪里来?从低等生物一步一步地走来。低等生物何时出现?要到地壳中的化石里去找。生物出现、灭绝、再出现、再灭绝,顽强地生存发展,直到有了人类。这么说来,生物发展史就是地球发展史,但又不完全是。因为在没有生物之前先有了地球,是地球无意间孕育了生命。地球的年龄大约是46亿年,生物的出现是在38亿年前,16亿年前出现肉眼可见的生命,人类的出现则只有300万到400万年。有一个生动的比喻:如果把地球的年龄比作一天24小时,人类的生命则只有3分钟。但这只有3分钟生命的人类,却有超强的大脑、足够的想象力和无穷的智慧,居然想要弄清自己出生之前的地球。

研究历史是用考古法,挖掘地表土壤中的人类文化遗存,

分出历史朝代。研究地球史也是用考古法，不过是寻找地壳岩石中的生物遗存，即化石，以区分出地质年代。科学家在上一个年代与下一个年代的交接处做了一个记号，为它"钉"上了一颗"金钉子"。

对地球历史的探源是一项大海捞针的工程，更是一场没有尽头的跋涉。我们可以这样想象，在46亿年前的浩渺太空中，地球就像一团飞速转动的泥丸，在转动中不断崩裂、黏合、被挤出，涂上新的岩浆，融进了新的物质，孕育出新的生命，时而隆起成山，裂地为谷，陷落为海，怒喷巨火。然后再崩裂、黏合、岩浆奔流，又来一遍沧海巨变，凤凰涅槃，如此反复无穷。又像是制陶艺人工作转盘上的一团泥，在飞速转动中不停地被拍、打、挤、捏，再上釉涂彩，进炉过火，然后成壶成罐，成碗成碟。这时，我们随便拿起一只碗，你还能分得清它已经从当初的一团泥嬗变了多少层吗？但是，地球再大也没有人的脑海大，历史再久远也没有人的目光看得远。地层学就专门来解决这个难题。全球还专门设有一个科学组织：国际地质科学联合会，下面有一个分会就是"国际地层委员会"。科学家把46亿年以来的地层单位分为"宇、界、系、统、阶"五级，相应的时间单位就是"宙、代、纪、世、期"五个时期。原来时间就隐藏在这五个地层里，或者说这五个地层就是凝固的时间。这样我们就可以看"层"辨"时"了。迄今为止，地层的基本单位是"阶"，像楼梯的台阶一样，上下层阶阶相连。就是说我们要给地球走过的每一个台阶都做个记号,手里共需要准备112颗"金钉子"。

但是46亿年啊,顽石层层,史海茫茫,怎样才能找到某一个台阶,然后再去"凿"上一颗"金钉子"呢?不要怕,有一条哲学原理管着:世上没有绝对静止的事物。小至一个人,大至一颗星球,只要你一动就会留下脚印。地球转动了46亿年,总会留下一些蛛丝马迹,让科学家抓住"小辫子"。它留下的痕迹主要有两个:一是每个时期总会有一个代表性的物种出现和消失,它的信息就会保存在岩层的化石里;二是哪怕一块石头也会变老。岩石里有些物质在不停地放射,自然就留下了脚印。不论是人还是物,这个世界上最藏不住的就是年龄,一个孩子总会变成老人,再会打扮的人也挡不住悄悄爬上眼角的皱纹。只要在地球的某一层岩石中找到相应的物种化石,再辅测它的化学成分,就可以断定年代了。科学家就是用这个办法,让时间倒流,让石头说话,为我们讲述地球过去的故事。

为了严谨,国际地科联公布了非常苛刻的"金钉子"标准。必须有自然的、完整的、足够长度的地层剖面。内含有标志那个时期最早出现的生物化石。另外还特别加上一条人性化的规定:要求剖面所在地环境开阔,交通方便,便于人们公开研究参观和交流。现在全球假设的112"颗金钉"子已经找到了78颗,在中国有11颗,贵州这颗就是中国的第11颗,为"寒武纪3统及5阶标准剖面点"。它的意义很特别,身兼两职。即在"宇、界、系、统、阶"的五层系列中，它既是一个"统"的标志，又是一个"阶"的标志。我们打个比方，在中国历史中，习惯把每朝的开国皇帝称为"高祖"，比如汉高祖刘邦、唐高祖李渊。现在贵州的这颗"金钉子"就好比唐高祖李渊。对上，他是隋、唐两朝的分界点；对下，他又是唐高祖李渊与唐太宗李世民两代的分界点。它是一颗"高祖级"的"金钉子"。而以三叶虫化石为代表，这个点位距现在大约已有 5.08 亿年。

2. 科学家与农民，合力找到"金钉子"

与贵州这颗"金钉子"有关的关键人物有两个人：一个是研究并确定"金钉子"点位的科研团队带头人，贵州大学的赵元龙教授；一个是在现场挖掘并守护化石剖面 30 年的苗族农民刘峰。这两个身份迥异、年龄和文化知识差别极大的人却红花绿叶，演绎出了一个地球故事。

到贵阳的当天下午，我即去拜访赵元龙教授，他已经 86 岁，住在一座没有电梯的老楼的七层。我上下楼都气喘吁吁，而他还在上班，有时还要出野外。地质学研究最大的特点就是野外考察，一卷行李、一个铁锤，走遍天涯。赵教授的大半生几乎都是在苗岭的深山密林中找化石，"只在此山中，云深不知处"。他的女儿也 50 多岁了，她说小时候的记忆就是父亲不停地出野外。而且由于费时长，科研经费不足，他经常是先自己垫钱出差,再向单位报销,白贴上去的钱不知有多少。他一生的精力全在研究地层学,特别是寒武纪这一段的分层。为了寻找这颗"金钉子",国际学术界争论了100年,到后期逐渐集中在中、美、意三国的三个候选地上,又反复论证了30年。直到2018年,国际地科联经过多次现场考察,反复比较,层层投票,终于一锤定音,把这颗"金钉子"砸在了中国贵州省剑河县的深山中。正式命名为"苗岭统乌溜阶全球界线层形剖面和点位",联合国教科文组织发来了证书。就是说,中国贵州的苗岭山上有个叫乌溜的地方,是地球46亿年历史的一个定位点。赵教授说这是一门冷学问,寒武纪的这一段定位研究者,全球不超过100个人,中国也不过几十个人,他们是地球尖兵。但这背后是举国之力,象征着一个国家的国力和学术高度。赵教授几乎耗尽了一生心血。老人近来身体已大不如前,女儿心疼地说准备卖掉现在的房子换一个有电梯的新楼住,起码上下楼方便一点儿。好在他已经带出一个强大的团队。我的采访主要是由团队成员兰天副教授———一个很有学者风度的小伙子——帮助完成的。

隔天,我又驱车前往剑河县八郎苗寨,去拜访"金钉子"的守护人刘锋。这是一个很壮实的苗族农民,皮肤黝黑、身材粗短、虎背熊腰,猛一看像个举重运动员。他家就在剖面现场的一个小山头上,自己就山势修了一个化石陈列馆,上挂一块横匾,刻着一行斗大的字:"等你五亿年",字是赵教授亲笔书写的。我往门前一站，一股磅礴之气一下就罩住了全身。馆内全是他30年来亲手挖的5亿年前的化石，馆外是个平台，可俯瞰苗岭群山，茫茫苍苍直到天际。这位苗族汉子滔滔不绝地向来人讲述着每一块化石的年份，所含物种的科学价值。在我们这些外行看来，他完全是一位令人仰视的地层科学家了，只不过他的谈话中时常夹杂着一些草根故事，让人捧腹大笑。

天气闷热，看完室内的化石，我们拉过几个小凳子坐在平台上，切了一个大西瓜，慢慢细聊。他说1982年，赵教授带着几个学生来到八郎苗寨的山上采化石、选剖面，顺便就在本村雇了6个农民帮助敲化石，每天工资3元钱。刘峰第一天就敲出一块从没有见过的化石。后经对比研究得知是一个新发现的物种"始海百合"。赵教授大喜，说："你真好手气。"立即奖励他3元，他高兴地说，等于我头一天上班就挣了双份工资。为此赵教授还请他喝了酒，以后就形成了一个不成文的规矩，凡有新的发现，赵教授就请大家吃一顿。但是干了没多久，别人嫌钱少，都陆续不干了。他也想打退堂鼓，最终在赵教授的劝说下坚持了下来，如今他已成了八郎苗寨的地质土专家、化石收藏第一人。

地层学是一门精细深奥的学科，但具体操作起来，却比建筑工地上的农民工还要辛苦。朱自清在他的散文《谈抽烟》中说："当你点燃一支烟时，不管是蹲在石阶上的瓦匠，还是靠在沙发上的绅士，这种享受是一样的平等。"地层学的研究，当具体到在剖面作业时,不管你是教授专家还是临时雇来的农民工,在石头和锤子面前也是一样的平等。而一块能让人眼前一亮的完美化石,却经常会最先出现在农民工的粗大的黑手里。就像足球比赛,有时临门一脚全靠运气。赵教授经常会扔过来一块石头说:"小刘,你的手气好,你来敲!"200多米长的剖面,每隔20厘米都要采样敲石。这可不是平常说的那种考古,用一把"洛阳铲"探挖脚下松软的黄土,这是在敲5亿年前坚硬的石头啊。刘峰刚开始只是为了一天3元钱的收入,后来对化石渐渐有了兴趣,再后来在赵教授的言传身教下,已经成了专家们离不开的助手,就连外地的古生物研究单位都请他去出现场呢。他第一次走出大山,受邀到外地帮助带几个学生敲化石,对方说你先一天到,选最好的旅馆住下。他一咬牙,选了个一晚30元的旅馆。第二天主人来了说,你这个身份该住300元一天的呀,他才第一次意识到自己的价值。

一个叫罗伯特的美国专家和他交上了朋友,特别喜欢喝他家的米酒,像喝啤酒一样大碗大碗地喝。不想,那天开会前喝多了,影响了研讨。为此赵教授把他狠批一顿。2006年,国际古生物协会在北京开会,会后要选一个外地考察路线,罗伯特立即站起来说:"去贵州八郎吧,那里有苗寨米酒,有戴满银饰的姑娘,有苗歌,有踩鼓舞,有最好的地质剖面。"想不到一个深山里的苗族农民,却成了中国地质界的品牌,为"金钉子"落户中国悄悄发挥着作用。

我问他:"长期在野外作业有没有遇到过什么危险？"他说:"最危险的一次就是精选了一大口袋化石背着下山，一到公路边上碰到两个送粮的农民。三个人正说着话，后面来了一辆大卡车，把他们一起撞飞了，其中一个人当场死亡。电报打到贵阳,赵教授腿都软了。"我开玩笑说:"赵教授是不是心疼他的那一袋化石？"他却很认真地说:"不是。当时我要是死了，赵教授那一点可怜的科研费还不够我的丧葬费呢。他的研究立马断档,那就彻底完了。"他虽然舍不得离开赵教授，但生活实在太清贫。眼看村里人外出打工都盖起了新房，他又几次动了走的心。那年姑娘考上大学，没有学费，他想退出工作。赵教授赶忙发动地质界的朋友，一次捐了8000元，先送孩子入学。他家姑娘大学期间穿的衣服一直是赵家送的，而赵教授时常背一卷行李，带着学生爬到山上来，就住在他家的阁楼上。一次为向国际地科联准备申报资料，赵教授请了国内最著名的几个顶尖级地层专家来到八郎,就住在他的小木屋里。是夜风雨大作,山洪暴发，小屋几欲被掀翻。专家们浑身湿透，围着火盆听雷声。刘峰和他的老父亲连声安慰，添火送水，陪着专家一直枯坐到天明。一个汉族知识分子和一个深山苗寨里的农民，为了那颗理想中的"金钉子"，在这里一盯就是30年。这恐怕是国际地学研究界少见的一道中国风景。陈毅说，淮海战役是中国农民用支前的小车推出来的。"苗岭统"这颗"金钉子"是朴实的苗族兄弟用铁锤一点一点从5亿年前的岩石中敲出来的。

3. 具宇宙之视野，怀人类之担当

科学发现有时是先有偶然的邂逅，然后再去顺藤摸瓜找规律，如牛顿看到苹果落地。有时是先有了一个科学假设，然后再去寻找实证，如门捷列夫的元素周期表。"金钉子"的寻找就属于后一种类型。英国人莱伊尔在1833年出版了《地质学原理》，提出的地层理论距今已近200年。而寒武纪第三统第五阶的"金钉子"假设，也已经被论证了100年。直到中国科学家终于在贵州找到藏有"印度掘头虫"三叶虫化石、厚达200米的地层剖面时，这个5亿多年前的地层标准才算是被确立。这个地层剖面相当于70多层楼的高度啊，像切豆腐一样，5亿年前的岩石一刀切下去，剖面纹理清晰，化石要素俱全。到哪里去找这样天衣无缝的剖面呢？一颗闪亮的"金钉子"终于"钉"在了中国的西南角，苗岭山中的白云深处。

人类这样执着地研究地球史，到底是为了什么？古语曰：以史为鉴，可知兴替。"金钉子"所标志的正是一部地球生命的兴替史。而一切历史研究的意义，都在于回看过去预知未来。当你转动地球仪找到这112颗"金钉子"时，就会知道人类从哪里来，将到哪里去。往小里说，比如怎样保护地球，关注气候变化应对灾难，珍惜生物的多样性；往大里说，比如人类的进化与消亡，甚至考虑往外星球的迁移。因为每一个物种的出现和消亡大概是几百万年，人这个物种也逃不出这个劫数。我们现在还处于人类的童年期，和以前的所有物种一样，人类将来是进化还是消亡，尚未可知。"天凉好个秋"，地球这条小船迟早会"载不动，许多愁"。在多少亿年后，它也会像一颗流星那样毁灭。"金钉子"虽小，却是一个星球过去的记忆和未来的路标，也是我们人类摸着过河的石头。

地球兴亡，匹夫有责。科学的作用在于发现，更在于普及。文章写到这里，我突然觉得现在一般地理课堂上的地图或地球仪已经不够用了，应该制作一种新教具或者玩具。用112块地层组合成一个可以拆分的立体地球仪。上课前给每人发一把亮晶晶的"金钉子"。其中有78颗是深色的，刻上发现序号、国别、地名，用来缝缀已知的地层，而剩下的那些浅色的无名的钉子则任你去发挥想象，寻找落点。也许这个地层里有一只恐龙，那个地层里有一个三叶虫，而某个角落层里还会有一个智人。科学要求，总得有一部分人具宇宙之视野，怀人类之担当。让孩子们亲手来缝缀一颗有46亿年历史的地球，那是多么有趣的事情，这将养成一代新人宽广的胸怀和无限丰富的想象力。而且，其中定会有几个人，就是将来的赵教授。不要着急，那些颜色稍浅一点的钉子，都会慢慢地、一颗一颗地镀上真金而变成颜色沉稳的金光闪闪的"金钉子"。

我们要善待手里捧着的这颗地球。

选自《北京日报》2022年9月2日第14版

秘密生涯

羌人六

四川平武人。现供职于《四川文学》杂志社。2004年开始文学创作,著有诗集《太阳神鸟》《羊图腾》,散文集《食鼠之家》《绿皮火车》,中短篇小说集《伊拉克的石头》《1997,南瓜消失在风里》。

我再也不想割菜籽了

已经好多年没割菜籽了。那些年，菜籽都是我妈让我帮她割的，我抱着助人为乐的态度，帮我妈割了多少菜籽啊。

如果不帮我妈割菜籽，她就会骂我："砍脑袋的。"

我爸在街上打牌输了钱，我妈也是这样骂。

我和院子里的伙伴在别人家的菜籽地里"洗澡""挖隧道""藏猫猫"；我们把别人家刚刚种在地里的花生挖出来一粒粒吃掉。别人，也是这样骂我们，就好像我妈长到他们身上去了一样。

今年五月份，我才意识到，我已经好多年没割菜籽了，我突然就想割菜籽了，我需要一块菜籽地，需要一把镰刀，需要一点儿好心情，甚至需要关掉手机。好多年没能割上菜籽不是我的错误，而是镰刀的错误，割菜籽的镰刀在我的生活里睡着了似的，我已经很多年没有见过镰刀了。真是叫我大吃一惊，沉睡的镰刀在冥冥之中，似乎显示了，我已经在错误的道路上坚持了多久，走了多远。

遗憾都是可以弥补的，媳妇就高高兴兴开车带我回她娘家了。每次都是一样，这次到她娘家，天已经黑了，总是晚上才拢屋。她妈的比喻很形象："每次回家，都跟做贼一样！"

媳妇80多岁的婆婆不知道我是专门回来割菜籽的，她指着镇上的灯火神神秘秘地跟我们说："你们看到了没有？镇上那些灯半夜三更都亮到起的！"

我们一头雾水。

隔了半分钟，婆婆终于难过地说道："好费电呀！"

第二天睡到中午，又吃了午饭，又磨磨蹭蹭到下午两三点，我才想起，我是来割菜籽的，不是来度假的。我找了一把镰刀，就去地里割菜籽了。

割菜籽的时候，我想起我妈的话，我已经好多年没帮她割菜籽了，我很难过。于是，我一边割菜籽，一边自责："砍脑袋的，家懒外头勤！"

盐亭的菜籽和平武的菜籽不一样。我老家的菜籽长得"精致"，像是浓缩过的一般，又细又矮，这儿的菜籽都是大个子，长得跟树差不多；我们那儿割菜籽是一把一把地割，这儿是一棵一棵地割。尽管这样，我还是割得很快，毕竟手艺还在。割到地中间，意外发生，我碰到一个鸟窝，鸟窝里有四只刚刚出壳的小鸟，看到它们，感觉这个世界仿佛也没有诞生多久。但似乎有点儿晚了，因为我已经把那棵菜籽割倒了。鸟窝像一只惊呆了的嘴巴，看着我。我只是来割菜籽的，没想到会这样，我连续退了几步，想让时间退后一点儿。

我把鸟窝高高搁在已经躺下的菜籽身上，但一切都晚了，她们说，它们的家长不会来了。

过了几天，帮媳妇爷爷家割菜籽的时候，类似的错误，我又犯了一次，那鸟窝里，也是四只幼鸟。这些鸟，被她爷爷家的鸡吃掉了。

我吃肉，但活到现在，我连一只鸡都不曾杀过。割了巴掌大块地的菜籽，就破坏了两个家庭，让八只鸟儿失去性命。那八只鸟儿还没有长大，没有在这个世界飞过，就死了。那八只鸟儿今后会变成多少鸟儿啊，如果天空死了，我想我也是要负责任的。

真的，我很抱歉，我很自责，我再也不想割菜籽了。

红嘴巴鱼

一切，似乎必须从头说起，从我长势惊人的头发说起。

在绵阳，我每月都要从园艺山徒步或开车到山下的三里村理发，少则两次，多则三次。葡萄牙小说家萨拉马戈在一部小说里提到："基于神创万物皆有联系这一整体感，甚至有人说人类是用大象的尾料做成的，同时也由于这动物的象征、内在和世俗意义。"即便如此，我对我的头发仍然怀有敌意，直白点儿说，我不喜欢我的头发。原因是，我的头发长得实在太快了，感觉它们总在不停地长，如此随意、放纵，有失矜持，完全没点儿底线。

说到我的头发，不能不说到我的身高。小时候起，我就饱受个儿高的困扰。读书上学那些年，在教室上课，或在坑坑洼洼的水泥操场上做广播操、参加升旗仪式，为了照顾班上那些

"矮鸡蛋"，不挡住他们向生命四周探索、猎奇的视线，我自然成了排挤对象，总是永远站在那些社会主义接班人的尾巴上，感觉看起来就像一面世界上最不挡风的围墙。我爸妈身高差不多，两个都是一米七多点儿，加起来三米四。在那些已经十分遥远的日子里，我不担心我长到三米四，我担心的是，以后我哪里去找那么合适的衣裳，那么长的裤子；后来，我在南坝镇当老师，一群小学一年级学生，在我面前小青蛙那样蹦蹦跳跳地问："刘老师，刘老师，你有一百岁了吗？"他们以为，身高和年龄挂钩，个子越高，年纪越大。好在如今，我的身高不再是个问题，终于踩死刹车，定格在一米八三这个高度，不再增长，不再喧声辚辚地朝上任性疯长。此去经年，麻烦没有丝毫减免，我发现，虽然我生命里那些用来长个子的力气和速度都用完了，但是，我长头发的力气和速度，又在一条没有前途的道路上显示出了与众不同的天分。这种天分，还很惊人，有一天，媳妇说她一年多没有去过理发店了，我才意识到，我的头发长得实在太快了。

我的头发长得实在太快了，我怀疑它们一遍遍抵达我身体上的这个高原地带，要么是抄小路，要么是走高速。

我的头发长得实在太快了，我甚至怀疑耳朵里那些蚊子似的嗡嗡声，是它们集体生长时带出的轰鸣。那密密匝匝的声音，就像我们眼皮底下的日子，就像我们悄悄来临又悄悄流走的生命，片刻不停。

我的头发长得实在太快了，稍不留神，我就会变成野人。为了头上这片微不足道的庄稼地，我必须放下手里的所有事情，听从理发店的召唤，去三里村理发，花钱给脑袋"锄草"。

园艺山，我家小区外，有好几家理发店，我到其中一家理过一次，三十六元钱，抵得上我一包半烟钱。我觉得贵了，不是贵得吓人的那种贵，是贵得咬人的那种贵。三十六元钱要是买成三十六袋盐，要吃多少年？！所以，我还是愿意到三里村理发，当然，三里村现在也不便宜，从原来的十五元涨到了现在的二十一元。毕竟是形象工程，头发还是要剪的，不是钱不钱的问题。话说回来，正是因为有了"比较"，每次去三里村理发，我都有种占便宜的感觉，感觉自己是走在节约了十五元钱的路上。去理发的路上，我总是想着哪天才能把这十五元钱取出来，给自己赚点零花钱。

媳妇几次跟我商量：物价这么高，我帮你剪，可否？

我想了想，觉得还是算了。儿时，我亲爱的外婆曾拿着剪子给我剪过一次"锅盖子头"，这种发型虽然不要钱，但是要命，不好看就算了，关键是还很难看。从那以后，我死死记住那句老话——天下没有免费的午餐，绝不让人免费在我脑袋上胡作非为。事实证明，天下没有免费的午餐。理发这样的事情，我宁愿相信别人，也不相信自己人。尽管我对发型要求不高，短发就行，我只是担心媳妇剪不出别人给我剪的那种味道，所以，我要到三里村理发。

到三里村理发，其实，还有一个重要背景，那就是，最开始来绵阳那几年，我一直在三里村租房子住。这里的标志性建筑，就是那座鹤立鸡群的天主教堂，也叫露德圣母堂，我原来租住的房子，就在教堂后面。置身三里村，我最大的印象就是这些密密麻麻、挨挨挤挤、参差不齐的水泥楼房，感觉起来，就像一群迷路的人，彼此都不约而同地走错了地方。

就是这么个像是彼此都不约而同地走错了地方的地方，那几年，我不但住出了感情，也住出了惯性。搬到园艺山定居，现在已三年有余，但我还是会选择去三里村理发。一个人，总是会在不经意间重复着他过去的某些部分。

那天上午出门理发，实际上是那天晚上的饭局决定的。以前的经验告诉我，一个人的过去往往也在某种程度上决定着一个人的未来，然而，那天，我才隐隐发现，其实一个人的未来也在影响着一个人的当下。我去三里村理发，就是最好的证明。

那天，我轻轻松松走完为我节约了十五元理发钱的那段路，从园艺山走到三里村那家我每月都去剪头发的理发店。奇怪的是，我已经在这里剪掉无数次头发，但我居然不知道这家理发店的名字。不光三里村的理发店没有名字，这里的菜摊、卤肉摊、水果摊、包子店，大多都没有名字。理发店的两个年轻人是我老家平武的，作为他们的老顾客，我们已经很熟。事实也证明，我们早就很熟，每次到店里，无论星期几，他们都会问我一个同样的问题："兄弟，学校又放假啦？！"

其实我已两三年没在学校教书了,他们每次总是喜欢这么问,每次都像从前一样。因此,每次我都要这样那样地解释一番。交流如此寡淡,或许是因为,我们之间除了头发,没有别的共同语言。

每次来理发,我都会跟理发师交代一件事,洗头不用洗发水,直接用水冲一下,然后开始剪头发,即可。或许在他们看来,创造那样烦琐的一套理发程序势在必行,毕竟要收二十一元钱,刨去这二十一元钱里面所有必需、合理的成分,对我而言,实在是有点浪费时间。剪头发就剪头发,我讨厌麻烦,宁愿删繁就简。

那天上午,刚走到理发店,店里除了两个理发师,还有一位顾客正在理发。

看见我,理发师A立刻像往常那样问了一句:"兄弟,学校又放假啦?!"

那个"又"字我听得不舒服,好像老师很闲似的。

我这样那样地解释了几句,然后,告诉理发师A:"和上次一样。"

理发师B正在和那位穿着只能看见脑袋正在接受"锄草"仪式的顾客兴致勃勃地聊天。以前,或者现在,或者今后,我也这样,都是这样,一边理发,一边跟理发师说点什么。或许,人和人之间的缝隙,或者距离,通过说话才能填满,才能缩短。

看得出来,理发师两人都对这位顾客很熟悉,和我一样,他也是他们的老顾客。

理发师B跟顾客说:"哥老倌,你现在潇洒哦!忙时做生意,闲时钓钓鱼,安逸!"

顾客说:"唉,就那样!"

理发师B问顾客:"你恐怕红嘴巴鱼钓的多哦?!"

顾客笑呵呵地回答:"不怕你笑话,我就爱钓红嘴巴鱼。红嘴巴鱼,呵呵,只要想钓,多的是哦!男人嘛,趁着年轻,多钓几条是几条,反正不亏!"

我从他们嘻嘻哈哈的谈话里捕捉到了"钓鱼""红嘴巴鱼"这样的字眼。说起钓鱼,我是急性子,对这种慢节奏生活很不欣赏,早年我倒是经常在老家门前那条河里钓鱼,我已经很多年没有钓过鱼了。在三里村,在这家熟悉的理发店,我这辈子头一次听说"红嘴巴鱼"。我想:红嘴巴鱼是什么鱼?是野生鱼,还是那种鱼塘里的鱼?

我有心请教一番,问顾客:"兄弟,你说的红嘴巴鱼,是不是黄辣丁?现在好多钱一斤?"

在我老家,有野生黄辣丁,好像要一两百元钱一斤,我想,他们说的"红嘴巴鱼",或许就是黄辣丁。毕竟,红和黄,有时候,不那么分明。

空气沉默了足足十秒钟。两个理发师和顾客似乎想笑,又没有笑。

理发师B打破沉默,说:"我们说的红嘴巴鱼,跟黄辣丁没有关系。"

理发师 A 说："呵呵，这红嘴巴鱼啊，可比那黄辣丁贵得多！"

顾客在他们说完，补充道："我们说的红嘴巴鱼，它的另一个名字叫美人鱼。"

红嘴巴鱼就叫美人鱼，我恍然大悟，心里连连"哦"了好几声！原来，他们聊的是风花雪月，跟我以为的黄辣丁没有半毛钱关系。

在我自责见识短的沉默不语的空隙，顾客开始得意扬扬地分享他的风流韵事。他说自己经常以钓鱼的名义，去钓红嘴巴鱼……十多分钟的理发时间，基本是顾客一个人在说话，一直在说话。间或穿插着理发师的只言片语和心猿意马。

"今天这个时代，没哪个男人不坏，没哪个男的不喜欢红嘴巴鱼！兄弟们，你们敢不敢承认，我们男人没得一个好东西，只是坏的程度不同而已！"

顾客赤裸裸的"总结"振聋发聩。

花二十一元钱，在水泥楼房就像彼此都不约而同走错了地方似的，三里村理发的顾客，和两个年轻的理发师，在剪头发的咔嚓声中间，免费为我奉送了一个叫人面红耳赤的秘密：在成年人的世界里，有一种鱼，叫红嘴巴鱼。红嘴巴鱼不是黄辣丁，虽然红和黄有时候不那么分明。

老家有句口头禅："头发长，见识短。"

我在三里村理发，镜子里，我的头发变短了，但我一点儿也不觉得轻松，甚至还有些沉重。

石头上的树

我原本只是一粒小小的种子，和我的兄弟姐妹无忧无虑地生活在一棵枝繁叶茂的大树上。我们有一个美丽善良的母亲，她很爱我们。

我和我的兄弟姐妹住在一间小小的房子里面，房子里黑咕隆咚的，什么也看不见，但我们并不感到寂寞，母亲大人总是跟我们讲许多外面的东西，有时候，我们觉得，母亲大人就是我们的眼睛呢。说起来，我们也都想用自己的眼睛看看自己的母亲。

那时候，寂静是我们的夜晚，声音是我们的白天。

每天，除了跟母亲絮絮叨叨，我们总能听到许许多多别的声音。开始觉得挺奇怪的，后来我们就不以为然了，风的声音，雨点落下的声音，开花的声音，叶子生长的声音，鸟儿唱歌的声音……

就这样，我们度过了许多宁静而欢乐的日子。然而，有一天，这些日子却被打上死结，永远一去不返了。

记得那是个凛冽的冬夜，外面忽然狂风大作，传来许多"嘎吱、嘎吱"的奇怪声响，我们害怕极了。母亲大人也顾不上安慰我们，"哎哎哟哟"痛苦地呻唤着，我们都感觉到了母亲大人的恐惧，她浑身颤抖得十分厉害。但风丝毫没有减弱，平日里她可是温柔极了，我们不约而同地扯着嗓子喊："姐姐，不要再吹啦，我们害怕！"

却一点儿效果也没有，风听不见我们的叫喊，她似乎成了怪物。这个怪物在我们的耳朵里膨胀着，越来越大。突然，我们的房子爆炸了！一股巨大的力量把我们卷向空中，我们如同生出了翅膀一样，鸟儿般飞着。

"我的孩子们啊！"母亲大人哀号着。

"妈呀！"我们尖叫着。

不知飞了多长时间，我重重摔落在一块硬邦邦的东西上面，昏迷过去，什么也不知道了。

当我睁开眼睛醒来的时候，身边没有了兄弟姐妹，感觉不到母亲大人的存在，我仿佛置身于一个完全陌生的世界。我真是吓得要死。"救命呀！"我喊了一句，然后，又一次昏迷过去。等我再次醒来，我不得不接受这个令我倍感难过和沮丧的事实，我永远地失去了避风港，从今往后，我必须独自活下去。

可能是因为摔得重，我屁股很痛，本想挪挪身子，可是，我发现自己压根儿就不能动弹。没有腿的话，至少可以爬；没有手的话，至少可以走。而我既没有手，也没有脚，我只是一粒种子。

"这可真是要一粒种子的命啊！"

我绝望极了，不知该怎么办？

终于，我冷静下来，开始打量目前的处境，我发现我坠落在了一块前不着村后不着店的巨大山岩上，山岩上连一株草都没有！记得母亲大人说，只要有泥巴的地方，我们就能活下去。可是，这地儿如此贫瘠，没有食物也没有水，草都不愿住在这里，更不要说一粒小小的、可怜的种子。就是说，在这里，我只能等死，可是……

冬天，真是残酷！我又冷又饿，脑袋昏昏沉沉，只好趴在石头上睡觉。

不知熬了多少日子。有一天，我睡得迷迷糊糊，耳畔忽然传来一些似曾相识的声音，我醒了过来，也听出来了，那是草发芽的声音，叶子重新冒出枝头的声音，开花的声音，鸟儿唱歌的声音……是大地开始返青的声音，是春天的声音。温暖的阳光穿过林间的缝隙，一束束落在我身上，舔着我的脸蛋蛋，我知道，春天回来了。

春天回来了，我既高兴又失落，不知为什么，我的身体开始有了些变化，下半身沉甸甸的，低头一看，我吓了一跳，天啊，我居然长出来一只脚啦！不过，我很快意识到，这并不是一只脚，而是我的根。要活下去，只能在这块巨石上生根；只有扎根于此，我才能活下去呀。

已经无处可去，听天由命吧。我做了最坏的打算，大不了就是个死。做最坏的打算，也是因为，我几乎不抱幻想，毕竟，这是在荒凉而又贫瘠的巨石上，不是在肥沃的土壤之中扎根。

在我的印象里，我们家族里，包括我的那些兄弟姐妹，都没有这样的遭遇吧？这几乎就是一件前无古人后无来者的事。我觉得自己的命，真是苦到了骨头里。

下了几场雨，我有了些精神，我的根长得更快了，已经触到了岩石的皮肤，还是那种感觉，硬邦邦的，冷冰冰的。巨石，是个古怪沉默的老头，我主动跟他搭讪了好几回，他却一个字也舍不得跟我说，爱搭不理，似乎在为我在他的地盘上撒野和冒犯生气。

说实话，我还不想在这里待呢，要不是命……巨石不理我，我也挺生气，我一粒种子也不是好惹的，我想，我偏偏要跟你较劲儿，看你也奈何不了我！

我为自己编了一首歌，唱了起来：

"我是一粒种子，巨石是我的故乡，我要在这里生长，我要长成一棵大树，看别样的远方……"

唯一的一次，我身子下面的巨石的肚子里传来一阵狂笑，然后我听见一个声音说："这真是我听过的最搞笑的白日梦……"

我懒得理它，这个讨厌的老头。

我的根把巨石撕开了一条微不足道的裂缝，已经能吸收到一些营养，吃不饱也饿不死，不算好也不算坏。

就这样煎熬了好几年，我已经是一棵小小的树了，有了自己小小的衣服，它们由几片弱不禁风只有指甲盖大小的叶子组成。为此，周围花枝招展的草姑娘们经常笑话我，叫我"小可怜"，有时候，也叫我"丑八怪"。我知道我形单影只的样貌极丑，不如她们好看，心头很自卑。

自卑久了，又没有个朋友，我就格外寂寞，也多愁善感起来。

树林在半山腰上，山脚下有一排青瓦房，青瓦房下面，是一条哗啦啦流淌的河。它们的存在让我激动不已。寂寞的时候，我就常常望着巨石下面的那条蜿蜒的小路发呆。在这样寂寞的树林里，这条小路大多时候，也是寂寞的。偶尔，会有一些山里人在这儿过路，背着沉甸甸的柴火或者猪草。是些生活在这大山里的人，不知为什么，望着他们脸上的皱纹或者汗水，我总能清晰地感到一种苦涩的东西。与我在巨石里吃到的那些东西类似。他们从巨石下面经过，虽然从未注意过我，却总能让我感到一丝丝欢喜，莫名的欢喜。但仅限于此。直到我看见那个年纪小小的、身形瘦瘦的、个子高高的男孩，我产生了一种异样的感觉，我觉得这个住在山下的男孩就是另一个我。男孩穿得很寒酸，一看，就知道出身贫苦。这更让我心疼不已。

后来，我渐渐知道，男孩的外婆家，在巨石后面的高山上。他去山上外婆家，从山上外婆家回自己的家，都要在我面前路过。我秘密关注着这个跟我一样看似营养不良的男孩，尽管他未曾注意过我。是的，我好像已经爱上了这个男孩，我觉得他就是世界上的另一个我……

小男孩一年年长大，变成了少年，又变成了青年，有了自己的事业，在城里有了家，又成了一个孩子的父亲，日子幸福美满。

这些年，我也没有忘记自己是一棵树，我怎能像小草一样弱不禁风呢？我也一年年长高了，越来越强壮，骨子里，也越来越坚韧，为了生长，我的根把巨石钻出了一条长长的拇指宽的裂缝。

脾气古怪的巨石虽然看似顽固，牢不可破，寸步不让，其实并不完全是那样，在我的意志下，它终于屈服了，让步了。穿过那条道路，我就可以抵达肥沃的土壤，得到真正的滋润，像我美丽的母亲大人那样，长成一棵真正的大树。

当然，潜意识里，我也盼望自己长成一道风景，能够引起那个我看着长大的男孩的注意。我相信，这一天迟早会到来。

这一天终于来了。

那个原本走路一阵风似的男孩，居然慢吞吞地出现在了我的视线中！不过，他已经成熟了，是个大人了，个子高高的，有些胖，下巴上还留着一堆可爱的胡子。他走得很慢，像在散步，又像在思考着什么问题，却不时左顾右盼，像在寻找着什么？！

山里的路多了，这条林间的小路已经荒芜，杂草丛生。他有些失落的样子，估计是在想，这条路再怎么走，也走不回童年的感觉了吧！这么一想，我忍不住偷偷地笑了起来。我这样自作聪明，我都想给自己打个一百分呢。

奇迹真的出现了。

他在我身边停了下来，久久地望着我，望着我身下的那块被我劈成两半的巨石，望着我荒凉的扎根之所，像是，在望着他的另一个自己，望着望着，他躲藏在一副框架眼镜后面的眼睛湿润了。他喘着气，似乎有些激动。我听见他在自言自语，他用赞美的语气说："你这棵树啊，为何选择在这里扎根……"过了一会儿，他又突然感叹："我们怎么那么像，那么像……"

说实在的，这句话我像是等了好多年。他自己说出来，我反而有点不好意思，也不知道如何跟他说话。不如保持沉默吧，我想。

过了好长时间，他终于掏出一个不知名的玩意儿，对着我"咔嚓、咔嚓"了几下。我开始以为是斧子之类的东西，吓了一跳，身体差点像面条似的瘫软在地。结果不是，他是在为我拍照呢。

他一边拍照，一边说："等回去了，我一定要把你写下来，为你立传，不，是为我们立传。"

这时候，我才知道，他是个作家。

作为一棵树，我这条命不容易，毕竟是在岩石里扎根啊。

而他，一个作家，作家就是在纸上扎根啊，更不容易。大概是所谓的同病相怜吧，说真的，这一刻，我突然有点心疼他。

笨女人的诗篇

去年，因为准备写我的"丘陵系列"小说，为储备创作素材，我随手写了篇千把字的草稿备忘，篇名叫《封口胶》，写的是我在媳妇老家偶然遇见的一个传奇妇女的故事，信马由缰，即兴为之，写得一般，散文不像散文，小说不似小说。

人物原型是位中年妇女，叫"索蓉子"，媳妇娘家的父老乡亲都这样称呼她。

从未打听过索蓉子的本名，但我肯定，"索蓉子"不是她的本名。人如草芥，一个人的名字又有什么关系？不过是个符号而已。

媳妇老家和索蓉子家一个村，又在一个丘陵上，距离说近不近，说远不远。每次，只要我们回去，我们就是脚不沾地地回去，索蓉子总比凡人多了几双眼睛似的，都会知道，并且总是一阵风似的跑来串门。

"欢娃子回……回……回来啦？！"索蓉子欢欢喜喜地招呼，仿佛回来的是自家亲戚。

媳妇答应："我回来啦！"

招呼完，又继续喜气洋洋地招呼："刘勇回……回……回来啦？！"

我客客气气地回答："就是！"

说完，索蓉子又继续招呼："小石头回……回……回来啦？！"

小石头听了，望着笑得合不拢嘴的索蓉子，啥都没说，一个劲儿往我们怀里躲。

"小石头都这么大了哦！娃儿个子好……好……好高哦，跟他爸爸一样哦！"

岳母说："喊你女子也赶快嘛！"

索蓉子笑眯眯地说："要得！"

从人们口中，我开始断断续续了解索蓉子。这个索蓉子，其实是个普通得不能再普通的乡下女人。普通乡下女人的命运索蓉子一样不缺，男人，庄稼，女儿，连绵不断的家务活，甚至还有寂寞。看得出来，索蓉子是个寂寞的女人，至少，我没有见过像她那么爱串门的女人。据了解，索蓉子出生前打过引产针，准备流产的，结果命大活了下来，只不过身体上却留下了永远的"后患"——小儿麻痹症。索蓉子的残疾不是妈妈生的，也相当于妈妈生的。这导致索蓉子说话不利索，脑子不太灵活，大多时候性格像小孩，贪玩。

索蓉子的家事像风一样钻进耳朵。

索蓉子有个女儿，人很漂亮，大学毕业了在城里当护士，因为嫌弃，平时都不爱回老家。就是因为了解到这个，我才心情复杂地写了篇《封口胶》。

索蓉子的男人爱打牌。索蓉子二话不说冲到镇上掀了桌子，把男人赶回家！

索蓉子的男人夜里不跟索蓉子睡觉。索蓉子力气大，就把男人抱到自己床上，坚决不同意分床。

人们喜欢拿索蓉子开玩笑，索蓉子却从不生气，她几乎不知道生气是什么样子吧。那些不正经事好像变得正经了，那些正经的事反而又有些不正经。按照世俗的标准，索蓉子是个笨女人。可是，有时，我也忍不住怀疑，比如那篇《封口胶》发表之后，又天上掉馅饼似的得了一个小奖，领了几千元稿费，我暗自许诺给索蓉子买点水果，毕竟，这里面也有她的功劳。于是，我真的买了水果拿给索蓉子，从她收下礼物的那份庄严和利索，就能看出来，这个女人，其实一点儿不笨。

在白鹤村，人们说起索蓉子，总是一致地交口称赞，说这个不幸的女人"旺家"，是个"带福气""带财"的女人。人人几乎都能作证的例子，就是索蓉子家里养的牛羊总比别人家的肥壮，一般人家在牛羊地里认认真真放养一年，还不如索蓉子懒懒散散放养半年的效果明显。

人们似乎对此并不感到神奇，而是觉得不可思议。原因是乡下土地辽阔，畜生吃草地方多，很多人家都把牛羊整天整天地搁在外面，也不拴绳子，任其自由发挥，天亮时出门，天黑时回家。索蓉子也要放牛羊，索蓉子却不一样，索蓉子喜欢偷懒，索蓉子喜欢玩，索蓉子每天最爱做的就是把牛羊赶到地里，找块地，只要有草的地方就行——然后把牛羊一头头分散地拴在某棵树上，然后满村子游荡、串门，玩够了天黑了这才把拴在树上的牛羊赶回家。

从人们说得咬牙切齿那个样子上看，我相信他们真的没有说谎。

一度，我也为老天有眼、上苍是公平的、索蓉子与生俱来的某种魔力这一类想法而暗暗热泪盈眶。因为这个事实，索蓉子似乎不普通了，成了神话般的人物；因为这个事实，我甚至理解了村里人因此愤愤不平地说索蓉子是个笨女人这样完全不符合事实的评价——对呀，那么多吃草的好地方，聪明人哪会那样把牛羊用绳子拴在一棵树上整天整天地"折磨"！通过那些可恨的绳子，索蓉子家的牛羊，整天整天地关在了地球上！关键是，还比别人家的牛羊肥壮！

偶尔，索蓉子家里那些牛羊，被拴在一棵棵树上吃草的身影，会在我脑袋里闪烁。

直到最近，我终于想透了一个道理，也破解了索蓉子身上的"玄机"。同样的土地，同样的吃草，牛羊旗鼓相当，为何别人家自由自在的牛羊不如索蓉子——一个看似懒散愚笨的乡村妇女喂养的肥壮？答案很简单，就是因为那一根绳子，那一棵树，那无论是站着、躺着、睡着哪儿都去不了的整天整天的时间里边，那些牛羊始终心系一处，老老实实地待在它们的生命附近：

安静地吃草。

选自《美文》2022年第9期

梦回塞上

梁衡

《人民日报》原副总编辑,中国作家协会全国委员会委员。先后有60多篇文章入选大中小学教材。曾获赵树理文学奖、鲁迅杂文奖、全国优秀科普作品奖、全国好新闻奖和中宣部"五个一工程"奖。

开河

二十世纪六十年代末，大学毕业生必须先到农村劳动锻炼。我从北京毕业后到内蒙古临河县（现巴彦淖尔市临河区）劳动一年，然后就地分配到县里工作。想不到，还没有打开行李，就直接受命带民工到黄河岸边去防凌汛。

"凌汛"是指北方河流解冻景象的专用名词，我也是第一次听到。特别是气势磅礴的黄河，冰封一冬之后在春的回暖中慢慢苏醒，冰块开裂，漂流为凌，谓之"开河"。开河又分"文开""武开"两种。慢慢融化，顺畅而下者谓之"文开"；河冰骤然开裂，水势翻江倒海者谓之"武开"。这时流动的冰块如同一场地震或山洪引发的泥石流，你推我搡，挤挤插插，滚滚而下。如果前面的冰块走得慢一点儿，或者冰面还未化开，后面的冰块又急急赶来叠压上去，瞬间就会陡立起一座冰坝，横立河面，类似电视上说的堰塞湖。冰河泛滥，人或为鱼鳖，那时就要调飞机炸冰排险了。无论是"文开"还是"武开"，都可能有冰凌冲击河堤，危及两岸，所以每年春天都要组织防凌汛。我就是踏着黄河开裂的轰鸣声走向社会的。

虽然我在临河县已生活一年，但还未亲见过黄河。在中国地图上，黄河西出青海，东下甘肃，又北上宁夏、内蒙古，拐了一个大弯子，如一个绳套，被称为"河套"。在这里，黄河造就了一块八百里冲积平原。我这一年在河套生活劳作，虽未与黄河谋面,却一直饱吸着黄河母亲的乳汁。每当我早晨到井台上去担水时,我知道这清凉的井水是黄河从地下悄悄送过来的;当夏夜的晚上我们借着月光浇地时,田野里一片"噼噼啪啪"庄稼的生长拔节声,我知道这是玉米正畅快地喝着黄河水。河套平原盛产小麦、玉米,还有一种别处都没有的"糜子米",粒金黄,比小米大,味香甜,是当地人的主食,也是供牧区制作炒米的原料。在河套,无论是人还是庄稼都是喝着黄河水长大的,片刻不曾脱离。生活于斯,你才真切地体会到为什么黄河叫"母亲河",是她哺育了我们这个古老的农耕民族。前几年联合国粮农组织在全球普查重要农业文化遗产,在陕北佳县黄河河谷发现了"园龄"1400多年的古枣园,在山东黄泛区发现了6000多亩的成片古桑园,可知我们的先民早就享受着黄河的养育之恩。沿黄河一带的农民说:"枣树一听不到黄河的流水声就不结枣了。"

　　我受命之后,匆匆奔向黄河。一个毛驴车,拉着我和我的行李,在长长的大堤上,如一个小蚂蚁般缓缓地爬行。堤外是一条凝固了的亮晶晶的冰河,直至天际;堤内是一条灌木林带,灰蒙蒙的,连着远处的炊烟。最后,我被丢落在堤内一个守林人的小屋里,将要在这里等待开河,等待春天的到来。一般人对黄河的印象是飞流直下,奔腾万里,如三门峡那样的湍急,如壶口瀑布那样的震耳欲聋。其实她在河套这一段面阔如海,是极其安详平和、雍容大度的。

我的任务是带着二十多个民工和几个小毛驴车，每天在十公里长的河堤上，来回巡视、备料，检查和修补隐患，特别要警惕河冰的变化，与指挥部保持不间断的联系。民工都是从各村抽来的，大家也是刚刚认识，都很亲热。河套是我国传统的四大自流灌溉区之一，黄河水从上游的宁夏流过来，顺着干、支、斗、农、毛渠等大大小小的河道，让庄稼灌饱喝足后，再经排水网络流向下游。因水过沙淤，每年冬春修整河道就成了当地必不可少的工作。在还没有机械施工的年代，全靠人工把泥沙一锹一锹地挑出去，俗称"挑渠"。从另一个角度讲，这也是年轻人欢乐的聚会，类似南方少数民族的"三月三"，不过那是纯粹地唱歌游戏，这却是借走河工而欢聚。民工出发前，会往毛驴车上扔几口袋糜子米，在铁锹把上挂几串咸菜疙瘩，富一点儿的生产队还会带上半扇猪肉。人们难得享受一次大干、海吃、打牌、摔跤、说笑话的集体生活。我现在参与的也属于这类劳动，不过不是"挑渠"而是"护渠"，规模也小，人也少，民工的年纪也略大，气氛就安详了许多。

住下以后，我到堤上的工棚里看了炉灶、粮食等生活用品的安排，就出来和他们一起装土、拉车。这时一个他们叫王叔的中年汉子突然走上前来拦住我说："头儿！这可不行。你是县里的干部，张张嘴、指指手就行，哪能真干活？"这一句话把我说蒙了，我怎么一夜之间就从一个学生、一个在公社劳动的临时农民变成了"头儿"，成了干部？从此就可以只张嘴，不用动手干活了？真是受宠若惊，我还很不习惯这个新身份。就像京剧《法门寺》里的贾桂，站惯了不敢坐，我这双手动惯了，一时还停不下来。马克思说劳动创造人，莫非这一年的劳动就把我改造成另一个人了？我一高兴也吹起牛来，我说："这点儿活算什么，我在村里整担了一年的土，担杖（扁担）都记不清压断了几根。"他们看着我笑道："除了衣服上有补丁，怎么看，也还是个学生娃哩。"大家嘻嘻哈哈，一会儿就混熟了。

因为是上堤第一天，为了庆祝，中午就在工棚里包饺子。当地盛产胡麻油，生胡麻油拌饺子馅特别香。一脸盆肉馅拌好后，王叔提出一把装满胡麻油的大铝壶，就像提水浇花一样，对着脸盆大大地转了三圈，看得我目瞪口呆。要知道那是在物资极端匮乏的年代啊，城里每人一个月才供应三两油。但是生产队自家地里长胡麻，自家油坊里榨胡麻油，吃多吃少谁管得着？况且出工挑河就和当兵出征一样是要格外优待的。那年我在村里，春天派河工时，挑河人无肉不行。队长无奈，就发话杀了一头毛驴为之壮行。今日我们在黄河大堤上吃开工宴，真有点儿梁山好汉初上山来喝聚义酒、大块吃肉的味道。这时大堤内外寒风过野，嘶嘶有声，而工棚内热气腾腾，笑声不断。我内心里怎么觉得，这就是冥冥中给我办的一个劳动毕业典礼，也是身份改变——从此由学生转为社会人——的过门礼。

我白天在河堤上和民工们厮混在一起，晚上就回到自己住的林间小屋里，静悄悄的，好像退回到另一个世界。这林子是一大片与河堤平行的灌木，专为防风、固沙、防止水土流失而栽。树种是北方沙地里一种永远长不大的"老头杨"。护林员姓李，一个50多岁的朴实农民。他的任务是每年春天把这些灌木贴着地皮砍一次，叫"平茬"，促使它们根系发达，平时则看护好林子，防止牲畜啃食。这是黄河的一条绿腰带。这个林间小屋里热炕、炉灶等生活用品应有尽有，老李在这里白天煮饭、干活、看林子，晚上回村里去和老婆孩子一起挤热炕头。他临走时问我："你晚上一个人住在这片林子里怕不怕？"我说："不怕。"心想：说怕又有什么用？他说："我把这条大黄狗给你留下。你现在就喂它一块骨头，先建立一下感情。"在这个半农半牧区，吃肉是平常事，我一进到这个小院就发现半人高的矮墙头上一圈儿摆满了完整的羊头骨，如果是哪个画家来了一定会选一个回去当艺术品。我接过黄狗摸摸它的头，算是我们俩击掌为友。

后半夜一钩弯月挂在天边，四周静极了，风起沙扬，打在窗户纸上沙沙作响，大黄狗不时地汪汪几声。微风抚过林梢掀起隐隐的波涛，我这个小屋就像大海里的一只小船。我怎么也睡不着了，突然想到这是我平生第一次一个人过夜，而且还是在万里黄河边的旷野上。大约这就是在预示一个人将要独立走向社会。上大学之前我从没有离开过家，在大学里条件有限，一间宿舍上下铺八个人，再下来就是来到农村劳动，四人睡一条土炕。而今天，脱离了家庭，离开了集体，像被母亲推出了怀抱，说你已长大，快快出门而去吧。我感到几分孤单，又有一点儿兴奋。人生本是一场偶然，命运之舟从来不由自己掌舵，你唯一的办法就是如鹰雁在空，借气流滑行。我从北京来到塞外，从学校到生产队，再从生产队来到黄河边，被一双无形的手推过一程又一程。

我辗转难眠，就去想那些类似今夜光景的诗篇。苏东坡有一首《卜算子》："缺月挂疏桐，漏断人初静。谁见幽人独往来，缥缈孤鸿影。"不好，太凄苦了。我虽分配塞外，但还不似苏轼外放黄州。又想起辛弃疾的《破阵子》："醉里挑灯看剑，梦回吹角连营。八百里分麾下炙"，现在大漠孤烟，河堤上吃肉，倒有几分身在沙场的味道。你看：堤外漠漠层林，堤上车马工棚。千万里大河东去，枕戈静待凌汛……那么，凌汛过后的我又将飘向何处呢？

天气渐渐转暖，脚下的土地也在一天天地变软，有了一点儿潮气。按照老河工的经验，今年的开河将是"文开"，不会有太大的麻烦。我作为"头儿"，紧张的情绪也有了缓和。不过，从心里倒生出一丝遗憾，既为凌汛而来，却没有看到冰坝陡立、飞机投弹炸冰，好像少了点儿什么。人生就是这样，又要又怕，又爱又恨。民工们已经在悄悄地收拾行装，我无事可干就裹上一件老羊皮袄在堤上漫不经心地巡走，有时遥望对岸，对岸是鄂尔多斯高原，成吉思汗的发家之地。几千年来，这片土地上曾演绎了多少惊心动魄的故事，而我一出校门就投向黄河的怀抱。中国民间风俗，孩子满周岁时，在他面前摆上各种小件物品，看他去抓什么，以此来卜测孩子将来的作为，名为"抓周"。《红楼梦》里贾宝玉抓到的是女孩儿用的钗环脂粉，贾政因此心中不悦，说这孩子将来必无所成。现代有类似的新说，小儿断奶后吃的第一口菜是什么味道，就决定了他一生的饮食习惯。我出校门后正式受命干的第一件事就是到黄河上带工，这也是一种"抓周"，而且十分灵验，从此我的后半生就再也没有离开过黄河。几十年的记者生涯，我上起青海黄河源头，下到山东黄河的入海口，不知走了多少遍，采写了多少文字，至今还有一篇《壶口瀑布》被选在中学课本里。这是黄河发给我的最高奖品。

  一天，当我又照例巡河时，发现靠岸边的河冰已经悄悄消融，退出一条灰色的曲线，宽阔的河滩上也渗出一片一片的湿地。枯黄的草滩隐约间有了一层茸茸的绿意。用手扒开去看，枯叶下边已露出羞涩的草芽。风吹在脸上也不那么硬了，太阳愈发地温暖，晒得人身上痒痒的。再看远处的河面，亮晶晶的冰床上，撑开了纵横的裂缝，而中心的主河道上已有小的冰块在浮动。又过了几天，当我迎着早晨的太阳爬上河堤时，突然发现满河都是大大小小的浮冰，浩浩荡荡，从天际涌来，犹如一支出海的舰队。阳光从云缝里射下来，银光闪闪，冰块互相撞击着，发出隆隆的响声，碎冰和着白色的浪花炸开在黄色的水面上，开河了！一架值勤的飞机正压低高度，轻轻地掠过河面。

不知何时，河滩上跑来了一群马儿，有红有白，四蹄翻腾，仰天长鸣，如徐悲鸿笔下的奔马。在农机还不普及的时代，同为耕畜，南方用水牛，中原多用黄牛，而河套地区则基本用马。那马儿不干活儿时一律摘掉笼头，放开缰绳，天高地阔，任它去吃草追风。尤其冬春之际，地里还没有什么农活儿，更是无拘无束。眼前这群撒欢的骏马，有的仰起脖子甩动着鬃毛，有的低头去饮黄河水，有的悠闲地亲吻着湿软的土地、啃食着刚刚出土的草芽。忽然它们又会莫名地激动起来，在河滩上掀起一阵旋风，仿佛在放飞郁闷了一冬的心情，蹄声叩响大地如节日的鼓点。我一时被眼前的情景所感染，心底暗暗涌出一首小诗《河边马》：

俯饮千里水，仰嘶万里云。鬃红风吹火，蹄轻翻细尘。

时间过去半个世纪，我还清楚地记着这首小诗，那是我第一次感知春的味道，也是我会写字以来写的第一首古体诗。

我激动地甩掉老羊皮袄，双手掬起一捧黄河水泼在自己的脸上，一丝丝的凉意，一阵阵的温馨。开河了，新一年的春天来到了，我也迈出了人生的第一步，明天将要正式到县里去上班了。

挑水

挑水也是一个淡出生活的词了,不但城市里早已密布自来水网,乡村现在也都普及了饮水工程。一拧水龙头,水就流到锅里。扁担和水桶也成了农耕文化博物馆中的收藏品。

我之所以念念不忘挑水,是因为它记载了我初入社会的一段刻骨铭心的生活。1966年"文革"发生,从66届到70届,五个年级的应届毕业生都滞留在校园里,史称"老五届大学生"。我是其中的"68届",年底才从北京毕业,被分配到内蒙古的临河县,先在村里劳动一年,就与担子结下了难解之缘。

先说一下这个劳动工具"担子",当地称为"担杖"。在我的印象里,其他地方都叫"扁担",扁而长。我的家乡是丘陵山区,多梯田,盛产麦子。麦子割倒后扎成捆,用一根铁皮尖头的扁担左右一插,担在肩上,挑回村里的场上碾轧脱粒。如果是挑水的扁担,则不用包铁皮尖头,而是平头带钩。那扁担的制作简直是一门艺术。先选一根笔直的一臂之粗的槐木,更有讲究一点儿的人则不肯取大树上的旁枝,而要取从地上蹿出的独苗,名"独蹿子",纹路清晰,弹性更好。其意类似蒜里的独头蒜。料选好后去皮,在烟火中煨烤使出汗,再阴干。这又类似古代的竹简制作,先将青竹烤出汗来,使不变形、防虫蛀,才好刻字、书写,就是文天祥说的"留取丹心照汗青"之"汗青"。木料定型后,再刨成长条扁平状。这样处理过后更有柔韧性，挑担上路，两头重物上下弹动，再配合挑担人的步法，不用彩排，直接上台，就是最美的舞蹈。走山里的路，爬高、下坡、拐弯，全靠这纯熟的"舞步"配合所挑之物的律动才稳当。如果走路累了，不用歇脚，只须将扁担在后脖根上轻轻一捻，就实现了左右换肩，简直是在演杂技。它给我留下了美好的记忆，是家乡的温暖，更是生命中不可抹去的乡愁。而当我经历了大城市里的中学、大学生活，再到塞外农村时，见到所谓的扁担则是一根极不规整的柳木棍子，甚至皮都懒得去褪，更不用说煨软、取直、出汗、修扁了，压在肩上硌得肉生疼。可见当地文化的落后和塞外生活的粗糙。肩上的这一根"担杖"让我"水土不服"，有一种身处异乡的孤独。

在农村劳动一年后，我先被分配到县里工作，又调任省报当驻站记者，还是住在县城。虽不再下地劳动了，但过日子还是离不了"担杖"。当时县城还没有自来水，日常生活还得挑水。新盖的土坯宿舍旁配有一口手压水井，三口之家，一天一担水足够吃用。

但天有不测风云，人有未料之事。作为驻站记者少不了下乡，一年冬季正寒风凛冽，我接任务要到边境县去采访，前一天买好了长途公交车票，上午八点半发车。早晨七点钟起来，收拾行装，正要烧水下面，水桶里却没有了水。妻子就赶快把两个暖壶里的水全倒到锅里，我则急忙担杖上肩，到压水井上去挑水。不想昨夜天气骤冷，手压铁柄与抽水井筒冻在了一起，比焊接的还牢,根本压不动。我的头"嗡"的一声炸了。一小时后我就要出远门,妻子带着一个两岁的孩子,母子俩没有水怎么过?我让自己冷静下来,抬起头飞快地扫一眼这周边荒冷的郊野。不远处有一个村庄,村口有一眼水井。河套地区水位高,井水浅,伸下水桶就能提上水,真是天无绝人之路。我心里闪过一线希望,飞快地向井边跑去。当我脱下担钩准备下桶时,顿时傻了!原来天气太冷,众人打水,滴水成冰,井口愈冻愈小,已经伸不进一只水桶。这回可是陷入了灭顶之灾。扶着这根没有出过"汗"的柳木担杖,我头上却冒出涔涔的冷汗,天都要塌了。我摇摇晃晃地挑着一对空桶跑回家里,见一碗热腾腾的挂面正摆在灶台上,上面还卧着一颗鸡蛋,就更羞愧难当。我将一对空桶摘下,把那根丧气的柳木棍子狠狠地摔在门外的台阶上。妻子连忙问:"怎么了?"怀里抱着的孩子也"哇"的一声哭了起来。我说:"今天老天爷也与人过不去,偏偏这个节骨眼上,两口水井都冻实了,一个压不出水,一个下不去桶!"妻子也倒抽了一口凉气。她在一所中学教书,现在上课铃声都快响了,仅有的两暖壶水都已用光,今天不要说吃早饭,连喝口水都不可能了。她把孩子送到邻居家,回来看见那碗面还在灶台上,就端起送到我的面前说:"班车也快到了,快吃两口出门吧。"一边又急着去找她的课本、教案,一股脑儿塞进书包里。我接过饭碗,只挑了一筷子,两颗泪就滚过了腮帮。都说男儿有泪不轻弹,是没有被生活逼到墙角里。

我哪里还能咽得下这口饭？看了一眼手表，抓过书包就往车站跑。老远就看见黄风中一辆老爷车正在靠站,我连喊带跑，跌跌撞撞地上了车，找个位子坐下。车开了，刺骨的寒风从窗缝里钻了进来，我能感觉到脸上的泪水冰凉，赶快转过身去怕人看见。一面想着：家里已经没有一滴水，妻子中午回来怎么做饭？估计那一碗剩面就是他们母子今天的午饭。她还得一手抱着孩子到井上去压一桶水，但是如果阳光不给力，到中午压井还不能解冻呢？我不敢接着往下想。都说男人是家里的顶梁柱，柱子一松，家就要塌的。

我看着车窗外，窗外是黄的天、黄的田野、黄的泥房子，北风呼呼地刮。汽车像一头老牛，喘着粗气，顶着黄风往前跑。我心里乱糟糟的，天地一片混沌。

一周后我出差回来，第一件事就是买了一口大水缸，换了一副大水桶，又把那个该死的柳木棒子摔断，填到了火炉里。高贵的槐木，我的乡愁之木，这里是找不到的。我在附近工地上找到一根榆木棍，请木工刨平，又用砂纸精心打磨，两头装上绳索铁钩。我在努力追寻小时候那一种家的温暖，现在已经独立成家，为夫为父，只好尽力苦中作乐，装点一下这苦涩的生活。

一个月后我回太原探亲，顺便联系工作调动。临走前最重要的事就是挑满水缸。这个新水缸足足装下了七担水，直到一周后我探亲回来，缸里的水还没有吃完，母子俩未受一日之渴。

年底我调回了太原。在省会城市当然不用再挑水吃了。但曾经共患难的这两只大水桶我舍不得丢，搬家时带了回来。其中一只用来提煤，当时城里还没有通煤气，每天烧火用的煤要从楼下提到楼上，运水之桶变成了火神的摇篮。另一只桶反扣于地，上面铺上一块三合板，就成了全家的小饭桌，这两只桶与我厮守了十多年，直到我转了一个圈儿又调回到北京城。

疾风知劲草，霜后枫叶红。在北京工作的那几年里，周围许多重要岗位上都是当年的老五届大学生。大家虽不是同校，但是同根，同是在基层摸爬滚打过来的人，见面自带三分亲。我所在的国家新闻出版署，每年开一次各省出版局局长会，这几乎成了我们老五届的"黄埔同学会"。白天议工作，晚上忆旧情。一次我说到当年的挑水之事，河北的张局长立即正襟而坐，也讲了他的一段吃水难。他亦是在北京毕业后响应号召去支边的，但比我走得还远，一直到了新疆。他刚结婚，小两口被安排在一个回民村劳动，环境之苦且不说，没想到在最普通的吃水小事上碰到了一个大难题。因为民族风俗之别，他不能用村里近在咫尺的水井。夏天吃水，要用毛驴车到五里外的水库上去拉；冬天就更麻烦了，要到水库里凿冰，拉回来化水。那时妻子已有身孕，他一个人赶车来到水库，先将毛驴车停在库外的大坝下，再翻过大坝下到库面上去凿冰。坝坡很陡，返回时抱着一块大冰往上爬，经常滑倒，连人带冰又滚回冰面。呼天不应，四野无人，空旷的天地间一个男子汉也不知几回偷偷抹眼泪。赶车回到家里还得强装轻松,说什么今天凿到了最好的冰。天苍苍,野茫茫,相濡以沫唯有两个天涯异乡人。都说一滴水可以见太阳,其实一滴水里也浓缩着一个时代和一个人的影子。后来,老张退休后回到上海,"老支边"终于赶上了末班车,享受到一点儿大都市里的夕阳红。

  水是生命的第一需要,它普通得常常被人忘记。"到祖国最需要的地方去"是那个时代最响亮的口号,曾让我们热血沸腾。而当理想变为现实,苦难渐成往事,细思量,最难忘记的却是那些再平常不过的挑水、吃水的故事。

  选自《当代》2023年第1期

离家的猫头鹰

杨文丰

二级教授,一级作家,中国作家协会会员。已出版生态散文集《自然笔记:科学伦理与文化沉思》《蝴蝶为什么这样美》《自然书》《病盆景》,生态散文入选高中《语文》及《大学语文》《中外生态文学作品选》等。

猫头鹰亦是人心善恶的一面明镜。

手记

1

三十年前,六月里的一个黄昏,天奇怪地晴朗而寂寥。我正想下班,晴川小跑着来到我办公室:"爸爸,有人想送我一只猫头鹰,快跟我去看。"我半惊半喜,跟着儿子就走过去,右转左拐,迎面见一人,笑吟吟地走过来,手掌上蹲着一只两叠拳高、翅膀下垂、病恹恹的小猫头鹰,双眼却深黑如龙眼,嘴喙脚爪都尖利,正慢慢转着脑袋,忽然小嘴喙张合,"哐,哐"叫出两声。晴川兴奋着,但不敢伸手去捉。那人说:我弟弟前些时在山林写生,刚感觉有冷飕飕的东西扑腾袭来,随即左肩就被硬爪紧抓了,他急用右手一拍摸,就捉到这只小猫头鹰,还不会飞,好几人出高价他都不卖,几天前送给我女儿,女儿养不好,也不太敢养,如果你们要,就送给你们……我听着,觉得这猫头鹰可怜,还病着,不禁心生怜悯,虽也心存些许忌讳,还是感谢对方,收留下这只猫头鹰。

童年时,我听过"猫头鹰叫,有人要死了"的话。在长江、赤水河汇合的四川合江城街头，那天中午，我抱着正牙牙学语的晴川，站在报栏前阅报，猛然一抬头，冷不丁就吓了一跳，一只被细铁链拴了脚、公鸡大小的猫头鹰，正站立报栏上头，圆睁着大眼，睥睨尘世，它离我仅一两尺！那段日子，我才读过一篇名家散文，作者说他人病，文字流露出神经质，云"猫头鹰就是一个神"，还高呼"我的猫头鹰上帝"。

那时我还未与猫头鹰朝夕相处，不知道对凶猛的猫头鹰，你只要不固守惯性思维，爱它，与它亲近，像善待自己的生命一样善待它，一样可以相与和解，爱爱互动，相处和乐。"感情用事"一词，用在人与自然关系上，未必就是贬义词，你只要付出爱，完全可以化为褒义词，当然，在接收小猫头鹰时，我心有忌讳，也自在情理之中。

2

猫头鹰到我家之初，我曾一度想：这只该不是笑猫头鹰吧？如果是，就好，吉祥也……可几天下来，我并未能听到它有什么笑声，仅是"哑，哑"地叫，而天地间，笑猫头鹰是有的，叫起来就像炫耀胜利般大笑，至于笑猫头鹰是否笑自己也笑天下可笑之猫头鹰，却未可知。看来，笑猫头鹰还是习惯固守新西兰南北部岛屿，不愿意飞来南粤。

猫头鹰无疑是思想致远的鸟，所以在我家，常常颇为宁静。

白天我在客厅铺一张大报纸，将它轻轻地抱上报纸，猫头鹰是恒温动物，它的身子暖暖的。它是将报纸当成自己的地盘了，总是直直地、坚定地站在延绵的汉字上，独立夏天，难得见它怎么走动，或许它小，报纸很显得空阔。

该是猫头鹰享受了相当级别的待遇，病态很快就消失了，气色日趋正常。家人都很关爱猫头鹰，当然头几天对它的关注不算太高，但猫头鹰毕竟是猫头鹰，擅长受人之善，也善于保重身体，没多久，我们就无法不认真天天"读"它了。我下班回到家，首要任务就是"读"它，我拉来一张小矮椅，靠近它，坐下，人鸟相看，当然是我更专注地"读"它。"读"它，也成了妻、岳母和晴川的日课，以前一直反对豢养宠物的妻，还比谁"读"得都来劲。可能是猫头鹰要比时尚散文有更强的可读性吧，你或坐或站在楼上看风景似的看它时，它也看你，颇有李白相看敬亭山的意味，不同之处，至少是猫头鹰乃站在汉字之上。想想：除了在蜀地合江城，我什么时候如此近距离地"读"过猫头鹰呢？我们的猫头鹰啊，身上的羽毛多褐色纷披，细斑散绶，稠密松软，钩状的扁嘴和利爪总不忘先端钩曲，而且掩几根羽毛，真有些瘆人！值得一提的是那张鸟脸，还真与众鸟不同，眼周围的羽毛呈现辐射状，似猫的"面盘"，想来这就是何以叫猫头鹰的原因吧。生物学家说，如此的面盘就像卫星电视信号接收锅，可以集聚接收声波，判断声源，这相当于猫头鹰整个脸盘都缀满了耳朵。再细看其双眼，真大得惊人，根本不像其他的鸟双眼是长在头的两侧,而是固定在面盘前方,显然这样利于光线入眼,久闻猫头鹰的视觉极度敏锐,再漆黑的夜,它眼前的"能见度"也比人高出百多倍。

一天,家人在围观猫头鹰,晴川突然发现,猫头鹰的双眼不会转动,它要望不同方向时,总是先转动脑袋的朝向,还说幼儿园的老师讲过,猫头鹰的颈部能旋转270度。我听后想:咦,还真是,它经常看我时,都是头颅缓缓地朝一侧先一歪,面盘似时针那样要旋转十五分钟的幅度,"横眼"已成"竖眼"。

我更发现,这猫头鹰虽尚年幼,但举止行为,已尽显山林之气,此鸟非凡鸟也!

一次,它可能瞬间获得了什么大顿悟,突然右腿金鸡独立,左腿用力一下子就朝身后笔直蹬去,左翅贴左腿随之朝后也极端地一伸展,那威势,霎时让我想起大将军猛张飞,这是猫头鹰本有的威猛,这是睥睨一切的大英雄气,它绝非目中无人,而是目无天下万物也!我这时也突然醒悟:只有大自然才是猫头鹰真正的家,它怎适合被宅入我这小小的家天地呢?作为昼伏高山深涧、密树荒草,夜飞阔原沃地、威猛扑食的猛禽,夏山秋漠,冬野春岭,长河落日,松疏月凉,才是它的伊甸园。我家"笼"它,等于在剥夺它的生活天堂……

我开始萌生何时将它放生的想法。

日出日落,人鸟相对,如此这般,又过去几日,天地又转入黄昏,还兼细雨,我在客厅翻阅《羊城晚报》,见报上说:人养宠物,人会向善——我突然就似抓着宝贵无比的稻草,马上向家人传达了文章的大意,家人都认为说得很有道理,还讨论纷纷,说宠养猫头鹰嘛,单一个"养"字,已含"善举"……家庭会议还产生了决议:放生猫头鹰,很有些可惜;纵然放生,也还未到时候;如此小的猫头鹰,放生了它,它又如何生活?我心如明镜一般,这都是人和鸟有了感情,但凡沾染感情的事,都甚难理智处理。

3

斗转星移,光阴易逝,又一个周末到了。我甫入家门,岳母就对我说,猫头鹰下午在客厅突然发出一声长啸,阴风飐飐的,以前夜里在山间,也听过猫头鹰这种叫声。

我很难想象猫头鹰在山林黉夜的叫啸是怎样的恐怖阴森,可是很奇怪,知晓它能啸叫后,我却更敬畏它,更关注它,乃至对它有些着迷了。我和妻一起,将阳台上的榕树盆景搬进客厅,我双手抱起猫头鹰,轻轻引导它稳稳地抓住枝丫,随后,我退后几步,一看,宁静兀立于枝头的猫头鹰,愈加霸气四射,已焕发前无古鸟之势……翌日,堂弟来到我家,坐在客厅高声说话,他偶尔转头,一见到榕树盆景上站立的猫头鹰,登时就沉默下来,好一会儿,才说:"这样凶的鸟,你家还敢养?"经他这么一说,我读书人"想法不坚定"的毛病,就像按入水的皮球手一松又浮了上来,遂想:"还是赶紧放生吧……只是……"黑白想法,马上进入"相持阶段",踌躇中,猫头鹰却病了。

文章至此,读者想必也明察秋毫,我们一家都非常爱猫头鹰,而且,对猫头鹰的伙食,我们不仅奉行高规格的计划管理,更施行高质量的落实举措,而猫头鹰还是病了,何以会病?问题是出在饮食上。

猫头鹰天生以鼠为主食,上天赋予其超强的捕鼠能力,据考证,一只成年猫头鹰,不说其能吃多少昆虫、小鸟、蜥蜴和鱼等,单老鼠,它一年就可以吃掉一千余只。猫头鹰吃食物,喜欢囫囵吞枣整只吞入肚,这恐与它具有独特"食术"有关,因为入肚后难以消化的骨骼、羽毛、毛发之类残渣,会被揉成丸子,从嘴里吐出来,此谓"吐食丸"。显然,我们从未见猫头鹰吐食丸,在我家,它压根儿就没有见过老鼠等硕大食物。

这表明,对它的饮食,我们已无法适应,也难以满足。根据食谱,我们每天喂它的猪肉,全是精心选出的瘦肉,还加工成细丝,它每次就餐其实都蛮欢快的,总是伸爪子抓起一团肉丝,悬悬空,上下抖两抖,再低下头,以喙和爪慢慢拉扯着吃,有滋有味地吃,吃得相当用心。出于改善猫头鹰的生活,晴川还专门从楼下的灌木丛活捉来几只禾蝉,猫头鹰每次吃毕,鸟嘴即报以"哑,哑"声,以示感谢吧,晴川也积极性更高了,就陆续捉回金龟子、菜青虫、鼻涕虫等喂它。可能这些都不是它最适合吃的鼠吧,加上吃得太杂,于是消化不良,患了肠胃病，屎稀不成条，尿中泛白，半小时不到就得拉一次。妻急坏了，赶紧喂保济丸、藿香正气丸，没想到这人的药竟没有"鸟用"，一两天下来，猫头鹰又变得羽毛松弛，眼睑下垂，活像写失败的散文，"形神俱散"起来。

妻想打电话咨询，却不知到哪里去找鸟医生，突然情急生智，取出书柜上的《家庭日用大全》，翻到鸟肠胃条目，才明白可用木炭灰疗之，遂找来劈柴，烧木成炭，再碾成粉，用新鲜瘦猪肉丝沾裹喂之，果然鸟病还得鸟药医，吃过两三次炭粉拌肉丝后，猫头鹰果然痊愈了，似乎还长大了许多，更惹人怜爱了。

在这时，它表现出学飞的欲望，妻见状，找了根红色长绳，拴了它的一只脚，没承想绳子才拴住，猫头鹰竟突显人性，以哀眼看人，哀声阵阵，偌大的客厅，弥漫了哀声。妻只好赶紧为它松绑，并回头对晴川说："要善待猫头鹰。猫头鹰可是国家保护动物……"

4

现在回头看，在对待猫头鹰是否马上放生的问题上，我的心态是颇为复杂的，当然，我情感的主基调还是呵护、关爱、怜爱，自然也心含敬畏。敬畏，主要源自它有些吓人，敬畏是离不开惧怕的，有惧怕敬畏才有基础。当然，敬畏与文化有关，没有文化根基的敬畏不可能是自觉的敬畏，只能是盲目、盲从的敬畏，乃无本之木。

即便在动物界，在鸟类中，猫头鹰也是文化积淀最深厚者之一。西方的猫头鹰，其翼翅就披挂着文化色彩。古代的中国人更视猫头鹰为神异之鸟，"天命玄鸟，降而生商"（《诗经·商颂·玄鸟》）。在商代，猫头鹰被奉为军队的"保护神"，是人们崇拜的对象，猫头鹰的造型甚至被刻上祭祀礼器青铜卣。我无从考证从何时起猫头鹰才变成国人眼中厄运或死亡的象征。"不怕夜猫子叫，就怕夜猫子笑"之说，在现代科学看来，并没有道理，因为猫头鹰嗅觉并不灵敏，病入膏肓者散发的腐臭味不可能被它高兴地闻到……

当然，猫头鹰不会知道这些。我敬畏它，以爱心待它，是应该的，而它最需要的，假如不是广阔天地，就是我们必须能够喂养它。我不会想一只鸟会对我有感恩之心，但我能感到它依恋我们……

记得猫头鹰学飞后，客厅就无条件地成为它的飞行"天地"，我还谓妻："要定做一个大鸟笼，做得漂亮些，空阔些。"当时并未想到，家养它，对它再好也是囚养；它也不可能认同"人的家"是它的家……何况，家人已明显觉察，近几天来，但凡夜幕降临，猫头鹰就显得非常兴奋，总在客厅飞来叫去，但我们却未能认真地、深入地去想——室外那无边、无际、无涯的夜，才是属于它，它的自由是在夜的天地间的。作为黑夜天地间的精灵，只有在无边的夜里，它才能享受自在、快乐和完美，它才能看到其他动物无法看到的一切，捕获自己能果腹的一切。

现在看来，那夜是一个饱含预示的夜，我在卧室灯下喝茶，妻倚床头看书，猫头鹰竟能悄悄顶开虚掩的室门，一摆一晃地步入卧室，边走边"哐，哐"地叫唤，还一偏一扭着脑袋圆盘，轮番细看我们，突然，一张双翅，身子一蹲，双翅朝下一扑，就悄无声息醉酒般一颠一簸地向我们飞来，飞上床沿，甫一站稳，又"哐，哐"地叫了两声，那淡定、可爱的小样，惹得我们哈哈大笑……我后来知道，原来猫头鹰羽毛柔软，翅羽又密生天鹅绒般的羽绒，纵然飞如闪电，其声频也不到1000赫兹，人和别的动物都难以听到。

一直以来，猫头鹰的夜寝，都由我亲手操办，每夜，我都是将它抱入大纸箱，箱盖上再压一把生锈的大铁锤。说不清是何原因，许是冥冥中有什么谕示，就在猫头鹰步入卧室的当晚，我居然没有去操劳这事，由妻代劳了。

翌晨，我和妻都在厨房，突然就听到岳母在阳台上惊异地说："猫头鹰哪里去了？猫头鹰飞走了！纸箱盖开的，里头空空的。"我急急和妻来到阳台，晴川这时也从卧室小跑出来说："我昨晚上做了一个梦，梦见猫头鹰冲开纸箱盖，一飞就飞上阳台的防盗网，站了站，然后扭转头看了看我们家，一会儿就飞回客厅，朝爸妈的房间走去，见门关着，就又走回客厅，'哐，哑'叫了叫后,又飞至阳台的防盗网,稳站了一会儿,最后低了低头,才朝阳台外一跃,飞了!"我一听,就问妻:"箱盖压了铁锤,猫头鹰怎么还能冲开?"妻忙说:"昨晚我只压了一根小小的竹竿……"妻未想到竹木太轻,还是通山林的。我有些气闷,有些感动,有些醒悟,也有些惋惜,更多的却是解脱,望着清晨阳台外辽阔高远的天空,顿感所有的鸟事都空了,似乎什么都没有发生,这一切,都是天意吧……

假如猫头鹰继续囚在我家,既悖逆它的天性,也有违天地伦理——纵然猫头鹰和人相处得再不错,也不能说猫头鹰和人的关系就已臻人和美,何况这也只是人单方面的评价。人与自然也好,人与鸟也罢,彼此的关系,除了相互关联、相互依恋,还须相互尊重,唯有彼此自在,各自独立,均感自由,各美其美,才算真正臻人和美。

猫头鹰飞离我家三十年了。它是在夜间飞回它家的。它飞离时是有些不舍的。它飞回了真正的家……

选自《黄河文学》2023年第1期生态散文专辑

万鸟岭上

安然

中国作家协会会员。作品被收入多种选刊、选本。曾获第三届、第五届老舍散文奖等若干文学奖项。

1

一直以来，我有一个梦想，希望能和鸟儿一起飞翔，最好是能伴飞一只漂泊信天翁。寂静的暗夜里，我常在梦里任由双臂变成翅膀，带着自己在浩瀚星空巡游。

星月升了又落，春秋来了又走。此刻，我置身万鸟岭的鸟场上，蜷缩在一个避风窝棚里。我依旧没能变成一只鸟，漂泊信天翁依旧长年在孤身飞翔。但是，我变成了一个怀抱深情夜夜等鸟的人。很可能，我等的不仅是鸟，也是另一个古老的自己。

棚外，竖着两张高大的鸟网。几盏射灯，在云雾中投出几道雪亮的光束。这是一个诱鸟基地，归属全国鸟类环志中心营盘圩环志站。前几夜，还有许多虫蛾扑灯，今夜一只也没有了。营盘圩山区地处罗霄山脉西段，属于江西南风面国家级自然保护区。万鸟岭坐落在群山环抱之中，海拔一千三百米。

农历九月十一，"寒露"已过九日，天气很冷。深夜十一点，岭上星月皆无，除了射灯的光，远近山野皆是茫茫，如同一个乌黑如磐的大海。几阵斜风吹过，雨声骤紧，今夜，风和雨如此呼应多轮了，峭寒又一次从板缝咝咝灌进窝棚来，湿寒沁骨，我倒吸一口凉气，抽了抽鼻涕，用发僵的手紧了紧军大衣，跺了跺冰凉的脚。

那些藏身于密林的鹭鸟，低哑困饿地又呱啼了几声。竹竿搭的窝棚上，十几只装在白布袋里的鹭鸟，呼应着扑腾了一阵，瞬间鸟味四起。棚外林中，鹭声短促而沉闷，可惜，我看不见这些落魄的精灵。迁徙之路漫漫险峻，自远方而来的它们，不是每一只都能安全抵达越冬之地。在长空中，老鹰是最大的天敌；在旅途中，给养不足是最大的困难；在陆地上，还要百倍提防人类的加害。不过，这第三点，在当下，正在慢慢解除威胁。人类对生物多样性的认知和保护，已经形成共识。"鸟叔"曾昭富告诉我，他和堂兄昭明，已经二十年没有打过一只鸟了，相反，经由他们救治放飞的候鸟，多达数十只。昭富和昭明是本地山民，从前以打鸟为生，现在他俩高超的捕鸟技术，正好用来为环志站服务。他们的变身不奇怪，在营盘圩，从前的"打鸟岗"早变身为"万鸟岭"了。

"哎呀，水越落越大了。看，这是什么？"

昭富举着一只体形小巧的鸟进来，他很兴奋。雨衣帽檐滴下的水，把他额头上的一绺头发淋湿了，他的脸上也在流水。个子不高，一双中筒雨靴，看似套紧了他小半个身躯。落水？"落雨"是"落水"？来不及细品其中妙意，昭富又相告：

"夜莺！我好几年没见过夜莺了。"

他神色愉悦明朗，一开笑，像个小少年。

哈，夜莺？今夜居然有夜莺过境呀！近年，欧洲夜莺为适应气候异常已将翅膀变短，这是非常不利于迁徙的。夜莺这种鸟，正面临着绝灭之忧。

暗黢黢的窝棚里，我"腾"地站起，急切地将头凑到昭富的手电光里，一只瑟瑟发抖的夜莺，忽然变成一团火，一下把我照暖。对夜莺的印象来自文学作品，一个被爱火点燃的青年无助地徘徊在姑娘窗下，窗前小树上，善解人意的夜莺总是替他唱出心声……

人类以鸟寄情，把它当作吉祥又神秘的信使，交付了多少深情和爱梦。夜莺该是一只多么好看的鸟啊！

然而，夜莺的文化意义不止于此。第一、二次世界大战期间，多少夜莺之歌借助于军人的家书、日记，带着和平的祈愿，一直在世间流转。没有哪一种野生动物能像飞鸟，和人类发生密切的情感牵连，夜莺之外，大雁、燕子、天鹅、云雀、黄鹂、信鸽、白鹭、画眉等鸟儿，世上的多情人总是舍得笔墨和情感，让它们从一个人的内心飞往更多人的内心。

现在，沉沉山雨里，一座陌生的高山岭上，一只真实的夜莺正在和我对视，被我真切打量。说实话，它的颜值不高，远低于我想象中的样子。它体形不大，喙短而宽，眼睛大而亮，毛色如同树皮，暗褐而有斑点，嘴口两侧各有六根硬须。经得昭富允许，我摸了摸它的羽毛，毛质柔柔的，软乎乎的。可能是不高兴我的抚摸，它突然嘴一张，眼一瞪，形凶色厉，把我惊退。而后，它在刺眼的电光里合起双目，装成了一只委顿憔悴的弱鸟。即便如此，我依旧觉得它的神色里，有几分对我的轻蔑和不屑。嗯，这是我第一次处理人和鸟的关系，远不够和谐。我有些尴尬，又有点儿沮丧。

我稍有生疑：这样子一只形容丑陋脾气又很坏的鸟，竟能唱出那些打动世人的美妙天籁？人类总是喜欢仰望鸟。鸟的自由和歌声里，藏着人类的亿万双无形翅膀，藏着我们想要挣脱重力遥遥高飞的梦幻。我尽信文字，对一只夜莺持了半生仰望，它却是如此凶冷无情。

事情好像哪里不对呀。我收回了投给它的深情目光，来不及细思量，昭富已经麻利地把它放进了雪白干净的鸟袋里。"稀客，要给它住新房子。"

时近子夜，昭富挑起鸟袋，路滑，我们小心下山。走近坡底窝棚，喊上昭明同归。高大的昭明关了射灯，岭上霎时黑黢黢的，群山皆墨，万鸟岭就此融入了更大的黑暗之中。天地无声，唯有夜雨不大不小地落着。林中鹭鸟的哑鸣也歇了许久，疲惫的它们早睡觉了。我避开顶灯光束，把蜷在雨衣宽袖里的右手伸了出来，咦，看不见五指。这种至极之黑，童年在没有电灯的乡村多有经历，每一次经历，都是拎着胆儿踏入一个异样的世界，那世界里有众神穿行其中，遍地流淌着万物的秘密。后来，满世界的人造光无孔不入，人烟繁盛处，夜已不再像夜。

没想到，今夜穿行在群山深处，和夜的真魂劈面相遇，在夜的翅膀上踏步而行。草木在正版的暗里入眠，动物在正版的黑里打盹儿，黑夜像一张温柔的巨毯，包裹万物的秘密，哄万物安心休憩。却也有例外，我能知道，今夜万鸟岭上空，会有巨量的候鸟飞过，它们从遥远的西伯利亚来、从风吹草低的蒙古草原来、从我国的华中平原来，循着造化基因的安排，沿着内置罗盘的指引，往金鸡版图的南方去、往澳大利亚去、往新西兰去、往非洲去、往这个星球能够越冬的各个地方去。那些掉队的、受伤的、飞累了下来歇脚的、饥饿了下来觅食的候鸟，它们会不会稍事休整即再度连夜启程？候鸟没有固定的家，天空是它们永远的居所。

古往今来，这里到底迎来送往了多少位天空的精灵和信使？万鸟岭的夜空中，盛开过多少鸟翅的花朵，荡起过多少鸟队的涟漪？一个又一个遮天蔽日的鸟阵，在地球候鸟迁徙的史诗中，写下了多少页精彩的诗行？

昭明很快赶上,他也挑了一担鸟儿。"十九只！有一只红嘴相思鸟，两只灰头麦鸡，三只黑水鸡，别的都是鹭鸟啰。对了，还有一只小鸦鹃。"昭明乐呵呵的。昭富抓了三十四只,今夜共五十三只，计六十斤左右。昭富问他有没有黄苇鹣和噪鹛，昭明说没有。昭富说他自己抓了好几只呢。昭富还抓了丘鹬和虎纹伯劳呢，还有蓝胸秧鸡呢，对了，还有一只夜莺呢。昭富告诉我，九月份还抓到过蓝翡翠、火斑鸠、仙八色鸫和太阳鸟……"仙八色鸫，是我见过的最漂亮的鸟。"他余韵深长地回味着。

2

这是鸿蒙之始,天地间唯有洪水茫茫。贝努从洪水上空飞过,一声孤鸣,啼开了世界万物存在的秩序。洪水退去,贝努在泥地上下了一个蛋,这个蛋名"宇宙之卵"。光阴推移,神鸟贝努化身为各种形态和世人相见:美丽的黄鹡鸰、东方少僧般好看的鹭、凶猛狂暴的老鹰……最后,贝努飞出埃及神话,化身为凤凰,在东方文化的浩荡星空里盘旋几千年。

故事真是很好:一只鸟儿,借助一对神赐的翅膀,深得造化恩宠,可以飞往自己想去的任何地方。人就不同,人的脚力有限,很难随性抵达心之所向。比如我,任凭心中的翅膀怎样扑打,五百里外的"千年鸟道",总是不曾抵达。一个深秋,当我终于站在万鸟岭下,淋着纷纷暮雨,大口呼吸山林空气时,距那初时动念,时光之轮已转过十五度春秋。

一条山溪自岭上汩汩而下,我站在过溪的青石板上,眼前是进山的路口,耳际是四起的鹭鸣,天光尚在,看得清溪边几棵油茶树开着白花。油茶的特性是籽熟花开,这是它的天命。鸟儿也有它的天命。在万鸟岭,油茶开花前后,巨量的候鸟就来了。这里海拔高、地势险、气温低、云雾浓、空气稀,候鸟自远方来,常常选择在此休息觅食,得到充足给养后再度启程。因此,也多有掉队迷路的老弱伤鸟。

暮色由浅渐浓,山中骤然寒气逼人,林木森森,万籁皆寂。

唯有绵绵鹭鸣一会儿在树梢高处，一会儿又在林下低处，近了又远了，远了又近了，一声声皆是孤独，埋着深深的倦意。鹭鸟依水泽而生，此时它们成为高山深处的特殊访客、神秘隐者，我也是另一类访客，有心造访它们却找不到一点儿踪迹，山林太茂密了！也罢，我再是多么爱鸟，却总是惊飞身边的任何一只鸟。想和一只鸟结伴游玩，除非也变成它的同伴。

应一个悠长召唤，我张开一双无形翅膀，穿越五百里红尘，奔抵"千年鸟道"。我来干什么呢？地球上有三千亿只鸟，没有一只会认识我。我再怎么仰望天空，也无法亲近任何一只鸟。我不记得此生见过的第一只鸟的模样，不记得听过的第一声鸟鸣。然而，鸟类的飞翔和歌声总是令我深深着迷。快乐时我想像鸟一样唱歌，悲伤时我想像鸟一样展翅。现在，深秋的暮雨里，我站在万鸟岭山下，乘着鹭声终于也变为一只飞鸟，冲向了茫茫天际。那一刻，自由的风鼓满了胸膛，激动的泪水濡湿了双目，我按了按胸口，深呼吸，再深呼吸，不要决堤，不要让深情的浪花将自己淹没。

原来，我来到这里，是为了把自己化身成一只能飞天的鸟！

不知过了多久，有低沉的鸟声将我唤转。这才看见，离有几步远的溪水口，一只大鸟拢翅、躬身，雕塑般立在面前。它颈短、粗胖、嘴长而尖细、鸟喙黑色。头顶至背脊，羽色黑绿有金属光泽，上体余部灰色。下体和腿胫藏起而细节莫辨。斜风冷雨中，它神色哀矜，似语不能。

来鸟道之前，设想过种种和候鸟首遇的场景，最向往的，当然是邂逅群山上空繁花一样盛开的巨型鸟阵。事实却是，一只受伤的鸟，拦在了万鸟岭路口，像是神明张布的一张高难度考题。

它急需救治，我却难施援手。一是它体形不小，怕抓不住；二是没有经验，恐下手不对加重伤势。我无助地和它对视，几番欲语还休。它失望了，迟疑间，它艰难地动了动，躲进了水涧草丛里。我急了，喊来往岭上走去的雷达。雷达也不敢下手。它又往水草深处走了几步，雷达一急，壮胆在水里抱起了它，说了一番好话。

把它抱进环志大楼。大楼里灯火通明，就这样，一只受伤的鸟儿，领着我们相认了"鸟叔"昭富和昭明。

昭明走过来，说是夜鹭。看了看，摇摇头，说是打架受伤了，"没得救"。我心一沉，好像是自己接到一张宣判书。

昭富闻讯也过来了。他扒开夜鹭的背颈处，一道刺目伤痕赫然眼前。它的右目挂着一滴"泪珠"，松脂一样透明。昭富也摇摇头，神色和鸟伤一样沉痛。他什么也不说。好奇心令我追着发了几个问，每个问皆谦恭又小心。昭富这才徐徐作答：

"不是打架受的伤，是自己撞到树或石头上了。这种事经常有的，有些鸟儿撞到树上直接就死了。"

说着话，他拎起夜鹭，找来一只纸盒，又找来碘酒、棉签，他小心地用棉签挑掉鹭眼上的"泪珠"，换一根，又沾碘酒小心地涂抹伤口。做完这一切，他轻松下来，脸上有了笑意："我来养养它。它冷坏了。"他把夜鹭放进了笼子里，盖上一张灰色笼布："不要让它受惊。"

这夜随昭富、昭明上山，在羊肠山径边瞥见了一座老坟，坟茔掩在深深的草木里。心头一凛，生了害怕：这可怎么办？往后还有一段日子呢！后来，不论天晴下雨，我有意走在昭富、昭明中间。深山夜行，头顶矿灯，手握电筒，身披大衣，盘羊肠山道上岭下岭，明知前没有虎后也不会有狼，却依旧百般不安。有时请爱玩抖音的昭明唱个歌，有时又请昭富讲个故事。有时一言不出，像夜行侠仗剑山林。我不提老坟一字。不提，就不会有惊，不会生怖。我假装忘记它，才能夜夜安心地奔赴万鸟岭，那里是一个好梦的边沿，离日常很远，离自由很近。

3

地球上有八条候鸟迁徙路线，我国有三条，"营盘圩千年鸟道"是其中一条。谁也说不清，这条全球鸟类的重要迁徙通道，是何时由先驱候鸟们拓开的。人类对候鸟迁徙这个自然现象，直到近代两三百年间才结束存疑争论，达成认知共识。燕子在秋天就消失不见，它们是结团藏在泥塘里，在水底下越冬。听起来可笑对吧，然而西方人直到十七世纪中叶，对这个说法依旧深信不疑。

昭富、昭明世居营盘圩，他们的祖辈源于客家历史上几次大迁徙。这里山高路险，人烟稀少，风水宜居。客家先民选择在这里筑庐生息，从此结束了候鸟般的迁徙命运。

同样，这样的风水生态，也适合迁飞的候鸟停歇觅食再征天途。植被完好，水系发达，湿地丰富，能提供充足的补给是其一；其二，南、北、西方向各有齐云山、南风面、八面山，海拔皆高达两千米，能够为候鸟提供导航参照；其三，三座高山之间形成了一条四十六公里长、三十九公里宽的"高山隧道"，"隧道"中气流强劲，秋天自东北向西南，春天自西南向东北，颇有智慧的候鸟们正是利用这股省力省时的气流，南迁北徙，跨越洲际。

中国营盘圩山区，年年由几十万甚至上百万只候鸟上演着地球上最壮观的自然史诗大戏。

六十岁的昭富说起一段"捡鹌子鹨"的神奇经历：

打鸟最难忘的是我八岁的一天。

那天有好多鸟，鸟网上到处是鸟，我和二哥就随便抓啊。后来到处都是鸟，我们也不抓网上的了，就捡地上的鸟。对，捡鸟！不是抓鸟！捡鸟，捡得去就是。

满地都是鸟，只要有火的地方就到处有鸟。你只要捡得过来。

它们也不飞也不跑，尽我们捡得去。鸟多的时候就是这样啊,鸟多的时候就不会跑,你跑掉地上又有,又有鸟掉下来。这种时间不长,只有一两个小时。这种情况四十年才发生一次。我这一辈子就遇到过这一次。我们那回捡了六百四十多只,吃都吃厌了,扒皮都扒怕了。

4

营盘圩山高林密积温低,粮食难种,三年两不收。好在山林有出产,蕨苗、蕨粉、山花、草药,都能掺入米中当粮吃。想吃肉,那就捕鸟去。秋天那铺天盖地而来的鸟,祖辈们当作是老天的恩赐,冬天家家户户挂满腊鸟。昭明说他吃过各种各样的鸟,清蒸、打汤、腊味,短颈的好吃些,长颈的不好吃,又腥又臊。现在,他总说:"很惭愧,对不住那些鸟朋友哇!"

也卖鸟。昭明回忆,二十世纪六十年代,向国外卖红嘴相思鸟。那时集体出工,一个工一元钱,抓一只鸟卖五元钱,相当于五个工。只卖公的不卖母的。同理,打鸟也有规矩,春天的鸟是绝不能打的。日子虽穷,但对大山也要执礼,要取之有度。祖先们其实是守住一条生态底线了。其规其矩,正合了夏代著名的"大禹之禁":"春三月,山林不登斧斤,以成草木之长;夏三月,川泽不入网罟,以成鱼鳖之长。"

很难回头去指责营盘圩艰难困顿的生存史。我们需要记住并永远感恩的,是这个星球的万千候鸟,成为一代代昭富、昭明们的重要生存补给。在这个意义上,候鸟是养育营盘圩的自然功臣。如今,山民们早已烧毁了祖传的打鸟工具,走在了爱鸟护鸟的大道之上。他们的转身,更像是代替先民对候鸟做出恳切忏悔,在向大自然鞠躬的同时,他们也从大自然学会了更博大的爱。他们的行为,恰如《地球四季》导演所言:"动物们在几千年前学会了与人类和解。现在,轮到我们重新学着更好地认识它们,给它们留出一席之地。"

5

"和人一样啊,鸟也有自己喜欢走的路。它们在这条路上走得舒服啊,自由啊。山里动物也有自己喜欢走的路。野兽是用自己的脚在山林里走出一条路,鸟是用翅膀在天上划出一条路……"

有一夜,蹲在窝棚里,昭富拎着酒瓶接过两片柚子,对我解释"鸟有鸟道"。我夸他讲得像诗文一样好,他脸一红:"我偶尔也写几句打油诗,就是写得不好。"

和昭富慢慢处着,他开始把更多故事慢慢说着。有一夜,在忙活完几只撞网的鸟后,他笑盈盈地对我说:"我有一个秘密……"

刚启口,鸟场上传来大动静,又有几只大白鹭挂网了,他忙跑出窝棚。我也跟进网场,伸手想抓一只。昭富大声呵斥:

"我没教过你,你不可以抓!"等他回棚,我怏怏地问:"为什么不让我抓?"

昭富不答。其时,他拎着几只白鹭正一一归袋。手上被抓出了血,鸟袋子上蹭着了。他一看紧张起来,以为鸟受伤了。"我受伤了不要紧,鸟受伤了就不好了。"最后一只,他一眼看见其翅膀上掉了两根羽毛,遂喃喃自语,细细叨叨:"不是在这里受的伤,它是在哪里受的伤呢?"

如此几遍。

大概是想起要教我点儿什么,他又把布袋解开,掏出鸟来讲解示范:

"抓鸟是有技术的,右手先抓脚,左手食指中指轻轻卡住颈脖,这样鸟不易受人伤,人也不易被鸟伤。千万不要和鸟对视,鸟喜欢啄人的眼睛。"我接过鸟,"慢慢抓,不让它们受伤。它们好好的,我心里就很高兴。如果让它们受伤了,哎呀,心里就很愧疚。鸟要是受伤了,治伤又都是我的事。"

于是我记住了:面对一只鸟,必须庄重以待,不可以任性妄为。

昭富又教:"白鹭全白,夜鹭带麻点灰色,池鹭背黑腹白翅白。苍鹭高足体大,颈腹部有两道漂亮的豹花纹。苍鹭颈腹部的花纹是橙红色的。噪鹃,叫声凄厉难听,乌的是公鸟,花的是母鸟,我们今天抓的是公鸟。"

次夜,岭上明月高照,洁白细腻的云海在四面山谷里起伏,天空暗蓝，星星闪烁而出。虫声叽叽，无有鸟鸣。中国科学院小杨博士看了看天，说月光太强了，比岭上的灯光强，会干扰鸟的飞行，它们会飞得更高，不会朝着弱光的山冈下来了。他进一步解释：除了高山和海岸线，日月星辰也是候鸟迁徙路线上的重要导航参照。

今夜看来诱不到鸟了。昭富提着一瓶"章公酒"，在岭上转着圈儿看脚下的云海。他喝了几口酒，停下来，对着山林发出鹭叫，听到三两声回应。我忍不住，也学了起来。居然和东边灌木丛中的一只鹭鸟，来往应和了十几声。呵，再待下去，我也要变成鸟人了。昭明拍完抖音走上来，他学鸟叫给我听：有两种红嘴相思鸟叫，一种噪鹃叫，四种猫头鹰叫。他一停，一只猫头鹰，在山林里任性开啼，直啼破了群山里的万古静穆，一声一声很是悚人。众人忽地安静下来。未几，昭明张开双臂扑扇几下："这里最大的猫头鹰，我们叫虎 AI（方言音），翅膀张开来有这么大。有一次我爸爸种药时在山棚外洗澡，天还没黑，一只虎 AI 冲下来，直接把他的桶都撞翻了。虎 AI 只有大山里才有。"

昭富一直在喝酒，他忘了接讲昨天中断的话头。我却始终惦记着他欲言又止的"秘密"。我猜，他是想要抓到一只从这里环志放飞，又万里归来的鸟。

6

我的手心里,现在还存留有两只鸟儿的温柔,一只小杜鹃,一只小猫头鹰。

一早,小杜鹃环志后,我放它飞,它竟不肯,赖在我手上拉了一泡屎。刘博士忙喊别动,拿来棉签取了两份样,说幸亏你戴了手套(怕鸟便带疫病)。后来小杜鹃团在桌上的盘子里,就是不走。嗨,一只盘子,可不是你的归途。昭富走过来,打量说小杜鹃并没受伤,可能是吓到了。他用手抚摸它的头,安慰它,让它别害怕,他向它吹了一口气……奇迹出现了,小杜鹃从盘子里起身,飞走了。昭富解释:"我每次喂鸟都会吹口气,使它感到人的温暖,让它安心飞走。这是最后一招,如果这招不灵,那我也就没办法了。"

小猫头鹰,大名"领角鸮",国家二级保护动物,昭明抓的。环志过后,他让我来放飞它。它小小个子,双目溜圆晶亮,眼周的羽毛呈辐射状细羽排列,形成脸盘,面形似猫,憨萌萌的,咖啡色羽毛软绒绒的,令人忘记了它是当之无愧的猛禽之一。千万年来,它在山林里的叫声极不讨人喜。但照面它的那一刻,我竟照见了彼此的温柔。领角鸮是留鸟,禁不住灯光的诱惑也被捕了。我举着它,久久不舍。难以置信的是,它对着我把头旋转了二百七十度,发出了一声孩子般的轻啼。我手一松,它翅膀一张,隐进了密密竹林。

本文开头写到的那只"夜莺",一年后的某日,我突然如获神启,谨慎认证为"夜鹰"。我无知,彼时犯了同音误听。在同一天,它也环志放飞了,昭富本想多养几天,但没办法,抓不到它吃的蚊子。

夜鹰起初飞不起来,细看左脚受了伤。环志人员发慌了。昭富过来,往其腿上吐了口水,帮它止疼,再捏吧捏吧骨头,并用餐巾纸缠了十几圈帮它固定。用纸,是因为以后会湿化脱落不致影响长路飞行。一番侍弄,飞走了。后来昭富悄悄相告:"我用了术法,抹口水时心里念了咒。"问他念的什么咒,他笑而不语。

给一只白鹭取鸟茸,昭明发现其身上有一道旧伤,伤口上敷了药。昭明说这是它自己涂的药。长颈类鸟受伤后,都会啄身上的鸟茸给自己涂抹治伤。"小时候我们身上有伤,也会取鸟茸治伤。这事从老祖宗就知道的,一代传一代。"

这天辞飞而去的,还有一只苍鹭。它和一只白鹭养伤五天了,吃的是山里当圩时买来的泥鳅。它们高大的身姿,总是蜷缩在平台一堵水泥人字坡顶下。我每天经过,总忍不住多看它俩几眼,还为它们写了几行断句:这事很奇怪/你的站姿/令我想起英国城堡里的一位老绅士/其实我又不认识他。

事情发生得有点儿突然,昭富并没料到它要辞行。那一刻,苍鹭在大家的注视下,飞上了近一米高的平台檐墙。它没有立即飞走,而是停驻了几十秒,神色依依把众人扫视一遍。大家紧张而期待地盯着它，忽地一下，它展翅冲天，孤勇地追赶它的大家族去了。它的告飞，令众人心有戚戚。最落寞的是那只白鹭，现在，只余下孤单单的它了。

有必要交代一下，来万鸟岭第一天，我和雷达抱给昭富的那只夜鹭，三四天后，终因伤势太重，不治。我在日记里写下悼词：如果你来生还是一只鸟，希望能留在生你之地，永不受那迁徙之苦。

7

辞别万鸟岭后，我不断思念会过面的一只又一只鸟儿……不知为什么，我总是从它们身上，看到一只恐龙的背影。而它们的鸣叫里，同样藏着恐龙们的声声低语。我忘不了那只辞行的苍鹭，它总是在我的梦中振翅冲向天际。而我到底是谁？我终究身处哪里？是否，我只是在梦里变成一只鸟儿，飞过了那片高高的山冈？

选自《广西文学》2023 年第 1 期

河流之上

叶浅韵

中国作家协会会员,中国自然资源作家协会第六届主席团成员。作品发表于《人民文学》等杂志,已出版《生生之门》等7部文集,获《十月》文学奖、冰心散文奖等。多篇作品被收入中学生辅导教材。

我每天从宝象河边走过，看一场又一场鸥急鱼怒的游戏。一只海鸥从天空俯冲下来，迅雷一样抓住一条小鱼儿，飞到岸边的草丛里。海鸥放下小鱼儿，又叼起它，又放下，如此往复玩弄数次，才把小鱼儿吞下。然后，它若无其事地飞向对岸，继续寻找新的目标。

海鸥们从冬天飞到春天，为一座城市的灵动增添了最动人的黑、白、灰色，永恒而经典。有穿着黄色衣服的喂鸥人，每天早晨准时站在桥上，一把又一把的鸥粮投出，海鸥们争抢得欢畅。吃饱了，它们凌空飞舞，绕河练习飞行。当天气渐渐回暖后，海鸥们就要回家了。它们的故乡，在遥远的西伯利亚。

水上和水下，看不出什么离别的情愫。宝象河静静地、静静地流淌或者停止。很长时间，我分辨不清楚这条河的流向。它安静得不像一条河，更像一个懒长虫似的潭，蜿蜒而行。我沿着岸边，往前走，又回来。从春天柳树的鹅黄到夏天的浓荫，它们都静悄悄的，像在等待一场又一场盛大的相逢和离别，抑或是所有的相逢和离别都与它无关。

下了一夜的雨，街道上横流四溢，宝象河涨水了，浑黄的水流向前奔涌，岸边的水草匍匐，顺着水的流向倾倒。这是我第一次弄清这条河的流向。它流向滇池，滇池在我住所的左后方。选择在这里居住的很大一部分原因，缘于这条河流的存在。我来的时候，有海鸥在黄昏的夕阳中飞舞，彩云晚霞，片羽凌空。世间的美就在那一个时空里停摆了，我执意要在这里寻一处居所，安置漂泊的身心。

我沿河而行，另一条河流的往事，便顺着我的思绪铺张。我的村庄，我的亲人，关于他们的记忆正在我血脉深处律动。

在我的家乡，也有一条河流从四平村前流过，由北到南流进牛栏江。它叫石城河，夏天涨水，冬天干枯。我的童年与这条河流有密不可分的联系。离开家乡许多年，对一条河流的依恋却从未减损过。从马家山小河到宝象河，我总是居住在一条河边，仿佛这样，我就能迅速回到我的出生地，钻进护送我来人世的衣胞里，与妈妈继续亲近。

我知道，这世界上有无数条河流，每一条河流都有自己的名字，每一条河流都养育了众多的子民。宝象河、石城河、马家山小河，以及许许多多在群山之间奔腾的我叫不出名字的河流，它们流进人类的血脉里。长大后，我们操着各自的乡音，离开家乡，又花一生的时间去回望家乡。

昨夜又有雨，这个夏天像是漏了一样，接连下雨，我妈说，地里的庄稼都不生长了。树上的桃子，依了往年，三月底就熟了，今年都到四月底了，还生格格的。往年的六月，杨梅都红透了，今年七月了，我们家树上的杨梅还是死铁铁的绿疙瘩。这天啊，怕是下得忘记了。在我妈这里，天地都是有人格的。他们是大人物，但也会有小人物的庸常情绪。他们生气了，笑歪了，忘记了。

我姐姐来电，她家门前的河水涨得平河满岸，汹涌恶煞的水让她害怕。她又做梦了，梦里又回到四平村，我们都在团山小学读书，上学的路上要蹚过石城河。村前的河口被河水冲成急流弯道，我们只好往北一直走，走到相对浅滩细流的地方，才脱下鞋子小心过河。脚底的细沙子一溜儿一溜儿地移动，一不小心就要摔倒。我看着气势汹汹的河面，好一阵眩晕。我姐姐说，别看水，拉紧我的手，拔脚要快，一直看着对岸。

对岸是明媚的青山，有几缕白雾像仙女的飘带缠绕在山腰，它们多情地看着我们。有时，过河很顺利，几个斜插的大步子就过去了；有时，水流湍急来势汹汹，仿佛要席卷我们的身体。我能清晰地感觉到脚底移动的沙子，每走一步都是陷阱。有一次，我险些就被河水冲走了。放学后，姐姐拉着我的手过河，快到河中央时，我的伞掉进河水里，我挣脱姐姐的手，去追赶我的伞。我姐姐拼命地拉着我，我一边哭一边看着那把伞在激流里漂荡，一转眼就没了。我坐在河岸边哭了很久，为失去珍贵的物件，也为将要到来的责骂。

从此以后，这件事情就成了我姐姐的噩梦。尤其是人到中年后，我姐姐的梦里总是有无边的恐惧，她害怕我被河水冲走了。她在电话里向我叙述她的梦境，一次又一次把我拉回那个可怕的场景。说完，我们又彼此安慰对方，我们都要长命百岁，好好护持我们的家族。我们说得沉重，却又无比开心。仿佛我们终于从重男轻女的封建思想中赢得了好大一张饼，只要我们挂在脖子上，就一生不会再有饥饿的感觉。

在四平村，嫁出去的姑娘是泼出去的水。这是从祖辈就传下来的陈旧观念。从我的姑奶奶、姑妈到我们，毫无例外。我们都只是石城河中舀起的一盆水，打泼在大地上，转眼就没了踪影。长大后，我们各自奔向自己的命运，南山北山，东市西市。我们在特定的时候回到四平村，参加长辈们的葬礼、生日，参加子侄们的婚礼、喜事。无论是添丁，还是起房，或者是失去、失败，都会与我们的生命息息相关。这个村子，是俗语中称谓的我们的"后家"，是我们的靠山。娘家子侄后辈人中若是有了厉害的人，嫁出去的女儿们就有了硬朗的后家，再无人敢欺负。有一个嫁到我们村的婶子，因为没有兄弟子侄撑腰，自身又不硬气，时常受丈夫的欺凌，一不小心就要贴赔爹娘给人骂，骂着骂着就骂到了人家的祖坟上。可怜的婶子，除了痛哭，再无什么武器。她哭一句，占不着人了，悲伤的眼泪落下，再哭一句，前世不修了，算是真与自己和解了。后家，仿佛成了一个女人最后的底牌。我们的命运太像石城河中的水草：水清时，生长茂盛而清秀；水浑时，这柔弱的身子骨就要被大水冲走了。

那些年，南山北山的长辈们忙于自己辛劳的日子，没有余力来顾及身后的娘家。到了我们这一代，却是变了。一个家族的姐姐妹妹，不再嫁往山上，而是跟随打工大军进了城里。她们通过自身的勤奋努力，从城市的客人变成主人，生活条件比四平村好多了。于是，她们的目光就久久地停留在四平村。亲人的苦痛，家族的兴衰，都跟她们相联系。有时，兄弟们懒散不成器了，爹爹妈妈身上的冷热疼痛就只跟女儿们有关系了。可是，一旦到了重要的节日，那些残存的陋习就无由地钻出来。比如清明节，他们会明明白白地阻止姐姐妹妹回到祖坟前上炷香，说这是习俗，要听老祖宗的话，生怕老祖宗所能奖赏的福气被女儿们分了一杯羹汤回去。

宝象河的水清了，又浑了。雨，像个缠绵的老亲戚，有多年未见之后诉不尽的情谊要倾诉。四平村前的河面上也架起了一座大桥，车来人往。架桥的时候，为选地址吵架不休。又是依了古老的习俗，不能架在村口。据说这会破坏村里的风水，万万使不得。为此，他们列举了若干例子，波及远近。终于达成了一致，在村口的下游选一个河面相对狭窄的地方，架起了高桥。此事，由我爸主持。佛说，修路架桥是在人间积攒功德。可是，爸爸也没等到功德簿上的奖赏，就英年早逝了。

许多年后，我姐姐活得像霸王一样，她在四平村操心父母的住房，操持兄弟们不顺的诸事，样样安排得妥帖稳当。尽管我的伯父只生了我姐姐一个女儿，但只要有我姐姐在，我伯父就觉得他拥有了比兄弟们都多很多的儿子。事实上，伯父也是他的兄弟中儿子最多的人家。可是，他们大都让伯父骑上了一只只老虎，险些就要从虎背上摔下来了。还好，每一次都有我姐姐的托举。这样，我高龄的伯父伯母就还能一脸的笑容，缺着牙齿问远方来客们的安全。

伯父年老后,常常满脸悲戚地对我说:"自从你爸爸走后,我们家族的运势就一直在衰退。别的不说,连我们出去讲话的声音都小了很多。那些年,你爸爸当村长,有大公心、大魄力,我们都听他的。他这一走,这村里又哪里去找这样一个人呀。"伯父说这话的时候,声音越来越微弱,直到我们在彼此的眼睛中看见一缕缕闪烁的光。我们都沉默了,伯父继续吧嗒着嘴里的旱烟袋。若是爸爸安在,老兄弟们在一起,那是一屋的笑声啊。我想起了爸爸走时,伯母扶在棺木上,她哭这世间为何容不下一个好心人。我是愿意相信有另一个维度的世界存在的,这样,我终将能与我的爸爸相聚,伯父也能与他的兄弟相聚。

我总是这么安慰伯父:我爸爸在另一个世间保佑我们家族呢。你看子侄们一个个考上了大学,正在延续我们家族旺盛的香火呢。掐指一算,在我们的下一辈人中,每一个都拥有上大学的资质。只有这个时候,伯父才露出了满意的笑。可是,一瞬间之后,他又黯淡了。我知道,他又想起了他年过四旬的小儿子晃荡于人间,啃老,活得还不如门口树枝上的鸟雀。伯父说:鸟雀都知道垒个窝、下个崽啊。这时候,我姐姐铿锵的声音就会响起:儿孙自有儿孙福,莫为儿孙当马牛。我知道,我姐姐已经省略了她操过的一百八十丈的老心肠,才这么痛下决心不管不问的。

恰好村子里有新添了人丁的人家来寻家谱,要按辈分取个名字。伯父默默地递来一本发黄的书,棉质的线装本。上面记载着这个家族迁徙的故事，每迁徙一个地方，必须要有一条河流，这样血脉的依存才有了源头，这是生命之源。我一遍又一遍地抚摸过那些文字，在它们无声地诉说中，我知道能成为一个小小的我，要经历多少艰险，以及各种偶然。祖先们从内地来到边疆，带着被贬谪的凄惶，找一个安身的地方。一次又一次的迁徙，都是为了活命。

最初的荣耀，只能在供奉祖先牌位前的一张红纸上找到一点儿印记。钜鹿（古县名，今作巨鹿）堂魏氏，那是一个多么显赫的家族啊。历史上的钜鹿，一定发生过许多重要的事。在风烟俱寂的历史深处，再多的丰功伟绩都抵不过当下口渴时要取的一瓢水。水，在世世代代栖居的地方，养育着我的亲人们。

关心自己从哪里来，在父系的村庄中，向来是男人们的事儿。可是，他们大多在生计里忙得焦头烂额。因为我多识得几个字，伯父便放心地把他收藏的宝贝交到我手里，任由我拿去复印、分发、保管。写下这本书的人是伯父的父亲，我的从祖父，我祖父的弟弟。在他们那一代人中，兄弟四人，竟有两个会作诗、填词、写对联，我想这是四平村的荣耀。他们在喝酒时高声吟诵的样子，没有影响到其他人，但深刻地影响了我。他们兄弟俩，一个留下一部经书，一个留下一部家谱。其他的皆毁于一场运动。我一直记得从祖父临死前都在高声吆吆地念着一副对联：千山之地千山美，万水扬波万水情。我想，这或许是他自认为最得意的作品。

在他们的口中，时常怀念一潭水。这个故事传到我的伯父这里时，已经饱经风雨。我听得触目惊心。那是从城里搬到乡村的第一站，村子旁边有一个白龙潭，无论干旱还是暴雨，龙潭里的水不增不减，不浑不浊。家族人丁兴旺，家业发达，在小镇上占了半条街，人称魏半街。后来有好事者破了龙潭水，家族的青年子弟接连病死一百多人。由于害怕疾病的传播，又四处搬散，才找到了四平村。初到时，以窝棚安身。但耕读之风从未间断。我的从祖父坐在一个看庄稼地的窝棚里读书的样子，我一直记得，他戴着黑框眼镜，摇头晃脑，有人经过，一对白眼珠从镜框上面斜射过来。他看不起女娃子，爱与兄弟们比谁的儿子更多。

从祖父们大概没想到，这读书的衣钵首先要在一个女娃子身上远行。若是早知，一定要痛饮大骂：姑娘家家坐了上房，家风日下呀。他也一定要骂我出嫁了的姐姐，还敢回娘家指手画脚，擅作主张。我们，都是他的世界观所不能容忍的怪异产物，不符合一条河流的流向。他们的肉身已化为泥土，再也指点不动他们想要的江山。读书人的苦乐，他们尽知，或许，在得以睁开眼睛看世界的那一时刻起，他们的世界就连接了另一种使命。我不知道，他们站在河岸边，看着汹涌的河水，有没有想过他们生命的源头来自哪里。从他们亲修家谱的事实来看，他们应该深刻地想过，但他们未必想过他们将要抵达的地方。山的尽头，看不见更遥远的路。饮酒、读书、对联，他们活成了乡村的另一种版本。

悲欢离合的故事，轮番在四平村上演。那一年，沿着这条河流寻觅生活的祖父的大哥，一去不回。祖父也沿着这条河流，找寻三个月，终于在另一条河流的边上，遇见对生活失去信心的大哥。他没有力量说服心死的哥哥回到四平村。兄弟之间的懂得，在用脚丈量过的地方各自掊紧了。他们用一生来怀念彼此，再无相见。兄弟子侄们长大后，曾多方寻访，却毫无结果。从祖父的生命，也像石城河中的一滴水，无法分辨，不知所向。

命运多舛的祖父，一生三娶，还要照顾哥哥留下的孤儿寡母，日子有多艰难，实在难以用文字来记述。爸爸不满一岁就失去母亲，村子里的孩子们在惊惧之间那一句"哎哟妈耶"，到了爸爸这里就变成了"哎哟爹耶"。没有娘的孩子，太像一棵无根的小白菜。体弱多病的祖母望着滔滔河水，心里想的却是如何延续这家族的香火，为此，哪怕失去自己的生命。他们活得有多卑微，河流与青山都曾见证过。

有一年，石城河的水早早就枯了，天上不下一个雨星子，地里的庄稼都卷起了叶子。每一天都在盼望着下雨，太阳却每天都热辣辣地照在大地上，再这样干旱下去，地里的庄稼就要颗粒无收了。村子里有人坐不住了，他们又回到过去的原始取水方法里，从山洞里挑出水来，小气地浇到土地上，像是干涸的土地悲伤地滴下几滴眼泪，庄稼得了点儿雨露，顿时就鲜活起来。山洞里有祖先们找到的地下暗河，暗河里有种不见天日的浑身发白的小鱼儿，有好事者把它们带出黑暗，一见阳光，它们就死了。涨水的时候，看着滔滔的浑水，看着被冲毁的庄稼，他们埋怨老天的涝灾。这会儿又怀念一场大雨，赶紧把庄稼浇个"透心凉"。

如果再不下雨，四平村的人就要按古老的传说，做一场求雨的法事了。就在这个夜晚，雷鸣电闪，风云满天，这是一场大雨来临前的征兆。天空丢下几滴大大的雨星子，打在瓦檐上，叮咚作响。人们心房上的欢喜未退时，这雨就跑了，太像一个不靠谱的人。四平村的唉声叹气在屋檐下接成未下的雨帘，冒着火一样的炙热，滚落在一句话里：天做的天会收。人世间损余相补的自然哲学，跌落在某种宿命里。

我站在河岸边上，想念清水冽冽的季节，我们与鱼儿一样欢畅。历经世事艰辛，忽然就悟得一个道理。每一个家庭的财富，就像四平村前的这条河水，有时充沛，有时拮据，有时甚至干枯了，像是河床上无水的日子。纵然我们拥有长长的流水，也只能汲取自己所用的那一部分，洗衣、做饭、喂牲口，其他的都要流走，流到别人的田地里，成为别人的财富。如此一想，心便豁达宽敞了许多。而诸多的人，为这阿堵物堵住了出气的通道，一命呜呼，所有的财富，连病床前的一张手纸也不及了。

事实上，我和我姐姐大概是受了一条河流极大的恩惠，这个道理早就种植在我们的身体里了。那一年，城市拆迁时，我姐姐分得好几套新房，她的婆婆为了平衡几个儿子分房子的数量，来跟我姐姐商量，请她让出一套房子。这样，她的三个儿子所得数量就是一样的了。一个想端平一碗水的老母亲，跟我姐姐说出这话时，有些艰难和无措。我姐姐也有些无措，但她马上就愉快地决定了，拱手让出一套房子。可当这样的事情在她的朋友间传递时，所有人都骂她是个傻子，那可是价值上百万的房子呀。我姐姐在电话里让我帮她拿主意时，我只有一个字：让。我说：打虎亲兄弟，上阵父子兵，可别为这事让一个家庭产生矛盾，再说，钱财到了一定时候，那不就是一个数字吗？谁不是只睡一张床呀。那么好的婆婆，值得你尊重她。我姐姐的眼泪像是要顺着电话线流到我眼睛里，她说：我就知道，只有你会跟我站在一起。

我们沿着一条河流走向远方，又在另一条河流之畔居住时，就决定了我们与水的关系。它们长进我们的筋脉里，成为另一种看不见的向度。每当我与姐姐谈天说地时，她总是要羡慕我读书多，可是我知道，只有小学文化的姐姐，她读懂了人生这部大书，并成为最勇敢的实践者。

伯父又开始讲故事，干瘪的上唇和下唇在一根旱烟之间，吧嗒出另一种苍凉。他说："你们本来还有两个孃孃的，因为养不起，都做了童养媳，小小年纪就送出去了。一个送到扯卓河边，生病死了。另一个送到下河边，因婆家虐待，在一个大雨滂沱的夜里逃了出来。跨过下河暴涨的水，来到扯卓河边上，她徘徊很久，因为害怕婆家来抓人，自己找了一根竿子，想要强渡扯卓河，过到河中央时，大水冲走了她瘦弱的躯体。"我睁大了眼睛，听着这个与我血肉相连的故事。也许是太疼痛了，这么多年来，亲人们都刻意绕开身上的伤疤。那一年，她12岁，也许是13岁，或是14岁。

我不知道一个被毒打之后想要逃离魔爪的女娃子的求生意愿究竟有多强烈，她以为蹚过一条河，再蹚过另一条河，就能到达家门口的石城河边。她只要对着河岸呼救，她的亲人们就会看见她。可是，她没能等来她想要的任何一丝温暖。浑浊的河流席卷了她冰凉的身体，没有人知道她最后的归宿在哪一个河流的弯道里。鱼儿，鸟儿，花儿，草儿，它们都见过她的绝望。唯有她孤寡的母亲，再也听不见她的呼喊。

我问伯父："这是一条人命，就没有一个说法吗？"伯父说："那个吃不饱的年代，人命不值钱。"死去的嬢嬢的后人，他们的声音被河流淹没了。活着，这两个字已让他们耗尽毕生的精力。那些年，这村子来过许多讨饭的男人、女人和孩子，他们操着异乡的口音，只为吃饱肚子。逃荒的人中，大多是因为水灾，大水越过河道，冲毁了他们的家园。他们翻山越岭逃难到边疆。他们用脚丈量过的河流，有千万条。濯足的水清啊，濯足的水浑呀，这爱恨不分的水呀，这相生相克的水呀。满面的尘土，看不见他们的悲喜。每逢这样的时刻，奶奶总是把甑子抬出来，奉上食物，笑问来去。黑了晚了，还留人住宿。

每一次回家，我都要路过扯卓河。大多时候，我忘记了家族记忆中疼痛的那一部分。有一次，我站在河边，想象那一个惊心动魄的场景，面对一条正在发怒的河流，一个悲痛的女娃子毫无对抗的可能。而她却甘愿铤而走险，这是怀着多么深的恐惧和绝望啊。我想穿过时光的手，紧紧地拉住她、抱住她，像我姐姐那样，救我于河流的中央。当我颤抖的手拉着姐姐同样颤抖的手时，河流的怒吼仿佛一时温柔了些，我们才得以逃脱被冲走的命运。而我那个小孃孃，却永远消失在一条河流里。

河流之上的悲伤，像一条永远不会断流的河，从未停止过。

雨水下涝的夏天，像是忘记了季节。好不容易有一个晴日，庄稼在一夜之间，就受到了太阳的恩泽，"噌噌"拔节。河道里有一个浅滩，水清石亮，傍晚时，我遇见几只欢畅的虫子，它们用大手笔在水面上写着神仙般的文字，我们叫它们为写字公公。难道人类文明时代的开启一定与河流有着密切的关系吗？在这几只黑色的虫子身上，我像是看见了人类文明书写的开端。也正是河流孕育了人类文明，是它们开启了人类书写艺术的文明时代。真是奇妙啊，大自然总是以自己的方式来通达人类，给他们生命，给他们智慧。

在云南众多的河流之间，群山分割了人与人之间的交流联系，各个族群便形成了各自不同的生活习俗。在天气、地气、灵气与巫气纵横的地方，我们听得见河流说话的声音，看得见会生长的山脉。我们中的任何一个，都有可能是某一条河流的遗民，在行走之间，有时我们会忘记肉身中那些痛苦的记忆，愿意去做一个乐水的人。或许，这正是河流给予人类的美意。

夜晚的宝象河，安静得像一个处子，我沿河而行，遇见不同的垂钓者，饵在足边，他们起钩、放钩，钓起的都是一条条小鱼。比起海鸥们，这些都是拙劣的技艺。岸边的一些角落，摆放着禁止垂钓的牌子。这些心照不宣的提示，总是会让人误会一条河流的本意。

无论是发怒的河流，还是温顺的河流，在这一时刻，都只有垂钓者的乐趣，在柳树之间荡漾。来来去去的生灵，都不过是在河流之上寻觅自己的食物。时间之河亦在无形之间流淌，更或者是，流淌的是我们，而不是时间。想起了《圣经》中读到的一段话：江河都往海里流，海却不满；江河从何处流，仍归往何处。万事令人厌烦，人不能说尽。眼看，看不饱；耳听，听不足。已有的事，后必再有；已行的事，后必再行。日光之下，并无新事。

选自《莽原》2023年第2期

若隐若现

李亚强

作品散见于《散文选刊》《美文》《青年作家》《湖南文学》《草原》《朔方》《鹿鸣》等刊,出版散文集《我另外的一条路》,曾获内蒙古"索龙嘎"奖、汨罗江文学奖、许淇文学奖等。

1

风从很远的地方吹过来,带着一场秋雨后的泥土的味道,有气无力地、轻飘飘地拂过,从一棵草到另一棵草,从一片田地到另一片田地,从一座山梁到另一座山梁,一直吹到我身边。脚下的小草微微俯了一下身子,泛黄的草叶上露珠摇摇欲坠。风并没有停留,在一个虚无而又现实的空间里继续前行,直到那些风经过"帽帽顶",钻进一大片云雾里,那些雾似乎动了一下,又似乎没动。

这是初秋的风,在夏与秋之间并不明晰的时空里穿行。这也是秋天的第一场雾,但是它没有给我展示雾起的过程,像一张定格的相片一样,它只给我展示了局部的细节。就是这一个细节,让我在看到它的那一刻,与身边的万物融为一体,我也成了小草中的一棵,微风中的一缕,甚至山梁的一部分。

这个叫"帽帽顶"的小山梁,只是这道山梁上地势相对较高的小山梁而已,山梁上只有十几垧梯田,其中就有我家的两垧地,种着小扁豆,我和二弟就是要去这两垧地里拔豆子。我一直不明白这里为何叫作"帽帽顶",直到我看到那些洁白的雾,它们并没有完全笼盖住小山梁,而是让小山梁最高的地方显露出来,像大海中的一个小岛,更像一顶没有顶的草帽,夏收的时候,村里人都喜欢戴这样透气的草帽。"帽帽顶"真是一个再恰当不过的称呼,相比于其他山梁的普通称呼,这个山梁因为这样一个名称，显得与众不同起来。

站在雾中的"帽帽顶"面前，我甚至能想象到，是这个村子的某一位先民，也是在这样一个天气里，站在我所站立的位置，看到了一场雾里的这座小山梁，像一顶扣着的草帽，于是给它起了"帽帽顶"这个既普通又形象的名字。

雾还在"帽帽顶"上环绕，似乎就长在上面，像电视中看到的仙境一样缥缈虚幻。我已经在这个黄土高原上不大的村庄生活了十多年，对这里的一切早已熟视无睹，春天来了就该冰雪融化、苜蓿长出新芽，冬天到了就应该万籁俱寂、冰雪覆盖原野，雷电在夏秋季节频发，浓霜悄悄落在深秋的凌晨，眼前的村庄无外乎一年四季鸡飞狗跳又如一潭死水几乎没有微澜。

人们在大雾来临的早晨出发，在影影绰绰的、高高低低的梯田里劳作，收割着大地上最后一茬庄稼。如同风雨雷电一般，雾在人们的生活中如它的本来面目一样，若隐若现、似有似无，除了对人视觉上的遮盖，几乎对人的生活产生不了影响。直到我看到这样一场特殊的雾——它甚至都不是一场完整的雾。或许就是这样的不完整，带给我深刻的震撼，那是大地的美学，也是村庄的美学。

我手中没有画笔，也没有相机，无法定格那个瞬间。物质的、外在的辅助没有介入的时候，全身的感知器官被调动起来，于是我能准确记得那一刻风吹拂过的感觉。秋风里已经有了衰败的味道，夹着小草俯身的声音以及远处村庄里此起彼伏的鸡鸣犬吠，远处的梯田里已经变得有些空旷，夏粮早已颗粒归仓，为数不多的秋粮点缀着初秋的田野。如果湛蓝的天空是一张画板，从上往下俯视，那一刻的村庄和我，肯定因为这样一场雾被定格了，于是飘荡在村庄上空的烟停止了上升和缭绕，走在山间的一头驴和它身后的主人停下了脚步，两个准备去"帽帽顶"上拔小扁豆的少年伫立在山梁上。

许久，我回过头问二弟："你看'帽帽顶'美不美？"

二弟说："美。"

然后我俩相对无语，低着头往"帽帽顶"上走去。

我们走进一场不完整的雾里，还是像往常一样，各自负责一头，我从西往东，二弟从东往西，最后在中间位置集合的时候，整片地里的小扁豆都将被拔完。与往常不同的是，我们身处雾里，相互看不到对方，那些细小琐碎的雾气笼罩了我们。我并没有着急干活，而是观察着内部的雾或雾的内部，它们并不是相对静止的，而是不断翻滚着、碰撞着、升腾着又坠落着的。它们从内部包围着我、裹挟着我，又似乎吸纳着我，我正在成为雾的一部分——我的全身已经湿漉漉的，与匍匐在地生长的小扁豆一样，抗拒一场初秋的雾，又不得已被一场雾笼盖。有谁知道在这油画一样美的"帽帽顶"的雾气里，有两个少年正在拔小扁豆呢？

在我看到这场雾的前一天，远在新疆石河子打工的父亲寄来一张汇票，那是我们弟兄三人的学费，并不识字的母亲将汇票压在炕上的篾席下面，等到逢集的时候去镇里的邮政所兑换成现金。但是我们都知道，汇票上的那些钱只够我们的学费，家里还有开销，日子并不好过。整个暑假，我们弟兄三人做了分工，三弟跟着祖母去放驴，我和二弟先帮着母亲夏收，夏收后给别人家拔小扁豆挣钱。小扁豆植株较短，没法儿用镰刀收割，只能徒手去拔。小扁豆生长在两个季节的缝隙里，繁忙的夏收正在收尾，长在地里的小扁豆一天天变得枝叶枯黄，腾不出人手的村人有时候会雇人来收割。

实际上，我们家的小扁豆几乎是最后收割的。在最适合收割的那段时间，我和二弟帮别人家干活挣钱，其实也干不了多少，并不是我们不愿意干，而是能雇得起人干活的人家毕竟是少数。

村庄天空中的飞禽只剩下乌鸦和麻雀，标识着已经到了深秋时节。秋雨一场接着一场，似乎积攒了一年的雨水要在这个时节全部下完，河槽里的雨水还没完全流走或蒸发，另一场雨便将它覆盖，一场场秋雨堆积在河槽里，堆积在田野里，也堆积在人的心里。

连绵的秋雨带来一场接一场的大雾，村庄西北角的玉狼山顶上常年云雾缭绕，但是低处的村庄只有在一场场秋雨后才有大雾形成。不像雨雪那样影响我们的求学之路，雾只会让我们上学的路变得虚幻起来，我们走在雾里，只是一个个形容模糊的剪影。于是在一场接着一场的大雾里，有的同学突然便决定不再上学，教室里空下来的板凳越来越多，我相信他们都迷失在了雾里。

母亲在天没亮时就起床了，给我们做完早饭，不等我们吃完便出了门。深秋了，树上的叶子开始片片凋落，堆积在大地上，像大地的棉被。家里的麦秸秆有限，既要喂牲口，偶尔还要烧火做饭，烧炕成了问题。母亲就是冲着这些树叶去的，先扫自家树下的，再扫稍远一些无主的树下的，我们还没出门前，母亲就能背回几尼龙袋子树叶来，倒在打麦场的角落里，那些形状、颜色各异的树叶挨挨挤挤堆成一座小山头，远远看一眼都觉得温暖。

母亲走进屋，打发我们兄弟去上学，她摘下头巾，头巾上湿漉漉的，像细小而琐碎的露珠。我们出门的时候，一场连天接地的大雾还在太阳升起之前弥漫。

2

我欠儿子一场雾，什么时候可以兑现，我俩心里都没底。

国庆节的时候，我们一家从遥远的城市来到农村，这是儿子第一次回到他户口簿籍贯上标注的老家，临行前，我和爱人对儿子可能出现的各种不适应情况都进行了充分的分析和准备。出乎我们意料的是，儿子第一次来到老家，并没有任何不适，反而像出笼的小鸟一样兴奋不已。

下午我们去村西的地里挖土豆,儿子连午觉也不睡了,吵闹着要跟我们一起去。其实小小的他对劳作没有任何概念,他只是觉得新鲜好玩,与其说是去帮忙不如说是去捣乱,一会儿跑到田埂边摘小野果,一会儿跑到坡地上抓蚂蚱,"咯,咯,咯"的笑声回荡在土豆地里。

　　天阴着,好像要下雨,远远近近的山头上云雾缭绕。爱人在前面拔出干枯的土豆茎叶,我握着锄头刨出埋在地里的土豆,小小的儿子跟在我身后,捡拾着或大或小的土豆。离开家乡已经近二十年,曾经熟练的劳作竟也生疏了,一个锄头下去,往往刨坏好几个土豆。不一会儿,我的手上磨起两个血泡来,爱人和儿子也累得气喘吁吁。儿子双手举着一颗大土豆让爱人给他拍照,说晚上要吃自己捡起来的土豆。我让他们坐在杏树下的土豆堆上休息,又找来干土块,像我童年时那样,搭建一个小小的火炉,点燃干树枝烧红土块,将一些较小的土豆焖在里面,拍碎土块,盖上虚土,等上半个小时,就能吃到外焦里嫩的烤土豆。

　　等儿子吃上烤土豆的时候,已时近傍晚,毛毛细雨终于落下来了,似乎也就是一抬头的工夫,我们已经被笼罩在一片雨雾中,山头上的云雾也慢慢开始下沉,最终将我们严严实实地包围。远远近近的山仿佛隐身了一样,近处高大的白杨树也只是影影绰绰的模样,就连堆在几米远的地头的一堆土豆,也已经看不真切。儿子也注意到了身边的变化,他抬头看看天,又看看不断模糊的远处。"爸爸你看,白色的,这是雾吗?啥都看不见了,好神奇啊。""是呀,这就是雾,纯洁的雾,像天上的白云一样。"我牵着他的小手走在雾里,他蹦着、跳着,哼着含糊不清的儿歌,一只手在空中摸索着什么,像是在抓什么一样,然后塞进嘴里。我问他在干什么,儿子说他在吃棉花糖,白色的雾做成的棉花糖,还示意我张开嘴,也要给我吃一个。我俩就在一场大雾里,大把大把抓着虚空的雾,大口大口吃着雾做成的棉花糖。

是的,我让他看到了一场真正的雾,更加准确地说,是一场雾迎接了他,一场不期而遇的雾完成了我之前给儿子许下的承诺。我在童年时期看到了一场笼罩了一切的雾,那是几乎定格的雾,并没有看到一场雾的升起,儿子却在比我更小的时候看到了更加完整的雾,我们一起看到了一场雾的到来和笼盖,虽然我们没有等到这场雾最终的消解,但是这已经足够。谁又能真真切切看到一场雾消解呢,谁又不是在用一生消解一场雾呢。

我至今记得三年级的那个没有雪的冬天,祖父在一个伸手不见五指的冬夜咽下了最后一口气,而就在那天的下午,祖父还在门外的阳坡地里晒太阳。睡梦中的我被叫醒,摇摇晃晃的灯光、一屋子忙乱的人影、撕天裂地的哀号,都成了我第一次见到死亡时的印象。其实这也都是死亡外在的表象,真正的死亡降临在祖父身上时,那一刻祖父就是死亡本身,但是记忆却如受潮的胶片，记住的只是那场慌乱的轮廓。那时候我并不懂死亡的意义，处理丧事期间，外婆来到我家照顾我们弟兄三人，外婆问我："你知道爷爷死了吗？"我点头。她又问我："你知道死了是什么意思吗？"我摇头。外婆说："你爷爷去了一个没人打扰的地方。"

院子里搭上灵棚，亲戚朋友从四处赶来吊唁，往往都是胳膊下夹一卷纸，在灵堂里点一炷香，烧几张纸。灵堂设在正房中央，白纸糊成的一个封闭空间里安放着大红的棺材以及咽了气的祖父，我们就跪在灵堂旁边铺着厚厚的麦秸秆的脚地上。燃香味、烧纸味在屋内回荡，时有时无的烟雾笼罩在屋内，呛得人直流眼泪。

经过好几天冗长的仪式，祖父被埋到了村西苜蓿地上面的玉米地里，那时候玉米地里已经干干净净，只有白色的地膜还没有扯去。一方长方形的墓穴，成了祖父最后的归宿，我们跪拜在坟前，用最痛心的号哭表达着对祖父的留恋，纸火冥币在熊熊大火中燃烧，升腾起青灰色的烟雾。大人们常说，阴间与阳间隔着一张纸，活着的人用纸祭奠亡人，用纸做成金银房屋、车马侍女，烧给亡故的亲人，那些烟雾则是一条通道，通向另一个未知的而人们确信存在的世界。

我抬头看着天空，灰蒙蒙的天空似乎正酝酿着一场大雪。等我们将祖父安葬完毕返回家的时候，鹅毛大雪开始纷纷扬扬，天地之间混沌一片，玉米地下的一孔闲置多年的瓦窑门口，一堆大火依然在热烈地燃烧。这也是故乡的规矩，亲人亡故后，生前所穿所用的衣物被褥等绝大部分都要在出殡那天烧掉。我驻足看了看，确实是祖父生前穿过的衣物被褥，黑灰色的中山装、青蓝色的毛衣、黑色的圆顶毡帽逐渐被火焰吞噬，浓黑色的烟雾翻滚着、在风中左右摇摆着升上天空，与灰暗的、飘着大雪的天空逐渐融为一体。

祖母经常说，人一辈子是假的，稀里糊涂就过去了，来时一声哭，风风火火几十年，最后还不是一堆土、一缕烟。那时我几乎可以确信，祖父是乘着这些烟雾去了一个没人打扰的地方，我朝着那些烟雾挥了挥手，不知道祖父有没有看见。后来，身患癌症的外婆也这样乘着烟雾去了没人打扰的地方。

年纪越大，经历过的生离死别越多，我越确信，人肯定是雾的一种形态，如若不然，为何生命过往中那些曾经熟悉、亲密的身影，有的只是一个模糊的剪影，有的则消散得无影无踪，似乎从来没有存在过一样？这消散的过程何尝不是雾的本身呢？我们在人间行走，只是形形色色的雾而已，他人在我们的旅途上逐渐模糊、消散，我们也在他人的旅途上逐渐模糊、消散，谁不是在雾里独行，谁又不是独行的雾呢。

选自《草原》2023 年第 3 期

黑乌鸦,白乌鸦

王樽

散文随笔作家、评论家。创作涉及多种文体及绘画、跨文体实验。为《收获》《看电影》《城市文艺》(香港)等杂志撰写专栏。主要著作有《与电影一起私奔》《带电的肉体》《人间烟火》《远方的雷声》等。

一

河水被冻成了冰雕,雪花已不再飘落,山林肃然竦峙。万籁俱寂,天地皆白。唯一跳动的,是雪原上黑色的碎片——如墨迹,如音符,如梦幻,时静时动,时高时低,时聚时散,那是乌鸦觅食的身影。而在林间最高的树梢,偶有光斑闪亮,微渺、模糊得近乎不见,细看,确有灵动的光——那是乌鸦大睁的眼睛。几乎所有的禽兽,此时都龟缩在隐蔽的巢穴,等待机遇,等待太阳,期盼危情过去,企望暖日重来。只有乌鸦,像虔敬勤勉的修士,在虚无、绝望、不见生气的世界,寻寻觅觅,执着地要发现生命的活水与食粮,或许还有生活的真理。

作为世上古老的生物之一,此情此景中的乌鸦,想必已经存在了数万年,虽然不断被诅咒,仍顽强而固执地存在着,若天地不灭,应该仍会继续存在下去。奇妙的是,在人类所能抵达的观察和想象里,乌鸦始终是迥然矛盾与对立的生物,比如:既象征了大恶,又象征了大善;有瘆人的丑陋,亦有撩人的酷炫;是大的悲声,也是大的佳音;忍耐并享受着最低温的酷寒,也忍耐并享受着最高温的灼烤。

国人几乎都知晓"后羿射日"的故事。其实,其"日"与今天的"太阳"并非等同,而是9只大鸟——"羿射十日,中其九日,日中九乌皆死,堕其羽翼",其中的"乌"即为乌鸦。或许是真有神灵附体,古今中外,不少艺术家会以不同形式让乌鸦——这不断被诅咒的鸟儿复活，在日常言说间，在神话书写里，在不同的绘画或雕塑中。某种意义上说，乌鸦是人类视野里最具活力、最具象征性，也是最具争议的"不死鸟"。

16世纪尼德兰地区伟大画家彼得·勃鲁盖尔的杰作中，常常出现不速之客——乌鸦。或林间或空中，几只寒鸦，让画面平添了别样的色彩与声音。四百多年后，伊朗电影大师阿巴斯完成了其最后绝唱《24帧》，影片没有人物，没有叙事，而是联结的24个画面与片段。暗喻电影的"每秒二十四格的真理"，在静态与动态、情境与内涵、感性与理性之间，深入浅出，游弋探寻，梳理生命的真相和电影本质。该片的第一帧画面，就是勃鲁盖尔的《冬猎》图，静止的画作被彻底激活——纷纷的落雪，奔跑的猎犬，顶风而行的猎人，当然，还有那飞来飞去的乌鸦。

勃鲁盖尔笔下的乌鸦，是灵异之鸟——既送去生命的希望与光明，也带来死亡的绝望与黑暗；也许是否极泰来，也许是秽行噩兆。更多的，可能是亦悲亦喜，喜忧参半，或谓悲欣交集。勃鲁盖尔1558年创作的《有伊卡洛斯坠落的风景》，画面近处是高地上策马扶犁的农夫，旁侧有牧人放羊，右下角有渔夫垂钓，稍远的左侧和正前方有数艘扬帆的海船和渔舟，远近则有两只乌鸦在飞。山林、岛屿，劳动或休闲的人们，各在其位，各司其职，恬静祥和，相安无事。若不是画名点出，观赏者很难注意到有人的坠落。果然，画的右下角，浅海的涡流中，露出一双挣扎的大腿。那是落水的伊卡洛斯——借助蜡和鸟羽制的翅膀，他本已逃出了被困的海岛，却由于忘乎所以、飞得太高，蜡被太阳熔化，竟失翼坠落。故事结局悲情，残酷中说明世界与事实的真相——每个人都以自我为中心，无视或忽视他人的悲惨。以为若自己不在，天地万物都会变异，世界会不再是应有的世界。殊不知，悲欢生死，都是无足轻重的个人事件，没有人为你痛不欲生，即使一时泪如雨下，也会转眼破涕为笑。对世界来说，自我的存在与否根本没有自以为的那么重要，每个人都注定孤独的来去。就像伊卡洛斯的坠落，公众照样各行其是，世界依然祥和恬淡。

乌鸦的出现并非偶然，其声与行，都与其灵动的预言性及生死本能的把握相关。不论是勃鲁盖尔的画，还是后人的影像演绎，乌鸦总是对应着生命的隐喻，尤其是与生死大限相互应和。勃鲁盖尔另一名作《行往受难地》，描绘了背负十字架的耶稣正走向受难场。2011年，波兰导演莱彻·玛祖斯基拍摄了名为《磨坊与十字架》的电影，该片围绕《行往受难地》的创作过程，以写意手法，呈现了画家创作此画的生活与时代，他的观察感悟、心得心境。画中所有的人物和风景，都在电影中鲜活流动起来。画家与画中人同在，观众也宛若置身画中。画家亮相时，先是观察随后触动一张蜘蛛网，他在纸上构想图景，边画边思忖——"我像今早看到的蜘蛛一样，开启我的工作——首先,要找到一个核心点……"。核心点即背负着十字架的耶稣,他在画面中间位置,是蛛网般散射的焦点,也是画中较远的部分,若不是有十字架,这个被压倒的先知,可能会完全被人忽略。收藏家问画家:"为什么要将耶稣隐藏起来?"画家说:"因为他是最重要的人物,是救世主,但并不是每个人都知道……"画面最高的实景是一座嶙峋山岩,顶上是有风车的磨坊,磨坊基座上有个站立的人影,因为高而远,人影近似个黑点儿,比耶稣还要小约十倍。在勃鲁盖尔看来,那小小的黑影,就是上帝,他居高临下、俯瞰人间,操纵着繁复精密的磨坊——生产着人们需要的粮食。电影中的画家站在画中平地处,当他挥动手臂,代表上帝的磨坊主看到了,就对着风车高扬双手,停滞的风车扇叶便重新转动起来。原画中的乌鸦都是极醒目的存在,如同连接天堂与地狱的信使。除了栖息在地上或树梢的数只,还有两只在由晴到阴的空中飞翔,其体型之大,甚至超过了画面中间的耶稣。电影中乌鸦有多个特写,这些肥硕的鸟儿,不仅在生死树上频繁地飞起降落,还无所畏惧地啄食受难者的血肉,或如说话般咕咕低吟,或如唱歌般呱呱鸣叫。

二

越是聪明、优秀或杰出的物种,越是可能成为被攻击的首选对象。对于同类而言,你的能力超群,就意味着对其他人构成威胁。因此,各从其类时,大家彼此相安无事;一旦同台,优异者往往不能被同一起跑线上的人所见容。中国的古老神话、寓言、俗语里，此类告诫比比皆是。老子《道德经》里，有被其视为"三宝"的处世箴言,总体是以不出头为前提,得以"持而保之"，即所谓"一曰慈，二曰俭，三曰不敢为天下先"。以退为进，以静制动，以柔弱胜刚强，明哲保身，换取自身相对长久的存在。大到国家的长治久安，小到个人的立命安身，中国式的祥和与稳定，多与如此的低调隐忍、韬光养晦相关。从甘受"胯下之辱"的韩信，到忍"阉割之耻"的司马迁；从三国的蜀国先帝刘玄德，到改革开放的"总设计师"邓小平，莫不如是。或许，老子的"三宝"源于自身的体验或观察，更大的可能，是这位大哲人的神启顿悟、先见之明。

然而，万事万物总要有人在先，有前驱，有领袖，有出头，有异类。此"在先"的"异类"，自然就成了"出头鸟"。而先知不被在地者悦纳，已是放之四海而皆准的定理。那么，"在先"的被污名、被贬斥，甚而被绞杀，就成了约定俗成的"宿命"。

人世如是，畜界亦如是。若在禽鸟界找个典型，最具代表性的，似乎可首推乌鸦。

与鹦鹉的斑斓炫目，鹩哥的乖巧悦人，麻雀的庸常易活相比，乌鸦因其身黑貌丑而为人所不屑。如将百灵、夜莺、喜鹊等鸟儿的叫声，理解为欢快和喜庆，那么，乌鸦的嘶哑、哀泣就是闹心的聒噪，那是沮丧、悲苦、幸灾乐祸、不合时宜，讥消里含着谩骂或挑战，如同某种咒语，甚而是将至或已至的噩兆。

不论是否出于事实，客观或偏见，抑或也有不少相反的例证。人类对乌鸦既厌又惧的态度由来已久，唯恐避之不及，尤其是不愿听到象征灾难的鸦鸣。早在汉朝的《易林》中，就有乌鸦叫声含着"破家""召毒""患灾"等意涵；唐朝的《酉阳杂俎》亦有"乌鸣地上无好音"的判断。此说并非空穴来风，而是有科学依据。勃鲁盖尔的众多名作已有明示，有生物学家对此亦有研究佐证——生物濒临死亡三天左右，身体会散发出某种独特气息，即古代医书中的所谓"尸气"，依此说法，乌鸦是对这独特气息超级敏感的禽鸟，因此，当人与动物将死时，嗜食尸首的乌鸦便能追寻气味而来。由此观之，将其与死亡相联，进而延伸出不祥、凶险的预兆，亦属情理之中。

乌鸦以敏感、聪明著称，其智商近乎儿童。这就使其跃然于所有"笨鸟"与"菜鸟"之上。因而有"鸟中爱因斯坦"之誉。其智慧的最好证明，就是可借助环境、工具或其他物种为自己服务。传闻如叼石子入瓶饮水、借飞车碾碎核桃，以及给狼丢羊粪以引诱狼去捕杀羊的故事，均非向壁虚构，而是多见真实的发生。

通常，身大力不亏，是谓人畜的基本定律。力强或凶猛的禽兽，大多体型壮硕。乌鸦则是少有的例外，体格不大，却是禽鸟的凶悍代表，这与其机灵善战有关。与鹰隼、秃鹫等相对头脑简单的猛禽不同，乌鸦懂得知己知彼、攻其不备。不少典籍记载，一只小小的乌鸦敢于在高空中与凶猛的老鹰较量，且常能以弱胜强，靠的就是智取。比如，它会绕到老鹰头顶，在其视线的盲区发起攻势，致使对方难以还击。仰仗群体精神、鸦多势众，每每让老鹰疲于应付。比如，群鸦会先以和声发动"声音战"，用尖利的聒噪将老鹰耳朵震聋，再乘势攻其巢穴，抢劫雏鹰。

聪明和智慧，未必招人待见，尤其是，当对方用自己的聪明攻克我们的短处时。此理人畜共通。

尽管智力超群，人们仍不愿与乌鸦发生关系。其重要原因，除了乌鸦对人的侵扰，更多的是人自知短处，比如没有乌鸦的敏感远见——超前预知某些不祥信息。人们不愿正视灾难，不愿惹祸上身，对灾情祸讯知道得越晚越好，哪怕灾情已经迫近。

这种渗入骨髓的鸵鸟习性、人性弱点，不仅导致人缺少未雨绸缪的敏锐，也缺少正视问题的勇气。表现在与乌鸦的相处上，就是眼不见心不烦。因此，即使与乌鸦偶尔相遇，也禁不住会犯疑，嘀嘀咕咕，生恐有邪魔或厄运相随。而对于乌鸦来说，人类这种惹不起、躲得起的心态，让其与人类相安无事，规避了人类的杀戮天性。在被众生冷落和排斥的同时，亦获得了相对广阔的空间，或独立自处，或同气相求。

三

与"既不种也不收"却仍被神所眷顾的众鸟相比,乌鸦是神秘异类,它动作犀利诡谲,仿佛随时伺机劫掠。其样貌鬼祟乌黑,丑怪且多疑,凸显其阴险、狡黠。不仅以其形成为暗黑代表,还以其呱呱哀鸣成了凶险传声筒。

如果说,墓碑、枯树或十字架可以直接昭示死的寂静。那么,树上飞来或落上数只乌鸦,其飞翔的灵动和鸣叫,则是关于亡魂最具声色的鲜活见证。

对此,人们不会细查,不必也不值得去用心探究。只需将其随手拈来,便会获得立竿见影的效果。古今中外,在无数的文学作品中有相近的表达,如包括"后羿射日"在内的东西方常见的神话、寓言,早期的恐怖小说,爱伦·坡的诡异诗歌等。即使是经典现实主义之作,也往往喜欢让乌鸦成为某种象征的背景或道具。比如,鲁迅早期的启蒙主义之作《药》,在其最后部分,看似漫不经心地写到了乌鸦,让其作为悲剧象征物——此时的革命者夏瑜已被处斩,愚民华老栓的病儿也没能靠吃人血馒头获救。烈士的母亲意识到,人们都冤枉了死去的儿子。她在黯然神伤中思忖,四面观瞧,就见到有只乌鸦正站在"一株没有叶的树上",面对虚无中的儿子,她自言自语——"我知道了。可怜他们坑了你,他们将来总有报应,天都知道。"她祈祷儿子能安详闭眼,儿子若真能听到,便教那乌鸦飞上坟顶。然而，母亲的期待落了空——那乌鸦停在笔直的树枝间，"缩着头，铁铸一般站着"。而与此同时，失去病儿的华大妈也在坟地里，她在大惑不解中走着，忽听得背后"哑——"的一声大叫——她与烈士母亲所见的似是同一只乌鸦——"张开两翅，一挫身，直向着远处的天空，箭也似的飞去了"。

停滞和飞翔的乌鸦，如此富有象征性，乃至不少电影人都涉嫌懒惰地将其拿来，作为渲染哀丧或不幸的意象，简约、形象又省事。根据《药》改编的电影，果然没有忽略这一点，不仅在剧中进行渲染，甚至在海报中也刻意突出——这令人生畏的噩兆之鸟，以体现时代和人心惶恐的精神镜像。

如同某些先知先觉者，乌鸦有着敏锐天赋，总是能率先嗅到死亡、夭折或血腥的气息，并能迅捷抵达悲剧现场。乌鸦当然无意招惹世界，这最先的知情，必然招来人们的惊悚、厌烦与恐慌。当衰亡的气场尚未完成，乌鸦却已率先出现，如同先导部队。虽说日光之下并无新事，其不请自到，还是携来令人猝不及防的新痛与悲伤。更恼人的是，这些浑身漆黑的家伙不是来救援、抚慰，而是聒噪异常，凑热闹，趁火打劫，取利夺食，满足口舌贪欲。因此，它的亮相可谓来者不善，善者不来。那是不幸、哀痛的前兆，或意味着哀痛的将至与生成，亦是灾祸的症候、先声或预演。

四

一般说来，身形小巧的禽鸟，大多性情乖巧，饮食、习性也颇为简单。乌鸦是个例外——智商超群，性情凶猛。这些行踪诡秘的鸟儿，其饮食习惯、思维方式，竟多与人相近。比如，口味驳杂——活的、死的不拒，素食、肉食通吃。习性伶俐——兴趣广泛，喜欢观察，善于学习，勤于实践。懂得利用外力，懂得团结，如借助异类力量，取长补短，共同对敌；谙熟"敌进我退，敌疲我打，敌驻我扰"等智胜战略。与敌较量时，常施巧计，攻其弱处。

乌鸦的婚恋与寿命，也与人相近。它们是禽鸟中"一夫一妻"的践行者，雌雄相伴，"白头偕老"。如果某只雌鸦或雄鸦先死，另一只则孤老终生，不再找寻异性伴侣。《聊斋志异》里有书生与神女痴心相爱，化身乌鸦相伴终生的故事，可见作者蒲松龄是懂乌鸦的。中国古典文学中表达孝情的范文《陈情表》（李密）中有"乌鸟私情，愿乞终养"，即是将心比心，以小乌鸦对老乌鸦的反哺侍奉，表明尊亲敬老的拳拳之心。

作为颇具迷惑性的猛禽，乌鸦以形体小、韧性足著称，其多谋善断，酷似人类社会的帮派大佬，气场强大，软硬兼施，不择手段。懂得弱肉强食，善用资讯环境。其隐晦、隐蔽，后发制人的个性与共性，使之天生就是阴谋家和战略家。抑或，正因与人类有太多相似，按照同性相斥定律，人类与其天然不睦，不愿与之亲善。不同类型的作家或艺术家，则喜用其形象隐喻暗黑杀机，制造惊悚情境，或渲染惶惑、神秘的氛围。

想到鸟兽与某些代表作家的关系，冥冥之中，仿佛都有剪不断理还乱的某种连接。比如，想到爱伦·坡就会将他与乌鸦联系起来，他的《乌鸦》讲述的是丧失爱侣的男子与乌鸦的邂逅，乌鸦是主宰、是力量核心，躲在暗影里或雕像上，貌不惊人却有通神异能，其决绝，使整个情境充满不可控的力量。夜色中乌云般伸展双翼，书写者的惊恐回眸，书桌上摇曳的烛火，成了乌鸦到来的标识符号，贯穿其人其作的基本风貌。爱伦·坡曾撰文讲述该短篇的创作缘起与过程，起初构想的是鹦鹉，后改用乌鸦，因为乌鸦远比鹦鹉更能与"悲郁的情调"保持一致。试想，如果当初选择鹦鹉，必然基调迥异，从阴郁的悲戚化为轻飘的嬉闹。正如马尔克斯的《霍乱时期的爱情》的开头——作家让医生去追逐顽皮的鹦鹉，而不是阴沉的乌鸦，医生爬树登高，并因此失足跌落，一病不起，直至一命呜呼。在各方面都春风得意的医生，最终因鹦鹉的轻啄而意外离世，如此便铺就了其寿终正寝的喜剧底色。

鹦鹉还是乌鸦，存在抑或消失，悲情或嬉闹，污名与美名，都使乌鸦成为特定的格调和符号。

五

事关乌鸦的呈现,总是引人瞩目与怀想。当然,不同作品,有着深浅优劣的具体表现。有些直白浅露,有些讳莫如深,更多则有某种隐晦、含蓄、曲折、多意。也有些特例,干脆不让乌鸦现身,却植入了其标识与概念,让作品与其发生若即若离的关系。

有种发人深省的生命现象——智商越高越能洞悉生命的人,亦容易厌世或轻生。与此相反的例证是,智商低或弱智的人,鲜少有抑郁症患者。苛求自己与他人,是不少高人的特征。同时,越是智商超群,越可能萌生自卑。比较他人与环境,动辄会自轻自贱。典型的如现代主义先驱弗兰兹·卡夫卡、费尔南多·佩索阿,两位充满创新意识的伟大作家,却同时有着极自卑的情结。

有意味的是,卡夫卡与乌鸦有着不解之缘。他的名字在捷克语里即是"乌鸦"与"寒鸦"的意思,其父亲开的店铺也以乌鸦的形象作店徽。与乌鸦的积极乐观不同,卡夫卡的一生都在自卑、自轻、自贱的心理阴影中纠结。直至生命结束前,还在叮嘱好友将其一生的手稿全部烧毁,因为,在他看来,其作品的流传只会令后人耻笑。他总是忧心忡忡,担心并认为一切的事物都能毁灭自己。在某则笔记中,他写道:"乌鸦们宣称,只要一只乌鸦就可以毁掉整个天空。这话无可置疑。但对天空来说，它什么也无法证明，因为天空意味着乌鸦的无能为力。"

或许，正是这种自我轻贱和秘而不宣，启发了人们对乌鸦形象的别样塑造。有些表面自轻自贱的影像，却可能另有所指。或是形势所迫，或是"曲线救国"，总之，每部作品都有自己通向彼岸的路径。

影史上有部难以复制的特例——西班牙的《饲养乌鸦》，影片讲述马德里一个普通家族的故事——女童安娜与两个姐妹在父母去世后被过继给姨妈抚养，种种不堪记忆和死亡臆想，让安娜内心严重扭曲。她恐吓生活不能自理的祖母自杀，又将目标对准了为情所困的姨妈……影片借饲养乌鸦，讽喻黑暗、专制的佛朗哥独裁政权，却静水流深、不着痕迹。乌鸦只是影片的概念，没有具体的影像踪迹，若不是片名标示，甚至看不到作品与乌鸦的联系。该片中文又被译成"姑息养奸"，似可对应一句西班牙谚语——你饲养的乌鸦，长大以后会来啄你的眼睛。该片的创作本身即如一场乌鸦与强权的斗智斗勇，在佛朗哥政府的严苛审查中，导演在多重角色中转换，闪转腾挪，避实就虚。最终，以丰饶的影像，含蓄、象征的多种技巧，成功绕过了雷区，居然未经删减即通过了审查。放映后，更是话题多多，还一举获得了1976年的戛纳国际电影节评审团大奖。

这仿佛是一次饲养乌鸦的胜利。没有如卡夫卡一样被自我轻贱的压抑所击垮，相反，歪打正着，殊途同归，艺高人胆大。是绕过枷锁、迷惑审查，成功得以突围的少数侥幸成功的典型。

此中确有真意，也饶有趣味，却也难以复制——讽刺独裁政权的用心之作，却被独裁政权一路绿灯护送出来，在更广阔的空间，获得出奇的影响和传播……

六

人与乌鸦，本是风马牛不相及的两个物种。然而，二者的内在精神气质，却有诸多相近，观察人性与"鸦"性的联系——或从人性的视角分析其隐藏的"鸦"性，或从"鸦"性的视角挖掘其中深蕴的人性，或许是件有趣而耐人寻味的事。

除了强烈的群体意识，乌鸦有个鲜明的外在标志，几乎无一例外地浑身黑色。集体的趋同一致性，不能容忍我行我素、特立独行。因此，在东亚及俄罗斯等地区和国家，"白乌鸦"的称谓，意为另类、不合群，是对异己、异端的贬义与不认同。

1961年6月16日上午，法国的巴黎布尔歇机场发生了一起轰动世界的"白乌鸦"叛逃事件。23岁的苏联舞蹈家纽瑞耶夫逃离了克格勃控制，成功出逃西方、寻求庇护。纽瑞耶夫后来一直致力于推广经典芭蕾舞剧，是西方公认的最杰出的舞蹈家，1993年因艾滋病辞世，享年55岁。

当纽瑞耶夫叛逃已成陈年旧事，人们几乎已将其淡忘时，2018年，英国、法国、塞尔维亚联合制作的传记片《白乌鸦》横空出世,让近60年前的惊天事变重现大银幕。一切宛若刚刚发生，每个人物似乎都能对应当下。影片以简约流畅的套层式结构叙事：纽瑞耶夫童年在故乡的穷苦生活、青年在圣彼得堡苦学芭蕾，以及去巴黎巡演，三线交叉并进。每一层以不同色调对比区分，使得三线既彼此关联又悬念迭出，既清晰交错又扣人心弦。

电影开始，通过其导师到克格勃汇报情况，为纽瑞耶夫的叛逃做了点题式定调——他对政治不感兴趣，他的出逃只是为了艺术。事实上，他此后的生活都是其结论的注脚——与舞蹈相关。围绕主人公的生活故事，片中用多个细节刻画了其与后来叛逃的微妙联系。比如，故乡时期的父亲归来，父子俩的相认与隔膜；圣彼得堡和巴黎时期的美术馆参观，在籍里柯《梅杜萨之筏》和伦勃朗《浪子回家》等名画前的凝思，莫不预示或酝酿着那尚未可知的机场一跃。电影中间，他与法国同行在凯旋门观光，同行说，"你的首演只有一个敌人，就是恐惧"。这何尝不是在说——他的人生、他的选择和他的最后的叛逃。每个人的真正敌人，或者说真正的阻碍，不都是源于自我的犹疑与恐惧吗？

纽瑞耶夫是个叛逆的另类，是货真价实的"白乌鸦"——叛逃前是，叛逃后依然是。当生养的故土，国家的政体，长期被教化、被训诫，乃至被承袭的无脑与笃信，一旦在千疮百孔中分崩离析，还有什么东西不会被质疑，还有什么守则值得迷信？如果，人连自我的直觉判断都不能相信，那么，自我在哪里?"见吾心"的"觉悟"在哪里?所谓人这根"芦苇",还能被称为是"有思想"的吗?

时光荏苒,或许无须再纠缠纽瑞耶夫叛逃事件的是是非非,只要看"这一个"——他的过往与当下,真实命运带给每个人的映照。无论如何,很少人能承受和体味,"白乌鸦"所能置身的"非我族类"的恐惧;很少人能理解和同情,"白乌鸦"所能承受的孤独与悲伤。

黑乌鸦仍如夜的碎片纷纷扬扬,白乌鸦则少有同类,踟蹰在孤寒的荒野……

选自《天涯》2023年第4期,有删减

郁蒿树

黄长江

中国作家协会会员、中国散文学会会员、北京作家协会会员，北京房山区作家协会副主席。发表文学作品约 300 万字，出版作品集《凉拌散文》《小炒诗歌》等十余部。获冰心散文奖等奖项。

我5岁那年，土地陆续下放下来。母亲带我去看那些新分给我家的田地、树林和草山、荒地。一是指望我认边界，二是她也熟悉熟悉那些田、地和树、草，辨认辨认它们的边界，熟悉熟悉它们的肥瘦厚薄。

大大小小有三四十块呢，七零八落地散落在离家十来里路范围内的山山岭岭和沟沟坎坎上。其中的一片荒草山林名字叫"打磨子"。

母亲带我去看打磨子的时候，我被那里的一切给吸引住了。只见那里雀鸟欢歌，草木葳蕤，黄范、乌范、酸范、公鸡范、刺梨等刺灌丛生。不时还会有个把野兔从身边窜出来惊跑而去，也会有成群的野鸡"突"的一声从离我们不远处起飞，一边"勾勾勾"地叫着，一边向对面的山航去，犹如阅兵时掠过上空的机群。

母亲在离我不远处的草丛里找新立的边界石，她左瞄右看一番后叫我："小卯，你过来。"

我听见了母亲的话，却没有答应她。我是被一株怪怪的东西吸引了呢。我看着它，轻轻地摸着它的小叶片儿，发起呆了呢。

母亲又喊我："小卯——"

"唉——"我才如梦初醒般回应母亲，并说，"妈，这是哪样？"

母亲没有继续过去看边界，而是朝我走过来，见我爱怜地摸着那叶子,说:"郁蒿。"

自此,我记住了这个名字:郁蒿。不过我当时并不知道这名字是怎么写的,直到以后的很长一段时间我都以为这株怪怪的东西是叫"夜蒿"。

我当时以为郁蒿就是蒿枝中的一种,与我们常见的米蒿、青蒿等一样,属于草类,可以喂猪、喂牛。

后来母亲带我去那里挖生地、种小米、摘小米,以及再后来我赶牛到那里去放,我都常常会有意无意地去看它。它越来越高、越来越大了,俨然成了一棵小树的模样。这时我断定它不是那种属于草类的蒿枝,就更加注意起它来了。

它的叶子呈椭圆形,比槐树叶子细长,但也像槐树叶子一样整齐有序地排在叶柄延伸出来的一端两侧。叶柄长在新长出来的青绿色树干上,很是有个性,不像周边的其他树。

只是我觉得它长得比周边的泡桐、梓木、角角楸、樱桃等其他树都慢。就想:既然要做一棵树,为什么不长快些呢?

后来我识得了一些字,就常常琢磨它的名字是怎么写的。我先知道那个"蒿"字是草字头,同时结合起课堂上学习到的"虚心"和"骄傲"两个词,就暗暗地对它生出了一些敬意,认为它很谦虚,名字里就带个速朽草类的"蒿"字。但我还不知道它名字中的第一个字是怎么写的。问大人吧,很多大人是连自己的名字都不会写的。父亲可能知道怎么写,他又常常不和我一起,和我一起的时候我又想不起来问他。

我干脆拿字典来查，不知道怎么写，母亲说的读音又未必准确。怎么查呢？

我把声母是 y 韵母是 i 或 e 的字都挨个地读了一遍，结合着它呈现在我大脑里的模样，哪一个字也不适合用在它的身上。

后来我学到了"忧郁"这个词，不知怎的，一下子就觉得它名字的第一个字一定就是这个"郁"字。

我再到它身边时，仔细地看它，它的确有些忧忧郁郁的样儿。我就会轻轻地抚摸着它的叶柄儿，呵护着它的叶面儿，问它："你忧郁什么？怎么整天有些闷闷不乐的样儿呢？"

抚摸过它后，我把手放在鼻孔前嗅，手上会有一种清香——那是它给我的回赠。

一阵风吹来，它的叶面上荡漾出了浅浅的笑容，回击了我的问话。我无语了，只是风一过，它马上又回归到了忧郁的模样。

我远远地站在它的身旁，想：它哪里来的那么多忧郁呢？想不明白。我干脆坐到离它不太远的一墩大石头上，适时地看着它，思索：为什么不高兴起来呢？像有风来的时候一样，乐呵呵地绽出笑容来，多好。

在一次一次地这样看它，久久思索的时候，一天，我突然向自己发问：能不忧郁吗？随即又对自己说：你看！便仔仔细细地打量起它的四周来。

它的身边，没有树，离它最近的一棵树大约有四五十米远。

而那棵树与那些离它更远的树组成了一片大森林,不与它为伍。

那些树都是长在泥土上,脚下有深厚肥沃的泥土。

那些树都有长着与自己同样肤色的树皮和同样叶子的同伴在身边。

而它,这棵郁蒿树,脚下是牢固地伸入山中的石头,腿脚就伸展在那没有多宽的石壕缝中,只有一点儿紧巴巴的黑土。

身边呢,除了一些茅草和杂草外,就是公鸡范、酸范、红籽等刺型植物。要说再长得起眼一些的,那就是马桑树和羊舌条——两种都是长不了米把高就弯腰驼背地弓下了身子的柴型植物。对,还有杨花柴是始终挺着腰杆长的。不过这杨花柴总是喜欢拖家带口地长,所以也总是长不粗壮和长不太高,总是长着长着就被割砍了,或者自己就干枯了,结束了一生。

我放牛的时候,常常会带着一本书去看。那天,我坐在离它不远的一墩较高处石头上看书,天空晴朗,也时不时地有白云飘过,远处盘江两岸,正有朵朵的白云在慢慢地游动,在伺机爬到天上去,江里还有白云在蒸腾起来。

我的眼睛和心灵在书本、白云和那棵郁蒿树之间走走停停地切换、游荡。

那郁蒿树则不时地朝我翻着片片的小叶子忽闪忽闪的。那哪里是叶子,那分明是眼睛,是它在向我挤眉弄眼呢。看,它这是在嘲笑我不好好读书呢。

我明白了它的意思,忙埋头专心地读起书来,它也欣欣了起来。一阵微风过后，它停止了欢笑，只默默地伴我阅读着。当我正沉浸着不知是在思索还是在打盹儿的时候，忽地一阵风，它的叶子抚摸到了我的脸，我顿时想起奶奶在高兴的时候用手轻抚我脸蛋的样子。这时候，奶奶常会说："好好读书吧，有了知识文化，长大了可以去很远的地方。"郁蒿树分明就是听了奶奶的话而在学着我的模样。

天快黑了，牛吃饱了，我合起书给牛戴上嘴笼回家，它默默地注视着我，目送着我，好似在说："明天再见！"接着又一阵小风，它又微微地荡起叶子，笑了起来，送行的目光里饱含着期待。

一天天如此，一年年这样，我简直忘记了它名字中的"郁"而认为应是"悦"了。在它的悦伴里，我读了厚厚薄薄的几十本书。有的甚至读过了若干遍，用母亲的话说，书都读成了像油炒过的一样。

我上初中了，因要上晚自习而很多时候住在离学校近的镇里（当时叫乡，是以前的区府驻地和公社），放牛的事交给了弟弟们，我很少到打磨子去了。

一个假日，母亲问我能不能去放一天牛，我突地想起了那棵郁蒿树，欣然答应了母亲，饭后便赶着牛往打磨子去了。见了那棵郁蒿树，我有些惊讶：它已经长得有两层楼的房屋那么高了，树干也有了碗口那么粗，枝丫上的叶虽不是很多，却也嫩绿着，郁郁葱葱的样儿。很明显，它已经进入了青壮年时期。

只是看不出了它的那些欢悦，从它身上读出的仍然是一种忧郁感。你忧郁什么呢？我心里对它发问后看着四周的山，进而感到它是在想要走出这山里，但又不知如何走出或者担心走不出去。

尽管忧郁，它还是在生长着，努力地生长着。而且给我的感觉是，在没有人陪伴的时候，它更是在加倍地努力。

回到家后我对父母说起那棵郁蒿树，父亲说："等再长几年，砍来做张犁头，郁蒿树做犁头好。"

我说："那多可惜啊？我长这么大就看到过一棵那种树。"心里却想：那太残忍了吧。

再一天我又去打磨子放牛，带了书去却没有看，只是在郁蒿树旁坐着，借助它的叶子遮住太阳，陪它坐着。似乎浮想联翩地想了许多东西，又似乎什么也没有想。直到午后很久，我仰望西边即将落山的夕阳，又看着它，说："我爹说要拿你做犁头。"郁蒿树不知是否听见，或者是听见了但没有听懂，一点儿也不惊讶，一点儿反应也没有。

那天它一直是默默的，忧郁郁的，像我一样。或许也在浮想联翩地沉思些什么。

高中是在县城上的，县城离家有一百多里的路程，交通又远不如现在方便。三年时间，我一直没有去看望那棵郁蒿树，甚至没有去过打磨子。

高中毕业后，我要赴京之前，特意去把我少年的足迹都尽可能地走一遍。当然也特意地去了一趟打磨子,特意去看了看那棵郁蒿树。

它的皮肤已经长成了深色,远远看去接近炭黑。枝叶茂密,像黄山的迎客松一样远远地伸出手来,摇摇晃晃地以一种欢欣鼓舞迎远客的姿态迎接着我。

走到跟前,只听一片"叽叽喳喳",原来它还请来了一支"乐队"在为我演奏。只见那枝条上、树丫上全是些连蹦带跳的小鸟。它们格外地兴奋,嘴里滔滔不绝,有的嘻嘻哈哈地嬉笑逗趣着,脚下不停地移动和跳动,翅膀也不时地小扇起来,牵起翩翩的舞姿。

我陪它坐了一会儿,只见它皮肤明显变得粗糙了、皲裂了。可见这几年,它是何等的辛劳!这是为什么呢?仅仅几年时间,它就长得这么的粗壮,树干都快有脸盆口粗了。它何以要这么用功呢?

直坐到傍晚时分,小鸟们送了我些米粒般的"礼物"而纷纷离去,我才起身回家。

几年后我回老家,在父母亲堆放农具的小屋里见到两张犁头。父亲很得意地告诉我,那都是郁蒿树的,是砍了打磨子那棵郁蒿树请匠人来做的。一共做了四张,还有两张卖了。这两张够用两辈人。

我高兴地应了父亲后久久无语,只想着那棵郁蒿树。莫非,这就是它的出路?或者说,这就是它当初的梦想?难怪当我告诉它父亲要砍它来做犁头后，它似乎格外兴奋，长得也很快呢。这时我想，或许它不是叫郁蒿树，也不叫悦蒿树，而是叫"义蒿树"。

一晃二十余年过去了，去年我和妻回老家，八十岁的父亲已早就不耕种田地了。母亲带着我和妻到山上转转。打磨子已成为一片茂密的森林，除那条拴腰而过的小路因有人做农活而时常走着外，其他地方已无处可以下脚。我特意向长过那棵郁蒿树的地方望去，那里已长出了好几棵树，树都不大，但都是那片森林中的成员。从它们身上看不出半点儿忧郁的样子。它们也都不是郁蒿树，当然也不会是义蒿树。

回到家，我走进父母堆放农具的小屋。房子已经翻盖过，小屋已经变得干净整洁了，也明亮了很多，大多农具都还在，仿佛以一种似熟非熟的微笑注视着我，生怕我对它们指指点点，或者将它们乱扔一气。然而我没有，我只用目光扫视，在它们中慢慢地来回寻找着……我没有找到那两张犁头。

我纳闷着回到父亲身边，父亲正在往一只新洗干净的杯子里倒他熬制的大罐茶。他把满上茶的杯子递给我后慢慢地坐到小桌边的凳子上，看着我。我问他那两张犁头怎么不见了。他许是觉得奇怪，我为什么会问犁头的事呢，或者是以为自己听错了，眼睛注视着我，好久以后才以问作答："犁头哦？"我说："啊。"

父亲立刻振作了起来："那两张犁头，有一次有两个人过路遇到下雨，我让他们进屋躲躲，他们进屋来看到了就说要买，我想反正放着也没什么用，我耕不动了，你们也不耕田，就卖给了他们一张，还有一张我怕别人惦记着，就让汉位藏起来了，将来给小下的做个纪念。"

汉位是我的二弟，为陪伴父母而在离家不远的镇上开了个门窗店，要晚点儿才回来。

我说："现在都用机械耕种了，他们买去做什么呢？"

父亲兴奋起来了："做什么？他们说要拿去收藏，拿到大城市去展览喽。"看着父亲脸上洋溢着的得意感，我品味出了"幸福感"三个字的含义，思绪像那江岸的游云一样朵朵地蒸腾起来，去追寻那张被人买走的犁头。

它或许正驻扎在哪家的藏宝屋里，或许正在开往大城市的列车上，兴许还乘坐了动车、高铁乃至飞机，或许正在哪个博物馆或者展览馆里展现着，有一群群的观众围观。

我是一个爱逛博物馆和展会的人，或许哪一天，我会在北京、上海、西安或者其他某个城市的博物馆或者展会上与那张犁头相遇：我欣喜地看望着它，直到看出它在打磨子时用"小手"轻抚着我、朝我甜笑的模样；它默默地注视着我，直到注视出我在打磨子放牛，携书在它身边看、陪伴它的时光。

选自《生态文化》2023年第4期

在那百花盛开的草原上

艾平

中国作家协会会员,作品多发于《人民文学》《文汇报》等报刊,出版《聆听草原》等9部散文集,多篇散文入选各种选刊和教材,《草原生灵笔记》《隐于辽阔的时光》获得第七届、八届鲁迅文学奖提名。

朋友，这一切就发生在你眼前的草原上，遗憾的是你作为一个旅游者很难看到。

你在百花盛开的呼伦贝尔大草原上漫步，眼前是一望无际的绿色海洋，每一株草都在奉献花朵，那摇曳的繁花，犹如漂浮在海面上的星星，五光十色，熠熠楚楚，每当风儿吹过，她们便翩然起舞，一闪一闪地把阳光撞成叮咚响的琴弦。此时你会想起很多歌儿——"在那百花盛开的草原上，肥壮的牛羊像彩云飘荡……""羊群驮来六月雪，马群奔腾起波澜，啊哈啊哈呵，花儿像火团……"你沉醉在久违的诗和远方里，你的眼里是辽阔，你的心里是唯美，你情不自禁，飞跑着去拥抱那些赤橙黄绿青蓝紫的野花，便以为亲近了草原。

你亲吻着芳香四溢的野花，欣赏着她们浓妆淡抹的妩媚，端详着她们仪态万方的婀娜。你把一种又一种的野花逐一拍照，然后使用花草识别软件，叫出了这些花的名字，也知晓了这些花的习性——淡雅的薄荷花，多年生芳香草本植物，微紫色，像一团绒球似的被茎秆串起来，生在水边草甸，放在嘴里嚼嚼，微辣，蒙医用以清热止痛，中医用来疏散风热；最能够点染草原的该属红彤彤的萨日朗花了，这种百合科植物，可谓不鸣则已一鸣惊人，在她们没有绽放的时刻，你只有使用微距寻觅，才能够发现她们，不知道是哪个画家用红和绿给她们调成了暗色的衣裳，更不知道是哪个孩童，笨拙地把这蓓蕾捏成了丑丑的子弹状，缘于低调的好处，萨日朗的蓓蕾躲过了风，躲过了鸟，总是在湿漉漉的清晨完美盛放，只见她们反卷起玲珑的花瓣，以小红灯笼的样貌，弥漫了山坡、林原和草甸，也许这萨日朗觉得自己的美丽，还不足以报答赐予她生命的长生天，于是她用千百年的时间，慢慢地告诉了蒙医和中医，清热解毒，养阴润肺，是自己的长项……还有，小黄花菜，就是那种在内地人嘴里叫作萱草的喇叭状鹅黄色花朵。从姿色的角度看，小黄花菜和萨日朗、赤芍、野玫瑰、狼毒花可以说是草原花海中最耀眼的仙女，而这小黄花菜的非凡之处，还在于她的秀色可餐，既是一道草原上的家常菜，可凉拌、可烹炒、可做馅，又是一种味甘性良的原生态草药，被中医用于利尿养肝，被蒙医用于清热解毒、愈伤止咳；还有，吊钟样的蒙古黄芪花，白玉盏一样的玉竹花，给干旱草甸铺上一层莫兰迪纱巾的马蔺花，黄翡蕊宝石蓝叶的阿尔泰狗娃花，一串串琥珀吊坠般的蒙古黄芩花……镜头徐徐推进，你发现草原花荟萃成海，每一种花都精美绝伦，别开生面。

于是你久久地徜徉在草原的花海里，沐风闻香，看不够——蓝蓝的天空飘着那白云，白云的下面是那雪白的羊群，羊群好像斑斑的白银……在云朵的影子里，几匹红骏马凝固了似的站在草原上睡着了，只有鬃毛微微飘动；九曲十八弯的河水倒映着天上的雄鹰和碧绿的芦苇荡，于是你把河水想象成一条缭绕在翡翠上的缎带；一头挂着铃铛的骆驼驾车而来，车上的奶桶口不时漾出一丝洁白的乳汁，一群旱獭子立在坡地上远远张望着奶车，像淑女那样双手抚胸，你特想知道它们是在朗诵还是在唱歌……大地之美，美不胜收，此时你即将结束草原之旅，如醉如痴，心满意足，止不住地面对草原放声抒怀——啊，美丽的大草原，你是花的海洋，药的宝典，你的怀抱博大如天，你的馈赠像母亲的慈爱永不干涸，总是明春再见！

且慢，亲爱的朋友，你的话虽然发自肺腑，却仅仅是浮光掠影的感受。让我来告诉你吧，草原的伟大不仅仅在于她的富庶和美丽，更重要的是，作为一幅意蕴深深的生态彩卷，草原让人类在漫长的岁月里找到了人与天地的吻合点，形成了天人合一的价值观。

我多年在草原上行走，亲眼看到的事实是，草原是很脆弱的，挖一锹，一场大风过去就成了一个小沙坑，不几年就漫延成一块沙地，你眼前如此绿意葱茏，那是千千万万的草彼此在地下根连着根，在地上手挽着手，编织造就的天衣无缝，草原上的每一棵草都不可或缺。

是的，草原上的草如烟波浩渺，俯拾皆是，每一棵草都平凡渺小，于是人类往往无意中轻视了她们，看看人类的习惯用语吧——无名小草，衰草、寸草、草芥、草菅、草草、草创，当然，我们也有"离离原上草"，也有"疾风知劲草"，也有"野火烧不尽，春风吹又生"，然而，谁见过和草相依为命的人对草的认识登上过文书典籍？自古以来，人类逐水草而游牧，就像婴儿一样依偎在草原的胸前，靠草的给予繁衍生息，所以牧人从来不会自以为草原的主人，深知绝不可以在草原上肆意获取，乃至竭泽而渔。

亲爱的朋友，当你观赏过了风景，请跟我来。让我们像一个小学生那样去聆听草原的记忆。

我在林草结合部的撒欢牧场采访，牧场主人赵红松妈妈在我临走时装了一包柴胡草给我，让我平日沏水喝，说柴胡水是他们家每天的饮品。牧场的饮食，无肉不欢，无酒不欢，这里的农人和牧民，年年岁岁依赖山野草药养生。回到家中，我百度了一下柴胡。百度上说，柴胡为《中华人民共和国药典》收录的草药，有和解表里、疏肝升阳之功效，药用部位为柴胡的干燥根。那么，在柴胡遍地的草原森林交错带，人们为什么不选择使用药典提示的柴胡干燥根呢？后来我翻书，看到一个信息——在蒙药中，龙胆的药用部位为其花，在中药中龙胆的药用部位为干燥根。这个现象让我十分好奇，便继续翻书，得知同一种草药，往往中医和蒙医都使用，但是蒙医一般使用其地上部分，中医则大都使用地下部分。使用瞿麦是这样，使用北乌头是这样，对蒙古栎的使用更为典型，中医在春秋两季剥取树皮、夏秋季摘树叶入药，而蒙医只是在秋季果实成熟后采摘入药。后来看了草原专家刘书润的访谈，佐证了我的认知。他说"像黄芪、甘草、黄芩都是挖根，蒙医是不肯用的，牧民用蒙药，都是用地上的部分"。我想，不论游牧文化中以植物之根为草原命根的理念，还是农耕文化中"为国之数，务在垦草"

的理念，对于原初的人类生存都有着生死攸关的意义。

正所谓生态决定生存，生存决定历史，历史孕育文化，文化不可以一夜打造而成，就像风霜雪雨中的大树一样，唯有饱经沧桑，才会历久弥新。当初为什么会有成吉思汗《大札撒》行为法的第五十六条——"保护草原。草绿后挖坑致使草原被损坏的，失火致使草原被烧的，对全家处死刑。"如此严酷的法令？皆因人类知道只有草原可以给他们牛羊，只有河水能够给他们乳汁，只有森林能给他们猎物，这样的记忆渐渐变成了血液，变成了智慧，变成了铭心刻骨的理念。

遥远的记忆，依然在绿野长风之中栩栩如生。

一个四月天，阳光普照草原，残冰变成了一洼一洼的清水，旧年的衰草像小狗的胎毛一般绒软软地铺在地上，每一棵小草的根部都透出淡淡的新绿，到处弥漫着清冽的暖意。我想这天气正适合在阳坡上放牧接羔，牧民们应该都在那里。当我驱车走近道尔吉弟弟的牧场时，竟然没有见到预想的那种喧闹。草原显得有些空空荡荡，地平线上只有蒙古包和那个醒目的大草垛，上面有个人正挥舞着一把长齿草叉子一捆一捆地往下卸草，正是道尔吉弟弟。道尔吉虽然挺年轻，但从他父亲手里接过这片牧场已经十年有余，用他自己的话说，也是个老牧民了。我是在一次那达慕大会上认识他的，当时他正手捧奖状从主席台上下来。他得到旗里的嘉奖，不是因为赛马得了第一，也不是因为摔跤拿了冠军，而是因为他家的羊肉在一个展销会上获得了最大的订单，给呼伦贝尔草原增了光。我说：为啥你们家的羊肉那么好吃呢，你有什么妙招？他的话很少——听阿爸的话，少养呗。我理解，他的意思就是不能在有限的草场上超载养羊。如果草原百草充裕，羊儿会根据自己身体的指令，在不同时节，选择不同的草吃，因此营养均衡，羊儿终日饱食，就不会啃食草根，草原上便始终有各种各样的草在长，各种各样的花在开，各种各样油汪汪的草籽在成熟，那么产出的羊肉自然是营养丰富、肥而不腻、让人齿颊留香的了。道尔吉的牧羊经验，来自他的阿爸。阿爸走了，他留下的草原在儿子手里永续年年。

见到我的车，道尔吉从草垛上下来了，他满头大汗，一脸笑容，心情不错。我问他，不是刚刚接完羊羔吗，羊妈妈需要牧草，羊宝宝需要奶水，你怎么能把它们整日关在圈里呢？

他说每年这个季节他家都要休牧，因为草地一放绿，吃了一冬天干草的羊对嫩草的气味非常敏感，这时候把羊放出去，它们会使劲啃食刚刚长出来的草心，草就没法儿再长了。休牧到五月下旬，草长到半尺来高，营养也丰富，就不怕羊啃了，恰好小羊羔也已经学会了吃草，这时把羊群放出去，正值水草丰美，恰到好处。休牧圈养，每天投草喂养，定时给羊饮水，人是辛苦点儿，但是到了入冬羊出栏的时候，看看膘肥体壮的羊，就知道春天的辛苦值得了。

我说大姐给你点个赞吧，你是响应政府号召积极休牧的模范。道尔吉说，政府号召在后，阿爸留下的习惯在前，政府是根据草原的规律，总结传统游牧的经验，出台了草原春季休牧政策的。

　　三伏天快过去了，我又一次来到道尔吉的牧场。天气见凉，早晨草尖上出现了凝结的露珠，很多家牧民开始打草了。草原这个季节常常秋雨连绵，随时有可能下霜，长了一个春夏的牧草有可能被泡在水里，说不定还会被冻在地上。谁都知道储存牧草对于牧民的生计有多么重要，但是道尔吉说，再挺两天，再挺两天，让草籽落一落……我说，要是下雨怎么办？道尔吉抬头看看天、看看地，不吱声。他说看见鼢鼠出洞囤草籽，看见绿头鸭钻进草丛里不抬头地吃，就开动打草机。在他家七千亩的草场上，我们用直升机看他开着拖拉机打草，感觉像在写一卷书、画一幅画——每隔三百米，就会留下一条十米宽的草籽带，不刈草，让草自然衰枯，为了不伤草根，他打草时不贴地皮，刻意留下七厘米高的草茬子。只见他留下的草籽带呈现一条浓墨重彩的黑绿，而他身后割过草的地方就像一幅灰绿色的天鹅绒，草原每个季节都有博大的美。阳光之下，草场上道尔吉收获的一个又一个大草捆，排成队一直延伸到天边的云里，就像书中的标点，也像印象派画家修拉的点彩。转年春天你再看他的牧场吧，一场春雨，打过草的地方茵茵碧绿，没打过草的草籽带金黄透绿，那些随风而去的草籽，在四面八方绿了个无边无际。我的兄弟牧民道尔吉，他每做一件事的时候，心里时时刻刻装着未来的春天。

远方而来的朋友啊，此时此刻，你为什么陷入沉思？

在你即将离开草原的时候，我还要带你到草原非物质文化遗产博物馆，看一件牧民的衣服。

这是一件额吉的额吉留下的蒙古袍，白茬的皮面在岁月的剥蚀中已经枯黄，朱红色的玛瑙扣子已经残裂累累，袍子的裙袂失去了大半，那是马镫和草尖长期磨划的结果。在这件来自岁月深处的蒙古袍胸襟上，有用三种颜色——蓝色、黑色、红色镶嵌的横条图案特别醒目。这些色彩在你眼前闪耀，亘古如初。仿佛是谁从远去的时光里跳出来跟你说话。

一个笑眯眯的解说员出现了，白皙端庄，谈吐不俗。她是鄂温克牧民的女儿，身上的蒙古袍是高级织锦缎的，典雅又华丽，和博物馆温暖的灯光十分匹配，在她的胸襟上我们又看见了由蓝色、黑色、红色组成的三道横条图案。

解说员姑娘告诉我们，蓝色代表天空，黑色代表大地，红色代表火。古老的游牧民族就是这样把对大自然的敬畏和崇拜带在身上、放在心中，赶着牛羊，唱着牧歌，穿过霜天雪雨，穿过历史，走进了崭新的生活。

这一切都发生在百花盛开的草原上。亲爱的朋友，如果你能了解，便是不虚此行。

选自《美文·青春阅读》2023年第6期

失散的鱼会重逢

傅菲

当代散文家，资深田野调查者，专注于乡村和自然领域的散文写作，出版散文集《深山已晚》《元灯长歌》等三十余部。曾获三毛散文奖、百花文学奖、江西省文学艺术奖，及《北京文学》《山西文学》等多家刊物年度奖。

2月26日，午饭后，从凤凰湖野游回来，途经红山桥，我对纪荣富老师说：看看河里有没有鱼？

纪荣富老师说：你还有这样的好奇心？

我嘿嘿地笑，伏在栏杆上，看着桥下的河面。这是一座多年老桥，有四孔圆拱，距河面十余米高。我恐高，不敢直起身子，便斜伏着栏杆。栏杆长了厚厚的苔藓，蚂蚁像个棺夫一样抬着死虫横着慢爬。暖阳有些猛烈，正当空照，河水白花花翻卷。其实，河水并不汹涌，且清浅，露出了砾石滩，水跃过凹形砾石，显得湍急，溅起层叠的水花。水是一层层摊下来的，冲出水窝。水窝黑黑，闪着一道道白光。

黑黑的东西拥挤着，在动，看起来，是一丛狐尾藻。狐尾藻被水荡着，像被风吹动的长裙。砾石滩把河水分出两条水道，有八丛这样的狐尾藻。我仔细看，那不是狐尾藻，而是鱼群。这么多的野生鱼，聚集在一起，我还是第一次见识。我估摸了一下，一个鱼群至少有三百尾鱼。鱼翻一下身，便闪出一道白光。

鱼太多了。我惊叫了起来。

纪荣富老师俯身看另一侧河边，也惊呼：河里全是鱼，乌黑黑。

这是什么鱼？纪荣富老师问我。

不是鲩鱼，不是鲫鱼，不是鲤鱼。不知道是什么鱼。我说。

鱼是巴掌大，白腹黑脊，从体形上看，是麦鱼。我又说。

不知道什么是麦鱼。纪荣富老师说。

麦鱼是土名,学名叫圆吻鲴。还不确定是不是麦鱼。我说。

河里这么多鱼,怎么没人钓鱼、捞鱼呢?鱼是从哪里游上来的呢?一个下午,我都在心里嘀咕这个事。这截河段,我三五天就沿着河岸走一次。河滩上站着高高的芦苇和白茅,岸坡上被乡人种了时蔬。大批的树鹊、乌鸫、白头鸭在桥头的乔木林夜宿。南岸有一片荒园,残瓦断砖遍地,一棵苍老的冬青在荒园中央被密密的芒草包围,倒塌的瓜架爬满了劳豆藤。入荒园处,两棵百年古樟枝丫斜倾而出,覆盖了离乡人的记忆。

第二天早晨,我去了集市的渔具店,买了一根路亚、一瓶918饵料、两盒红蚯蚓、一板小鱼钩、一个鱼篓,花费290元。沿着埠头下了桥,理了渔具,站在石块上钓鱼。鱼线抛出去,坠子缓缓下沉,鱼线顺水下滑,浮标下沉又浮上来,我滑动轮子收线。滑了三转轮子,收不动了。我抖抖鱼竿,鱼钩挂住石头了。顺了顺,绷紧鱼线拉了拉,还是收不了线。水底无沙,全是石块。

砾石不是圆石,有挫裂的棱角,很容易挂钩。我走到下游,顺流收杆,猛拉一下,鱼线断了。坠是锡,圆柱状,嵌入棱角,如钉入木。我剥下衣服的拉链扣,穿在鱼线上作为坠子,抛竿钓鱼。饵料是蚯蚓,抛了五竿,也没鱼吃。我又换918饵料,抛了五竿,还是没有鱼吃。鱼就在脚边,密密麻麻,可就是不吃钩。每次抛竿,都抛在激流处,是不是斗水的鱼不吃食呢?

往上游走了二十余米，把竿抛到河中间的静水处，让钩完全沉下去，不动它。钩沉了十几分钟，浮标也不动，倒立着悬浮。我把鱼竿插在地上，赤脚下水。水不冻脚。鱼在水底翻拱，拱起脏脏的泥浆水。

收了鱼竿，细细地看着游鱼。这是什么鱼？鱼怎么不吃饵料呢？在约五百米长的河段间，数万尾鱼在摆尾、斗水而上。鱼是同一类鱼，体长相当。它们在河堤是孵卵还是吃食呢？

淡水鱼在草丛孵卵，在石缝孵卵，或在甲壳动物体内孵卵，不太可能在河堤孵卵，那样的话，卵会被水冲走，被鱼所食。那么它们就是在吃食。它们在拱食，翻出白白的鱼腹，闪电一样在云缝忽闪忽闪。

河叫泊水河，西出大茅山山脉东部的泊山，向西九曲而去。两岸群山绵绵，层层叠峦，陡峭壁立，形成幽深绵长的河谷。自新营镇而西，群山合围，有了开阔的盆地，河也壮阔。红山桥横跨在盆地的入口。吃了午饭，我又去河边。河水暴涨，水浪推着水浪。上游水坝，泻出数丈之高的瀑布，哗哗哗，震耳欲聋。水坝在放水。

水坝南边坝头有一栋闸房，房底下有约十米宽的泄洪道，水冲击出来，轰轰隆隆。提着渔具，我快速跑过去，抽出路亚，挂钩上饵，抛出鱼线。鱼线嘶嘶嘶，坠子落入急浪，转动轮子收线，饵标在激浪上滑动，竿头突然下弯下垂，手感很重。我抬高手腕，抖动竿头，绷紧鱼线，慢慢收线、拉紧，一条鱼身长长、鱼头尖尖的白鳞鱼跃出了水面。是一条翘嘴巴。翘嘴巴即翘嘴鲌，生活在中上水层，浪越急越搏水，吃浮游生物，吃小鱼小虾，吃蛙类昆虫，吃软体动物和动物内脏。翘嘴巴跃起，又沉下水，尾鳍扬起水花。越拉它，越沉下去。我突然打开滑轮，翘嘴巴拽着鱼钩忽溜溜跑，溜出十余米之远。我又收鱼线，慢慢收紧，绷直竿头，再打开滑轮，翘嘴巴沉下水。我拽它，回拉。

收了鱼，又放了它。它几个摆尾，消失在浪涛之中。

钓了两个多小时，收了竿，渔获八条翘嘴巴，1斤～4斤不等。乌黑黑的鱼群不见了。水太急太深，鱼藏在我看不见的水底。

过了三天，中午，我又去钓鱼。浅水激流。鱼在水窝挤挨着斗水。我放下了渔具，看着它们戏水。一个站在桥上看鱼的人，对我喊：鱼好多啊，你怎么不钓啊。他的声音很大，还比画着。

我数了9个鱼窝，一窝鱼，约有80～190尾。桥洞下，水回旋，形成了潭，潭底黑黑一片。初春，是鱼孵卵的季节，有的鱼从大湖洄游上来，回到支流的上游，择滩、择草产卵。鲩鱼、鲤鱼、鳙鱼、鳜鱼、鲫鱼等，在早春洄游，逐水草而栖，繁衍生息。鱼在洄游的时候，结群。它们是以什么方式结群呢？不得而知。天鹅以家族方式结群，黄腹角雉以种群方式结群。

一个妇人用筲箕抱来蒌蒿，在石埠上清洗。蒌蒿幼嫩，芽叶尖尖。河边、田边、菜地边，春雨催发蒌蒿幼芽，一蓬蓬一蓬蓬，伏地而生。在惊蛰前后，乡人剪了蒌蒿做清团。妇人见我一副对鱼无计可施的样子，说：笤箕给你用，可以捉好多鱼上来。

我说：看鱼，不捉鱼。笤箕确实是一种很适合捉鱼的器物。石块拦截河水，留一个出口，笤箕固定在出水口，在前面以木棍或竹稍赶鱼，鱼就落在笤箕里，直接端上岸。很多日常的东西，都可以作为捉鱼的工具，如草席、竹片、塑料桶等。

但我确实很想钓一条鱼上来，看看密集在河里的，是什么鱼。

水坝之下，有一块一千余平方米的砾石滩。石滩凹凸不平，有很多槽沟。河水上涨，石滩被淹没。世界上，所有的河流都一样，很少上涨。沿河面而飞的白鹭，落在石滩上歇脚。我挨着山边无可行走的小路，去石滩。

许多白鹡鸰，在石滩飞飞停停，唧唧叫。它们在找小鱼吃。石滩有三个锅状的水洼，齐腰深。昨天放闸，鱼游了上来，关闸，水急速退去，潜在石洞里的鱼来不及退水，留在了水洼。鱼闪着白腹翻动。水洼有鲫鱼、鲤鱼、马口，还有那种我尚未认知的鱼。在水坝之下，有一条长四十余米的水坑，深不见底。水底白闪闪。

把鱼篓沉在水洼。水漫漫渗入篓底，漫上来，在篓底沉一块石头，水没了篓腰，没了篓颈脖，左摆右晃，沉入了水底。

我抓住篓绳，坐在石墩上晒太阳。阳光葵花黄，石滩苍白色，矮山冈的阔叶林苍郁。樟树、柞裂槭、香椿、甜槠贪婪地吸着阳光，幼叶齐刷刷地长了出来。树，一刻不停地刷着山冈，一遍遍地刷，刷一遍绿一遍。绿越来越深，凝结了，酝酿出油汁汪汪的墨绿。山川的颜色是阳光和时间酿造出来的。这是大自然伟大、生动的叙事。

篓里有一条巴掌大的鱼了，我提了上来。水从篓底漏下去，水啪啦啪啦，打在洼面。水里的鱼四处乱窜。是一条圆吻鲴。圆吻鲴以尾鳍的颜色区分，分青尾、黄尾。这条是青尾。

圆吻鲴体侧扁、略长，头部尖圆而小，脊黑，吻圆钝突出，鱼鳞细白，腹部银白。在南方，圆吻鲴是常见的淡水鱼。因其肉质绵实，鱼刺绵密，汤汁寡鲜，无人食用，却深受垂钓者喜爱。圆吻鲴是击水者，韧性极强，在水中挣扎，可产生超出体重30倍的力度，给垂钓者沉实的手感。出水面，约十分钟，圆吻鲴便会死去。它是耐氧性极低的鱼类。

这是一种特别的鱼，结群栖息于河石杂乱的河道，在0.5～1.5米深的水域活动，虽杂食，尤喜丝状硅藻、蓝藻、绿藻等藻类，以及腐殖物。红山桥下，河床就是一块巨大的砾石滩，藻类、浮游生物以及腐殖物，极其丰富。

泊水河不是一条多鱼的河。夏秋的傍晚，我常去河边散步，也看乡人钓鱼。钓上来的鱼，大多是鲫鱼、马口、黄颡、白鲦，鲤鱼和鲩鱼很少见。早春，河里有了那么多的圆吻鲴，为什么呢？

一日，河边有老人钓鱼，我看他钓鱼。他捻着饵团，鱼钩挂一下饵料，捏实捏圆，抛在深水处。我说：你这是钓鲫鱼、马口吧。

老人身材高大，腰身笔挺，鱼线抛得又直又远。他说：这里的马口有筷子长，很少有这么大的马口。

我提起他浸在水中的网兜，抖了抖。网兜里有九条马口、三条鲫鱼。马口胖乎乎，在蹦跶。我说：你怎么不钓圆吻鲴呢？

什么圆吻鲴？老人说。

就是翻白身的那种鱼。我指了指水底下的鱼群说。

哦，青尾鱼。青尾过了清明，才咬钩。老人说。

你对这河里的鱼熟悉。你知道在什么时间钓什么鱼。我说。

我十五岁钓鱼，钓龄五十七年。老人说。

这么多青尾，是什么时间聚集在这里的？我问。

桃花开了，会下几场春雨，河里有了桃花汛。鱼赶汛。鱼比人更守节律。老人说。

你要看青尾，去泄洪口，那里有一个深潭，鱼一团一团，多得触目惊心。老人又说。钓鱼人不会多话。据说，鱼可以听懂人在说什么。2019年9月，在鄱阳，当地人这样对我说。当地人说，鄱阳湖有一个渔民，捕鱼从不带网，也不带其他渔具，他坐在船上，脸浸入湖水，在水里叽里咕噜说话，鱼就直接跳上船。这就是神秘的"喊鱼"。把鱼直接喊上船。当然，我是不信的，世界上，哪有通"鱼语"的人？哪有通"人语"的鱼？

但我又信了。因为世界上有非常多的东西,是常理或科学无法解释的。人类对客观世界的认知,十分有限。人类的局限性,就是客观世界的无限性。

3月11日,我从宁都回来,去红山桥,不见了鱼群。没有鱼群的河,空空荡荡。圆吻鲴在砾石之间产卵,卵一泡泡,黏附在砾石上孵化。河中的砾石滩,是它们的产房。发桃花汛的季节,正是气温在18℃~25℃的时候,与圆吻鲴繁殖的气候条件契合。它们听从了汛期的召唤,从下游的各个角落,斗水而上,来到了河坝底下。它们在无人知道的角落生活,隐身于砾石、砂砾之间,吃藻类,吃腐殖物,吃昆虫,吃鱼卵,抑制鲤鱼、鲫鱼、鲩鱼等鱼类的繁衍。

东坡先生写《惠崇春江晚景》:

竹外桃花三两枝,春江水暖鸭先知。
蒌蒿满地芦芽短,正是河豚欲上时。

植物、动物比人更敏锐地感知了自然的脉息。圆吻鲴听到了桃花缓缓飘落的声音,听到了早春的落雨声回荡在河面。它们像一群失散多年的人,日夜兼程,逐水而上。只要有河还在浩荡,它们就会重逢。

暮春多雨。暴雨落下来,我就去看河水,看河水一毫米一毫米地上涨。雨水从荒园冲下来,从峡口溪冲下来,汤汤洋洋,翻卷着柴枝、破衣服、死野兔、落叶。水浑浊。涨了五天,河水淹没了岸边的菜地,冲走浇菜的水桶、长木勺,也冲毁了芦苇上的鸟窝。日晴,我也去看河水,河水滔滔地败退,一天下来,水恢复原位。就像古罗马大厦,建起来,需要百十年,坍塌下去,只要数分钟。

洪水把鱼送往迢迢的不明之处。像另一个无从知晓的人间。

选自《作家》2023 年第 9 期

得耳布尔

李青松

生态文学作家。长期从事生态文学研究与创作,主要代表作品有《开国林垦部长》《北京的山》《相信自然》等。曾获徐迟报告文学奖、北京文学奖、百花文学奖、呀诺达生态文学奖。

得耳布尔，是大兴安岭林区的一个小镇，隶属于内蒙古自治区呼伦贝尔市。从版图上看，它已经很靠近边境了，西边的界河就是额尔古纳河。

一

得耳布尔的情况有些特殊。在这里，先有林业局，后有小镇。也就是说，得耳布尔林业局的开发历史要早于得耳布尔建镇的历史。得耳布尔小镇是在得耳布尔林业局发展到一定程度后，才有的行政建制。当地人把得耳布尔林业局简称"得局"，把得耳布尔小镇简称"得镇"。

对于大兴安岭林区来说，得耳布尔的生态地位非常重要。大兴安岭的朋友恩和特布沁告诉我，得耳布尔这种复合型的生态系统主要有四大生态作用——大兴安岭生态功能区的重要依托，额尔古纳河流域的水源涵养区，呼伦贝尔草原的生态屏障，大兴安岭重要的物种基因库和生物多样性保护地。

当年，那些向各地延伸的铁路，哪个没有用大兴安岭林区的木材做枕木呢？那些向地下深处开掘的矿山，哪个没有用大兴安岭林区的木材做矿木呢？那时候的大兴安岭林区，真叫热闹非常，工人们也忙碌非常，铁路线上汽笛声声，一列列装满木材的火车不停地驶向各地。

在林区，说到树，无法绕开落叶松。老舍先生曾说："兴安岭上千般宝，第一应夸落叶松。"1961年，老舍来大兴安岭林区采风，盛赞落叶松的品格和精神。

在得耳布尔，乃至整个大兴安岭林区，森林的主体都是落叶松，分布面积大体占森林面积的七成，有落叶松分布的森林，又被称为"明亮的针叶林"。通常，松树属于常青树种，而落叶松绝对是个例外。落叶松喜光耐湿，夏季的松林间清爽葱郁。入秋后，一簇簇针叶迅速变黄，灿烂明媚。紧接着，变黄的针叶相约飘落，在地面累积成厚厚的"松毯"。

落叶松的球果，每颗有三十二个鳞片，每个鳞片裹着两粒种子。种子长着翅膀，御风而飞，能达百余米。风是落叶松种子的主要传播者。除此，还有松鼠、桦鼠、黑琴鸡、花尾榛鸡等野生动物，也在觅食时不经意传播落叶松的种子。在得耳布尔，越是阴坡，落叶松越是长得茂盛。落叶松品性坚韧而内敛，在秋天集中落叶是为了保存能量，以度过严寒的冬季。

与落叶松伴生的往往是白桦树。白桦树是阔叶树，在落叶松林里散落分布。在林区，我们通常看到的白桦树，往往都是以个体面貌出现，很少有成片生长的情况。让我想不到的是，在得耳布尔的卡鲁奔山上居然有成片的白桦林，而且面积很大，非常壮观。近年来，林区人还开发出了桦树汁饮料——从成年白桦树干中提取汁液，制成饮料，口感微甜微涩，涩不压甜，回甘绵润，且有一种奇异的芳香。

二

把目光投向得耳布尔小镇吧。

一座座崭新的楼房之间,体现林区风格的木刻楞建筑尚有遗存,木板条围栏也间或可见。小镇有两条主干街道,横一条,竖一条。横竖之外还有若干条,但那些算不得街道,应该归类为小巷子了。主干街道两边店铺林立,多是些饭店酒馆,以及土产山货行和日用品超市。若问当地有什么美食,连娃娃也能脱口而出——柳蒿芽炖排骨、黄花菜炒鸡蛋、老山芹包子、四叶菜馅饺子。

这里常住人口不过一万人。当年刚刚开发时,伐木人来自四面八方,有本地猎户,有转业军人,有闯关东的汉子,有刚毕业的大学生……他们怀着不同的梦想,操着不同的口音,在得耳布尔落户安家。

现年八十八岁的徐殿荣曾经是一名志愿军战士。1959年,他转业来到得耳布尔青年岭林场,成为一名林业工人。先是做运材司机助手,后来做了小工队的物资管理员,一串钥匙挂在腰间,一走路,哗哗直响。那时,考虑到家里人口多,劳力少,日子拮据,他主动要求去当伐木工。不过半年,他就成了林区里远近闻名的出色油锯手。

1991年11月,徐殿荣光荣退休。

晚辈们问他:"爷爷,你这辈子伐了多少木头啊?"

"伐了多少木头?——咦呀,没数!"他看了一眼置于墙角的那把锈迹斑斑的油锯,自言自语地说,"堆起来是一座山,放倒了是一片海!"

徐殿荣有两个愿望,一个愿望就是希望儿女们吃喝不愁,日子过得平安幸福;另一个愿望就是盼着林子快快长起来。林子大了鸟才多,林子大了,林区才像个林区。

徐崇方是林二代,徐殿荣的四儿子。1986年高中毕业时,因为林场小工队有一个接班名额,他放弃了高考,当上了采伐工。由于他头脑灵活,手脚勤快,2021年,被调到林业宾馆当经理。现在呢,担任康达岭民宿的店长。

我问他:"你父亲对你有什么影响?"

徐崇方沉思片刻,说:"他教我们怎样做一个好人。"他接着说:"他们那一辈人,肯吃苦,对林子有感情,对国家的林业事业怀着赤胆忠心。"

"我有时间的时候,会陪他去林子里转转。只要一进林子,他就兴奋,眼睛就发亮!"徐崇方说。

三

得耳布尔,因得耳布尔河而得名。

得耳布尔是宽阔的河谷之意。得耳布尔河发源于得耳布尔境内的青年岭林场,全长二百七十二公里,由东北向西南流经得耳布尔镇，以及二道河、康达岭、永青等林场，汩汩滔滔，于额尔古纳市注入额尔古纳河。

得耳布尔河的水源来自森林里的融雪和降雨，每年发生两次汛期，一曰春汛——由于积雪融化时间过于集中，地下永冻层无法渗透，导致5、6月间河水暴涨；二曰夏汛——夏季里，森林里腐殖层含水量达到饱和，加之降雨继续增多，至8月初时，夏汛暴发，河水横冲直撞，甚至发出呜呜的叫声。

得耳布尔河里鱼很多。当地朋友说，河里能叫出名字的鱼有哲罗鱼、细鳞鱼、柳根鱼、老头鱼、鲇鱼、狗鱼等。我在林区行走期间，吃过红烧哲罗鱼、酱炖细鳞鱼，还有油炸柳根鱼。哲罗鱼与细鳞鱼肉质细腻紧实，入口极香。柳根鱼个头不大，长不过一个指头，经油炸后，酥香脆爽。这几种鱼都是冷水鱼，别处很少见，但在大兴安岭林区，在得耳布尔这样的地方，却可以吃到。

须笼是林区人捕鱼的渔具。须笼是用柳条编制的，小口窄颈，腹阔而长，颈前装有柳条倒须。捕鱼时，用木壳子将河水横拦，中间留一小口，将须笼小口与之对接，鱼进入笼内，因有倒须而不得出。人们为了把鱼诱进须笼内，常常将一块骨头置于笼中。

不过，得耳布尔人更喜欢冬天凿冰眼捕鱼。有史料记载："冬则河水尽冻，厚四五尺。夜间，凿一隙如井，以火照之，鱼辄聚其下，以铁叉叉之，必得大鱼。"——那大鱼，想必是哲罗鱼吧。

凿冰眼捕鱼，也有用丝网挂的。有经验的捕鱼人往往选择水深流急的地方凿冰眼——每隔两三米凿一个冰眼，冰眼凿妥后，用长杆把丝网一个眼一个眼地穿过去布网。布网完毕，尽可回家睡觉。次日清晨，再把冰眼凿开起网，丝网上就会挂满鱼。

四

在得耳布尔，有两个卡鲁奔，一个是卡鲁奔山，一个是卡鲁奔湿地。卡鲁奔，意思是有宝藏的地方。早年间，当地的猎人在这座山上狩猎，遇雨，就到一个山洞里躲避，并拢起一堆篝火，烘烤衣服。离开时，却发现灰烬下的石块融化了，那融化了的东西又凝结成大小不一的颗粒。猎人看着那些闪亮的颗粒惊愕不已，于是，就给这座山起了一个名字——卡鲁奔。

卡鲁奔山确实是一个奇特的地方。

卡鲁奔山的东坡山腰上有一个洞，洞口阔不到一米，洞深则不可测。为何说不可测呢？因为现有测量工具都无法测到它的底通到什么地方。

山洞名曰冰凌洞。由洞名就可以看出，这个山洞并不温暖。洞口终年挂霜，寒气袭人。洞里更是如同冰窖，厚冰相叠，且有怪音回响。于是，这个冰凌洞就不免有了一些传奇的味道。

早年间，当地猎人捕到大动物，不方便弄下山去，就存放在冰凌洞里，待得耳布尔河结冰后，再用马拉爬犁运回去。伐木人作业期间，带的食物也存放在冰凌洞里保鲜。

这里更是雷电密集区域。每逢雨季，卡鲁奔山的上空常常雷声轰鸣。据当地人说，雷声是与地下的金属矿物质对应的，雷声密集的地方，一定有丰富的矿藏。

果然，后来地质勘探部门探得，这里既有铅、锌、铜等金属矿，也有黄金、白银等稀有矿藏，成矿带蜿蜒数里，矿脉深厚，面积广阔。

有宝藏的地方，就有看守宝藏的眼睛。

卡鲁奔山上耸立着一座瞭望塔，有十八米高，常年有护林员在上面值守。这里曾多次发生由雷击木引发的火情，幸亏被瞭望塔上的护林员及时发现，迅速扑救，才没有酿成大的火灾。过去，护林员在山上的生活相当艰苦，所需物资都要靠马匹驮载运上山去，生活用水则要到山下的得耳布尔河里打取。

为了解决山上护林员的吃水问题，某日，林场请来水文专家进行勘探，在卡鲁奔山北坡找到一个点位。可是，钻探设备和打井机器轰隆隆凿了七天，生生凿了八百米深，也没有凿出一滴水，大家极为沮丧。就在打井队停止操作、拆卸设备、准备次日下山的时候，有人说，再往下打一米看看情况。结果，一米下去，奇迹出现了——一股水流喷涌而出。

我在卡鲁奔山上，找到了那口井，特意留影纪念。刚要转身的时候,有人悄悄告诉我:"这口井通着得耳布尔河呢!"

"是吗?"我瞪大了惊愕的眼睛。

"喏,那就是卡鲁奔湿地。"

站在卡鲁奔山上,向南看到的得耳布尔河谷,就是卡鲁奔湿地了。

湿地,被称为地球的"肾",是一种独特的生态系统。湿地既有涵养水源和净化水质的功能,又有蓄洪防洪的功能。湿地,还是鸟类和水生生物的重要栖息地。

二十世纪,卡鲁奔湿地曾施行过"湿地改造计划"——在湿地上种落叶松、白桦树。可惜,湿地含水量大,落叶松和白桦树容易烂根,种下的落叶松和白桦树活了几年后,就大片大片枯萎了。

时间改变一切。如今,"湿地改造计划"的痕迹已经踪影皆无,取而代之的是天然生长的蒿柳、兴安柳和茂盛的小叶樟。

卡鲁奔湿地边有一处牧场,被改造成了"康达岭林场民宿"。我在那里住过一夜,被安排在一顶帐篷里。那里的夜晚安静得很,打开帐篷的小窗,可以望见天空的星星,一颗一颗,清清楚楚。渐渐地,星星就密集了,就成了星星的河了。我甚至怀疑,夜晚泛着亮光的得耳布尔河,是一些野性的、不守规矩的星星,把天上的银河掘开一个口子,悄悄溜下来造成的吧。

忽然,天上的星星一下就隐去了。星星呢?星星的河呢?起雾了,大雾遮蔽了星星,也遮蔽了星星的河。帐篷的小窗口有浓重的雾气往里涌,我明显感觉到寒意袭身。

我赶紧关上小窗,回到床上,倒头便睡。

次日清晨醒来,听到外面同行的朋友们正在议论早起看日出的情景,话语间满是兴奋之情。

我虽没有去看,但我不后悔,因为在得耳布尔,处处都有美景。

得耳布尔,森林涵养美。

得耳布尔,生态涵养传奇。

选自《人民日报》2023年10月16日第20版,

原篇名为《美丽的得耳布尔》

大漠行歌

王雪茜

中国作家协会会员,一级作家。辽宁省散文创作委员会主任。在《上海文学》《北京文学》《中国作家》等刊物发表大量散文,多次入选各种选刊和选本。出版有散文集《折叠世界》等。曾获第十一届辽宁文学奖。

沙漠迷路与日月同辉

去满深的途中我们的车掉了队。目的地塔1井似乎越来越远了。看不见任何油田的路标，手机没有信号，前面的三台车联系不上。我与同车的贵州作家陈丹玲都是第一次进沙漠，初次见到浩瀚的沙海，她不由得脱口而出，"大漠孤烟直，长河落日圆"。事实是既无人烟、更无狼烟，落日呢，更早着呢。掠过眼前的，只有或粗或细的胡杨，聚拢着身前或大或小的沙丘。交替闪过的还有开着粉红色细花的红柳、靠近路边的骆驼刺，以及枯黄错落的芦苇草格。胡雁声断，驼铃路赊，还真的是，"云山万重兮归路遐，疾风千里兮扬尘沙"。

前一天从库尔勒去轮南时，在塔里木沙漠公路边见到的青杨挺拔得令我吃惊，所有的枝叶一律紧密地向天空刺展，树身瘦削冷硬，好像随时准备出征的列兵。在西部，我见过的树大抵如此，馒头柳、圆冠榆、沙枣、槐树……可以统称为"冲天树"。而在东北，几乎所有的植物，即便是白杨，也都是枝条懒散、旁逸斜出。矿工诗人陈年喜送过我一本散文集，书名叫《活着，就是冲天一喊》。他说，再低微的骨头里，也有江河。当天我们在塔里木河附近见到的那片胡杨林，无疑是这句话最恰当的注解。

并不枝繁叶茂。有的看似枯死，没有一丝绿色，可根茎牢坚，枝干仍旧保留峭拔的样貌，苍劲有力，即便是最细瘦的弱枝也在冲天长啸。它们或如身披铠甲的武士,长矛在手,虎目炯炯;或如仰头的黄羊,奋蹄疾行;或如竖角的獐鹿,腾挪跳跃。而更多的胡杨半生半死,有的树身已枯,只在斜枝上鼓出一丛绿色;有的上下身皆已苍黄,却在树腹部刺出新枝。当地人称胡杨"三千年不死,死后三千年不倒,倒后三千年不朽",想来树同人一样,也是有气节的。

俗世显达轻如土,凛凛风骨不可欺。

此时,我们已在大漠里盲转了四五个小时。漫漫黄沙无边无际,无论哪一个方向都是同样的样貌,寂静和焦虑像一张纵横交错的大网,越收越紧。我们再也无心对窗外的风景指指点点,也不再对发现的陌生植物大呼小叫。偶尔路过的运输车喘着气呼啸而过,只留下一股决绝的黄烟。

沙漠深处的路凹凸不平,我们的身体机械地上下颠簸,耳朵里灌满了风声。更糟的是,我们的霸道车发了脾气,发出拖拉机一样的轰隆声。"可能是消音器破了。"司机小方说。小方是个新手,难免有点儿紧张无措。车里一阵沉寂,我感觉身体的某一部分像车窗外炙热的光线一样抖了起来。

"兔子!"小方低声喊道。果然,车子的左前方蹲着一只毛色青灰的野兔,直愣愣地盯着渐近的车子。

"它是有多久没见到人了?竟不知道躲车。"

"可能它连自己的同类都很难见到吧。"

是的。在沙漠腹地,别说是人,连一只鸟儿都很难见到。

第一天进沙漠参观西气东输第一站，刚过轮探 1 井时，一只全身乌黑的大鸟，从左侧的树林中飞出，越过公路，向高处的沙丘飞去。起初我以为是乌鸦，问了轮南 2 井的工程师，说是乌鸦。这让我着实吃了一惊。进疆前，我正读法国作家缪塞的小说集，在兰州转机去库尔勒值机间隙，恰巧读到小说集的最后一篇《白乌鸫》。我生活的鸭绿江口湿地是众鸟迁徙的"加油站"，鸟类资源极其丰富，却从未见过乌鸫鸟的踪迹。未料，机缘巧合，一入西部，就与乌鸫不期而遇。后来我知道，乌鸫是南疆地区常见的鸟类，它与乌鸦明显的不同处是，它的嘴是黄色的。

有时，偶然的确会巧合到令人不安的程度。如果此时遇见缪塞，我会问他，没有什么比偶然的相遇更必然的事吗？也许他会像科塔萨尔一样回答，偶然只是尚未揭晓的必然。

比如沙漠迷路，比如猝然出现的野兔，比如与乌鸫的邂逅。

远远地，终于望见一座钻塔。此时在沙漠腹地望见钻塔的心情，不亚于在埃及见到金字塔，有了钻塔，沙漠就有了心跳，就永远不会死去。沙丘上出现了两个红点儿，红点儿渐近，是两个石油人，四十多度的烈日下，一人手执一卷图纸，一人身背一捆设备，不知在探测什么。他们像当初那些在沙漠中开山辟路、建塔设站的石油人一样，在大漠中如一粒沙一样渺小，可此时在我们眼里，他们却无比伟岸，我第一次觉得生命是如此顽强而伟大，令人敬畏。

不记得哪位作家说过,读懂了沙子,就读懂了生命。我想说,读懂了生命,也就读懂了沙子。

手机有了微弱的信号,时断时续。两天的沙漠奔行,我发现,有钻塔和采油树的地方,手机才会有一点儿信号。联系上队友,让我们导航到当天的起始地哈得一联合站,与他们会合后重新向塔克拉玛干沙漠中唯一的小镇塔中进发。

车子一入柏油路面,立即停止了颠簸,心脏仿佛被柔软的绸缎轻轻拂过,久违的幸福感涌上心头。看了一眼时间:二十一点四十分。此时,视线右边的沙谷里仿佛忽然间金光漫溢,浑圆金黄的太阳渐渐靠近沙平线,视线左边的沙谷却被青灰色笼罩着,一轮与太阳同样硕大的银色圆月从云层里钻出来。在同一沙平线上,日月同辉,遥相呼应。俗世的一切烦恼刹那间烟消云散。平生第一次见到如此壮美的画面,我们惊叹不已,直觉地感到,这一定是上苍对我们沙漠迷路的额外赏赐。

车行至沙漠公路288公里处,在左侧的沙丘半山腰上,赫然出现了两行醒目的大字:只有荒凉的沙漠,没有荒凉的人生。而我,再也不觉得这不过是一句毫无温度的口号而已。

大漠水井房与李乃君的口琴

大漠行车,常常六七个小时才能到目的地。看着天山就在前方不远处,却似乎怎么也走不到山脚。司机小方说,看山走死马,真的是这样。寂静塞满了每个空隙,像正午的温度一样越升越高。一片黄沙中,除了胡杨、红柳、骆驼刺、蓼子朴、苦马豆、蓬柴草等沙漠植物,见不到寻常花草。去桑吉途中,视线意外地碰上了五颜六色的花朵,领队贴心地让我们停车休息。这些花儿种在沙漠路边的水井房前,填满了房前屋后,尽管只有蔷薇和太阳花,却色彩浓烈,开得正旺。

在塔里木,我觉得万物都竭尽全力,太阳和月亮远大于其他地方,水果的甜度值达到极致,天蓝得很不真实,云朵如同油画家随意涂抹的杰作,就连白昼都要拉长两个多小时,晚上九点半,太阳才会渐渐落下沙丘,以至于我的身体和作息竟完全适应了这种错觉,夜半三更仍不觉疲倦。

这条沙漠公路每四公里设一个水井房,抽取地下的盐碱水浇灌路边的护沙植物。之前我们也路过几个水井房,要么房门紧锁,要么只有一条拴着的狗,寂寞地眼皮都懒得抬。

我们一行人欢悦地涌向铁皮小房子。看守水井房的是一对老夫妻,六七十岁的样子。他们从老家西安来到这里工作已经九年了。房前的土台上晾着新摘下的黑枸杞,六七平方米的房间里放着两张简易单人床,一只猫卧在靠墙的床上,闭着眼睛,一动不动。床边水桶里是新摘的枸杞枝。两位老人热情地邀我们品尝枸杞,我第一次尝到新鲜的枸杞,成熟过猛的果实甜而不腻,甫一入手,便汁水横流,手指即刻被染成了青紫色。

水井房旁边是一间杂屋,摆着老人自己采摘晾晒的枸杞、肉苁蓉、锁阳、罗布麻、野西瓜等。这里离塔里木河不远,老太太每天早晨六点多出门拦车去塔河附近采摘,有时到八九点钟才能拦到车,采摘期只有短短的一个月,他们靠卖这些滋补品贴补生活。"水每两周运来一次,两桶。"老太太说。相比于老头儿的沉默,老太太的话匣子一开,便像是雨水季节塔河的水奔涌出来。大家围在老太太身边,听她介绍各种滋补品的功效,只一会儿工夫就把她的存货买空了。货架虽然空了,老太太的话却越发多了。一下子见到这么多人,她兴奋得眼睛发光。

而我,却被她种的花草吸引了。在这样人迹罕至的沙漠地带,他们弄来这么多花土,想来是颇费周折的。他们为什么背井离乡,来到这荒无人烟的沙漠,成为一个没有根的人?恐怕没有人知道。花儿们自顾自地开着,鲜有人欣赏,而让花儿落地生根,也许意味着,他们已经坦然接受了自己将落叶不归根的命运。临行时,加了老人微信,他的微信名叫大漠6号井。

每天吃过晚饭,不管多晚,我都要在周边走走,去寻找菜园子,看看油田人在沙漠里种下了什么蔬菜。在我有限的人生经历中,从没有像现在这样,如此热爱菜园子,如此珍惜每一种瓜果蔬菜。桑吉公寓、克深公寓、博大公寓,都有自己的菜园子。西瓜、甜瓜、豆角、黄瓜、南瓜、茄子、大葱、卷心菜、油麦菜、西红柿,应有尽有。他们也种玉米、向日葵、山楂、桃树。

"沙漠里色彩太单调了,我要种点儿菜。"库车负责种菜的阿布来提说。他是新疆本地人，三十岁。汉语不太熟练，腼腆老实。他挑了一个又圆又大的西红柿，塞给我。在菜园的一角，他种了成片的月季花，而库车公寓的大门外，是一片向日葵和翠菊组合而成的花海。

在沙漠里填土，种菜种花，难道不是一件令人感动的事情吗？

我不禁想起，参观库尔勒石油展览馆时，在各种岩心、钻头及各年代各式采油用具中，我的目光猝然被一支青灰色口琴吸引住了。它孤零零地躺在那些冷硬的工具中，显得另类而渺小。尽管铜身斑驳，字迹仍清晰可辨，琴身左上角刻着几个繁体字：群众超级口琴。左下角的字是：原名石人望。右下角写着中央口琴厂出品。这是一支建国初期出厂的口琴，展品备注是烈士李乃君用过的旧物。我端详着李乃君的黑白小照：短发，戴着一顶红五星棉帽，眉眼敦厚，目光平和。

我急切地在网上搜索她，却只有零星片语。1958年8月18日，依奇克里克地质勘探区遭遇山洪袭击，五名地质勘测队员遇难，其中就包括李乃君。资料显示，依奇克里克油矿位于新疆南部，属于塔里木盆地北缘、天山南麓的大涝坝区域。1958年开始钻探依奇克里克构造，依奇克里克油田是在塔里木盆地发现的第一个油田，也是塔里木石油勘探史上的第一座里程碑。李乃君当时是塔里木地质队114队队员，毕业于新疆矿业学校，时年二十岁。

当年在没有路的沙漠，女孩们是如何在生命禁区工作和生活的？没有详细记载。只说，那里地质十分复杂，陡崖壁立，水沟纵横，从驻地到工作地点，要走六七个小时，翻山越岭，跨沟爬崖，收工回来只能顺原路返回。有时她们返回较晚，遇到陡坎阻隔，只能在野外的沟底过夜，靠点燃梭梭草取暖熬到天亮。同事回忆她工作很能干，性格活泼，爱唱爱跳。

在大漠的落日下，我的眼前浮现出一个年轻的姑娘，吹着口琴，眉眼敦厚，目光平和，望向黄沙深处。有谁知道她在想些什么呢？

人迹罕至的大漠，一抹绿色可以浓情如干邑，一朵鲜花可以燃放似烈火，而一支口琴同样可以让尘土吐露出星辰的声音。

沙尘暴与一卷手绘地质剖面图

在新疆，一天经历四季，是常态。从塔中出发时，还是艳阳高照，刚过塔里木河，便见前方乌云堆积，像一群黑色的蛇四散游动，一会儿乌云又消散了。过轮南时，车前方一团浆白色尘雾由远及近，急速聚拢过来，刚刚还湛蓝的天空，完全被尘暴吞没了，雪白色的云朵亦被这一团呼啸而至的暗白色沙尘裹住了。风不大，没有想象中飞沙走石、黄沙弥漫的场面，路两边的沙尘被风的手抟成一缕缕白烟，贴着路面波纹样追着前车的尾巴飘散而去。能见度越来越低了，路两旁的植物也完全隐身在沙尘中,天地之间只有渺茫混沌的一片,仿佛鸿蒙初辟,令人一时间神思扶摇,恍惚不知身之所在,不禁自问,"吾谁与从,归彼大荒?"

不容多想,前方却又豁然开朗,沙尘暴散去,植物脱去丧服,天空和道路霎时恢复了本来的样貌,像什么也没发生过。

"沙漠里几乎每天都有一场沙尘暴。"小方说。

"我错过了什么?"从睡梦中醒来的陈丹玲一脸遗憾。

她错过的当然不仅仅是一场突如其来的沙尘暴。

老子言,飘风不终朝,骤雨不终日。孰为此者?天地。在大漠,我更深切地体会到,敬畏生命,必得要先敬畏天地。

从主干道转到伴行路,"轮台"两个字像两颗被敲落的星子,闪烁在眼前。边塞诗人岑参有两次从军西域的经历,他的"轮台诗"使轮台成为千百年来高挂在西域边关的一轮明月,有谁不会背诵他的名句,"轮台东门送君去,去时雪满天山路""轮台九月风夜吼,一川碎石大如斗"。一想到我们与岑参一样,"忽来轮台下",望着同样的边月,吹着同样的边风,便觉天涯相逢,古今同脉,必当"相见披心胸"。而边功已竟,吹角已熄,都护府旧址已成宾馆,龟兹小镇商贾熙攘。白驹过隙,沧海桑田,延续的,唯有心胸中那股不变的浩然之气吧!

在克深 31 井,钻头已深入地下 7952 米,还将继续深入至 8115 米。带着地温的岩屑样品闪着暗色的金属光泽,按不同深度摆在小木格子里,油味依稀,陌生又新鲜。经施工队允许,我捏了几粒来自地下 7952 米深的岩屑，用废图纸包好，留作纪念。前几天参观深地塔科 1 井时，小说家荆歌捡拾了一小块来自地下 5856 米深的小石子，并拍照在朋友圈发文说，"带回家镶金当个挂件"。地下究竟埋藏着多少秘密，这或许已经不是一个秘密。我们难道不应该与土地息息相通吗？毕竟，我们自己也终将是泥土的一部分。

工程师拿出一卷随钻地质录井剖面图，令我吃惊的是，这是一卷全手绘剖面图。图纸是一截一截粘贴接续起来的，接口细致，展开大约有 16 米长，1 厘米代表 5 米的深度。且随着钻井深度的不断增加，手绘图也将继续延长。我仔细观察图上的各种数据：钻时、岩性、气测显示、井身结构、伽马、电阻率、声波录井剖面、全烃、c_1……对我来说，这些陌生的专业术语因这卷手绘图而有了温度。

工程师说，如今只有在塔里木油田的施工现场，才能见到手绘地质录井剖面图，这是塔里木油田的传统。这卷图纸并非一人所绘，而是多位工程师接续而成，但手写的字体、字号却像是出自一人之手，图纸的每个细节都浑然一体。

我后来在塔里木油田油气工程研究院看到过很多设计图，可没有一张是手绘的。在电脑绘图已十分成熟并完全普及的当下，为何在探井工地要手绘剖面图呢？

工程师说，电脑绘图打印出来尺寸小又不连续，现场实际用起来不方便，手绘剖面图不管是在桌子上还是在地下一展开，整体的趋势和规律看起来便一目了然。最重要的一点是，凡是新到工地的工程师，都要加入到手绘图的队伍，自己手绘的图，心里面比谁都有数，手绘的过程，也是加深数据印象、熟悉地下状况的过程。

我心里一热，是啊，手绘图带着手的温度，心的温度，当然是一卷倾入了感情的图纸。

小时候，我妈亲手给我织的毛衣，几十年了，我始终不舍得丢弃。凡是手工制作的物品，已不仅仅是物品了。在各项技术突飞猛进、凡事讲求效率的今天，手工行为本身已显得弥足珍贵。有时我们需要慢下来，才可以看到生活本真的模样。

手绘图最下方的一行小字，让我的心不由自主地动了一下。图纸来自辽宁的印刷厂。一卷手绘图，便一下子拉近了故乡与大漠数千公里的距离。又一个巧合吗？我再次想起了科塔萨尔的话，偶然只是尚未揭晓的必然。

之前在塔克拉玛干沙漠腹地，我们见到了一条由 10400 块钢板铺成的飞机跑道。长 800 米，宽 45 米。是二十世纪九十年代初塔里木油田为勘探开发塔克拉玛干沙漠油气资源，在沙漠中铺设的一条飞机跑道，成千上万吨油田设备器材源源不断地被运送到了大漠深处。

我想说的是，这条沙漠腹地的飞机跑道，正来自我现在工作的城市——丹东。当时，塔里木油田负责引进钢板跑道的刘翼，与当过抗美援朝飞行员的空军司令部司令王海，曾是在丹东工作时的战友。刘翼找到王海,空军司令部支援了三套跑道,分别在满西1井、塔中1井和塔中4井。我们见到的,就是塔4井的跑道。

  落日时分,我们终于到了天山脚下,这儿是天山南路支脉秋里塔格山,山脚下便是579国道,我们入住的克深公寓离最近的乡镇克孜尔乡铁提尔村近30公里,天山上流下的雪融水滋润了这里的土地,克孜尔河和卡苏拉河环绕下的草甸子绿植丰茂,骆驼成群。

选自《西部》2023年第6期

在普者黑看见一匹马

兴安

蒙古族，作家、水墨艺术家、编审，北京作家协会理事。出版散文集《伴酒一生》《在碎片中寻找》及评论近百万字。举办过多次个人水墨艺术展。曾获北京文艺评论2022年度优秀评论奖。

马在蒙古人的心目中，就是家庭成员之一，是不会说话的亲人。这句话道出了蒙古人与马的关系。

我虽然生长在城市，但对马的感情似乎是与生俱来。那个年代，马车或者牧民骑马，还被允许走在我们那个小城的马路上。看着酒后的牧民歪坐在马背上打盹儿，随着马蹄踩踏石子路的声音，前后摇摆，我会"咯咯"地笑出声来。让我记忆深刻的是马的眼睛，在"蒙古五畜"中，马的眼睛是最接近人的眼睛的，羊的眼睛过于含混，牛的眼睛过于呆滞，骆驼的眼睛过于缥缈。只有马的眼睛，让人感到亲近、熟识和生动，就像是蒙古女人的眼睛，充满了温情和善意。我当时看到那匹马的时候，发现它的眼睛像极了我在西索木草原上的一个姐姐的眼睛。这只眼睛深深地印在了我的脑海，伴随着我进入了当晚的睡梦中。后来我把我的这一发现告诉了那个姐姐，她神秘地言道："马的眼睛就是人的眼睛变的，小心呦，少看它，它会让人上瘾的。"她的话果然没错，我之后多次被马的眼神吸引，并且不自觉地长时间驻足观看。其中一次是在鄂尔多斯的苏泊罕草原，同行的朋友都在屋里喝奶茶吃羊肉，我一个人跑出来，来到一匹被拴在木桩上的马的跟前，看了许久。马都有些害羞了，不停地绕着桩子转圈，逃避着我，我则一直跟随它，盯着它的眼睛，当然也包括它的臀部、四肢、马鬃和马尾。我后来用水墨画马，用心最多的就是画马的眼睛，眼睛画好了，整个马的气象也就呼之欲出。

不久前，我在云南文山县（现为文山市）的普者黑[①]，一个彝族山寨，看见了一匹马。那天早上，我吃了早餐，一个人在村子里闲逛。这是一座经过旅游开发的山寨，时尚民宿与古老的房舍并存，彼此相连，新与旧，现代与传统，在这里得到巧妙的融合。寨子被水塘三面环绕，水中绽放着无数株鲜艳的荷花。四周没有人，水雾飘浮，仿若仙境。我走着走着感觉像走进了《桃花源记》，迷失了方向。我恍惚拐进了一条小巷。小雨刚过，巷中空无一人，除了远处传来的鸟鸣，一片寂静。冷不丁，在我前方的一个窗洞里伸出了一只马头。马向外拉伸着脖子，眼眸盯着我，像是一种召唤。我赶忙迎过去。这是一匹北方马，不是云南的"滇马"，颜色接近棕红色，虽不如西洋马高大，但是很结实，头颅健硕，胸宽鬃长。这一系列特征，尤其是它的眼睛，告诉我这是一匹蒙古马，而且应该是一匹漂亮的科尔沁蒙古马，因为在那熟悉的眼眸中我又看到了那位姐姐的眼神。我的心头一热，感觉在遥远的异乡见到了久违的亲人。在内蒙古草原上，马几乎是半野生状态，马群撒出去几天甚至一个月也不用管，它们成群结队，自由地游荡在草原上，觅食撒欢，即使在白雪皑皑的严冬，它们也会用蹄子刨开厚雪，吃上被雪滋润的枯草。如果遇到狼的袭击，它们会用坚硬的蹄子，将狼的脑壳踢碎。而眼前的这匹蒙古马，却被关在空间窄小的楼洞里，只能从窗口伸出脑袋，呼吸新鲜的空气。窗洞原本是一个窗户，被主人卸掉了窗框，为了防止马越窗而出，窗沿还摞了几层青砖，马只能下颌抵在青砖上，翕动着鼻翼向外张望。我有些心酸，想象它如何从几千里之外的草原，背井离乡来到这里。它的心境如何？它想念不想念它的故乡？那渴望的眼神，明明是希望有人将它解救出来。可是我只能呆呆地看着它，看着旁边大门上的锁头，无能为力。马似乎觉察了我的怯懦，无望地缩回头，转过身，咀嚼起马槽里的草料，将浑圆的臀部朝向我，浓密的马尾向我怄气似的甩动两下。可是，它一边吃着草料，一边还转过头，偷偷地瞄我一眼。那眼神在黑暗中只是微弱的一闪，只有我能觉察到。

  雨又下起来了。我准备离开，嘴里本能地冒出了一句告别的蒙古语"拜日泰"。可是当我走出差不多十米远的时候，突然听见身后一阵响鼻。我回过头，只见那匹马伸长了脖子，张开鼻孔，睁着溜圆的眼珠望着我。我急忙回身又来到它的面前。马见我回来，几乎将整个脖子伸出窗外，张开黑黝黝的鼻孔翕动着，喘着粗气，然后又深深地打了两个响鼻。我伸出手，试图抚摸它的前额，可是它下意识地躲开，用那只没被鬃发遮住的眼睛，哀怨地看着我。此时那只眼睛，比刚才更亮，也更湿润和晶莹。我的眼睛也开始潮湿了，我捋了捋它的鬃发，感觉鬃丝很涩，油腻腻的，已经粘连成一片，就像是很久很久没有洗头的流浪汉。它晃动了几下耳朵，侧过身去。它大概是想让我给它捋一下整个马鬃，或者抚摸一下它的腰背。但是，隔着窗洞，我无法伸过手去，这时，我看见它的背部，一直到两边的肚子上，有两条很深的疤痕，这是长期驾辕拉车留下的印记。

雨下大了，我的衣服已经湿透，我不得不离开。趁它还没回过身，我悄悄地挪动脚步，但我的头侧着，用眼睛的余光观察那个窗洞。马的听觉是非常灵敏的，它能觉察任何风吹草动。我隐约看见它又伸出了头，和刚才一样的姿势，张大鼻孔，溜圆的眼珠望着我。我没停下脚步，拐进了一家烟酒小店。老板娘是一位彝族中年妇女，肤色黝黑，面容俊秀，目光明亮而热情。我买了一包香烟，然后向她打探那匹马的情况。老板娘告诉我，这匹马被主人买来已经很久了，具体多少年，她也记不清了，主要是用来拉花车的，就是那种旅游马车。可是这两年因为疫情，来这里旅游的人少了，所以马几乎天天被关在屋子里。我问：主人不常领它出来遛遛，或者代步骑行吗？在来这里之前，我查过资料，彝族人在历史上与马的关系，和蒙古人有很多相近之处，彝族谚语里就有"上山赶牛群为乐，出门骑骏马为荣"的句子。他们从小就练习骑马，每年都要举办火把节和赛马会。而且他们制作黑漆马鞍的技术也非常独到。刚到文山的时候，接待我们的天保出入境边防检查站的陈警官，他的老家就是普者黑。他向我介绍了家乡的草马节。每年的农历八九月的属马日，村里的每一家人都要用茅草扎一匹马，摆在村口，以此祭奠祖先神灵。可老板娘的回答让我有些失落。她说现在我们这里的人很少骑马了，家家都有摩托，或者汽车，如果不搞旅游花车，马真是一点儿用处也没有了。我沮丧地告别老板娘，感觉她说的马的遭遇就像是在说我自己一样难以接受。我这几年画马，对马的历史、形态和现状都有过研究。我喜欢画非常态的马，奔跑中的马我画得很少，一个原因是这种姿态的马已经被前人画得太多了，没了新意，也没有挑战性；另一个原因是我发现，马其实更多的时间是静态的，或在低头吃草，或在河边饮水，或者缓步行走。还有我喜欢卧马，尤其喜欢在草地上打滚的马，这是马最自在、最生动，也最难把握的姿态，古人称之为"滚尘"，我觉得特别有境界，它隐喻了中国文人蔑视权贵和世俗的性情，也表达了他们追求自由和洁身自好的理想。古希腊的色诺芬说过："马是一种美妙的生物。只要它展示出自己的光彩，人们就会目不转睛而不知疲累地看着它。"这句话契合了我对马的偏爱。但这句话是两千年前的古人说的，它在今天还有意义吗？有人曾预言，二十世纪是马的最后一个世纪。这是基于现代工业革命后，机器代替了马的很多功用，马的速度和高效的优势失去了，人与马的相互依存的共同体关系开始分离。马成了社会和历史进程中的"失败者"，就像文学史上的"多余人"一样，这是马这个物种的悲剧。但是，我还是要重复我在《风鬣霜蹄马王出》一文所引用的意大利人费班尼斯的话：既然我们已经不再需要马来确保我们的日常生存需要，那我们就去爱它们，了解它们。

临走，老板娘告诉我："明天是我们彝族一年一度的草马节，一定有不少游客会来，这匹马该派上用场了。"我有点儿半信半疑。在走出小店的时候，我向不远处的窗洞看过去。窗洞空空，马再没有露头，但我隐约听见马蹄刨地的声响。

　　第二天，我早早就来到村口，看着村民们将扎好的草马有序地立在路边的草丛里。草马的背部驮着用瓜叶做成的马箩，里面撒了灶火灰和野草籽。马身上插满了五颜六色的野花，有个头大的草马身上还插上了荷花和莲蓬。村民们互相打着招呼，比试着各自扎草马的手艺，昨天还寂静的普者黑终于人声鼎沸起来。小孩子们淘气地在草马之间穿梭、奔跑、嬉闹，有的还想趁机骑在草马上，被大人嗔怪后跳开。我心不在焉地浏览了一圈儿这些草马，不得不赞叹这些村民的巧手和想象力，但是我更想看到真实的马——那匹被关在楼洞里的马。我站在路边，期待着马拉花车的到来。不一会儿，前方一阵喧哗，接着是一阵吆喝和马蹄声，我挤过人群看去，原来是一匹黄栗色的矮脚马，也就是我前面提到的滇马，拉的车是双轮马车，车上坐了五六个游客，车棚的顶部缀满了五颜六色的野花。这就是普者黑山寨远近闻名的旅游花车。我没画过黄栗色的马，这种颜色的马不多见，在内蒙古草原也偶尔才能见到。蒙古民歌中有很多关于马的歌，但多半是白马、枣骝马或者黑骏马，我记得有一首《扎鬃花的黄马》中唱道："扎鬃花的黄毛马，缓缓迎面跑过来，呀——嗬咿。瓷碗美酒要斟满哟，欢聚赞歌唱起来，嗬咿。"这是一曲长调，在我几年前的画展闭幕式上，蒙古长调传承人乌仁其木格曾经现场唱过这首歌，歌词也只有用蒙古语唱才能品出它的韵味。眼前这匹栗色矮脚马让我想起了这首民歌，但是我有些不解，这匹马的鬃毛为什么被剪得整整齐齐，连刘海都是平的，像一匹骡子，没有了野性，甚至还有点儿滑稽。正在这时，前方一片喧哗，人群两面散开，站在路边翘首张望。只见一匹高大的红棕马，扬着长长的黑色鬃发，缓步而来。最夺目的是马颈下的圆球形的红缨和胸前的金黄色的套包，在阳光下熠熠生辉。这种装饰和红色、金黄色的颜色对比，我以前只在唐代的绘画中见过。套包是马驾车的实用配件，有固定车辕的作用，而红缨在古代绝对是身份尊贵的象征，唐代人为它起了一个奇怪的名称"踢胸"[②]。红棕马步伐迈得很大，速度也不快，仿佛就是为了让两边的人检阅、拍照，甚至欢呼。我终于认出来了，它就是我昨天还为之牵肠挂肚的那匹蒙古马。它似乎也在人群中看见了我，头稍稍往我的方向侧偏了一下，溜圆的眼珠看了我一眼，打了两声响鼻，一晃而过。我看到了它身后的四轮马车，还有坐在车内招手欢笑的人们。这真是一辆我在国内见过的最漂亮的花车之一，辕和车厢全部由金属制成，包括车轮的钢圈都被主人涂上金黄色，上面还绘着吉祥花纹，车棚是翠绿色，里外都挂满了粉红色的鲜花，花瓣还有绿叶映衬。花车匆匆而过，可我的脑海中依然闪现着那匹马的光彩和豪迈。在它的眼神中，我看到了自信和骄傲，而昨天窗洞中的哀怨和孤独，已经一扫而光。这一刻，我感到释然。马作为被人类驯化最晚的一种牲畜（牛被驯化差不多在 9000 年前，羊大约1万年前），伴随我们已经6000年。专家曾对比马与牛羊的饮食和消化系统的差异，还有身体构造及生活方式的优势，确定了它与人类一样具有很强的适应能力。艺术理论家阿尔布莱希特·萨弗尔在《雕塑艺术：骏马和骑手的形象呈现》一书中写道："在所有的动物中，只有马有着悲伤的外表。"而"马之所以悲伤，是因为它不得不放弃了它自己的意志和自由。"萨弗尔对比了狗的驯化经验，虽然狗也同样没有了意志和自由，但是它对此完全没有感知，它心甘情愿地为主人效劳。相反马是清醒的，天性想让它无拘无束、自由自在，但是宿命又让它囚禁在永恒的奴役之中，无休止地听从于人类的支配，这种状态颇似阿尔贝·加缪解读的古希腊神话中的西西弗斯。假如西西弗斯每次推巨石到山顶之后就会失忆，忘记巨石将滚落下来，那么每一次推巨石对他来说都是第一次，这就变得毫无悲剧可言了。而在马的存在中，叛逆、对自由的坚持和逃脱的欲望已经失去可能性，只能成为一种遥远的记忆，或者命运轮回。这种悲剧的循环比我前面说到的马在现代历史中的退出和被抛弃，更具有存在意义上的悲剧性。科学家弗雷德·科特莱尔在《能量与社会》一书中提出了"能量转换器"的理论，他认为，马天生就是能量转换器，它吸收植物中所储存的能量，然后将其转化成为动能（奔跑、牵引、驮载），为人类所用——这确实是个有趣味的观点。而从自然和生态主义者的角度，我忽然感觉现代社会人与马的分离，不光促成了农耕社会占主导地位的旧世界的终结，同时客观上也开启了新世界全球性的生态危机的魔瓶。从这个立场，我想到了马与自然和生态的关系，作为"能量转换器"，作为动物界的素食主义者，马同样也是环保主义者。它吃的是牧草，而牧草是可再生资源，但是现代工业革命以来的所有机器和动力机械，无一不消耗着我们地球上有限的不可再生的资源。这当然是我关于自然与生态主义理念的一个遐想，但由此我更进一步地理解了马在人类历史进程中的象征性价值。

回到北京已经两个月了。普者黑的那匹红棕马一直占据着我的记忆，挥之不去。逐渐地，它已幻化成为两个影像，一个是从黑暗的窗洞里伸长了脖颈，眼眸哀怨忧伤；一个是高昂着头颅奔走，气宇轩昂。我无法确定哪一个才是真实的它，但直觉告诉我，我与那个眼眸哀怨且忧伤的它在情感上更能惺惺相惜。于是，我把它画了出来。

①普者黑：彝族语为盛满鱼虾的湖泊。

②中国古代的一种马饰,表示马主人的尊贵。古语有"所骑之马悬踢胸者贵"一说。

选自《散文海外版》2023年第2期

微尘大地

凌仕江

中国作家协会会员,国家一级作家,四川省作家协会全委会委员。有多篇作品被收入多省市中、高考语文试卷及大中小学语文教材。曾获第四届冰心散文奖第六届老舍散文奖、第十届四川文学奖。

蝉自故乡来

背着故乡上路的人，身上总脱不掉一枚"蝉"的胎记。

蝉是年少无知的玩伴，是我进入青春期之前，喉结喑哑的妙音伴随。喑哑是同频共振的忐忑和狂喜，是渴望理想长大，幻想独自远走高飞的呐喊和隐喻。这时，山坡上顶着天空的玉米，正在阳光下以秒为计时单位的速度撒金、扬花、结穗，大豆、高粱也在争先恐后地看谁最快滚进农家晒坝，而多声部的蝉已集结绕过炊烟的痕迹，攀缘到高高的槐树和苦楝树之上。它们一个个"这树望着那树高"地唱个没完没了。以我现在的审美能力，绝不吝惜将"唱诗班"的美名，赋予蝉的抒情与咏叹；它们唱完了被风吹过的初夏，接着又唱传说老虎要被晒死的伏天，声声悲秋，却不肯罢休。

这让路边无人问津的桉树情何以堪？

桉树抖落一身风尘，最终还是沉住气，决定对蝉一言不发。桉树有的是温柔的耐心，面对一只白蚁钻进自己的皮肤，桉树依然保持一脸慈悲的微笑。桉树知道所有树木都是生灵的依靠，蝉不要命地吹响冲锋的号角，是为了早一天带着成熟的灵魂，抵达风调雨顺的家园。在一棵露水草的认知里，不是每种树都招惹蝉，蝉愿意到哪种树上歌唱是蝉的选择，与树无关。

忆念中的蝉，总是在晌午成堆地扎在村人赶场经过的那棵苦楝树上。有时，一个村人经过开满紫花朵朵的苦楝树下，蝉会突然关闭高音喇叭，顿挫地将频道扭到低音部位置，试探人的危险系数；若是一伙路人嘻嘻哈哈经过树下，蝉就加大音频震慑人间，这时它们对人的反击不顾一切，玩了命的火力全开，齐声高唱，让声势浩大的喧嚣盖过人声鼎沸。

午后，晒坝里的粮食烫脚板心，打瞌睡的大人们停下手中翻转粮食的推耙，窝在屋檐下的竹板躺椅里，将蒲扇摇个不停，而我的兴趣早被嘶嘶蝉鸣带走。于是，轻手轻脚地避开大人们半睁半眯的眼睛，悄悄地从丝瓜藤栅栏里抽一个长竹竿，再抓一根父亲的竹篾条，两头网一个球拍，插入竿尖，兴高采烈地跑到柴房的亮瓦下网蜘蛛网。若发现球拍上的网还有漏洞，就从竹林遮盖的后屋檐再网一些蜘蛛网，直到一张缜密的网完美无缺，我便卷起裤管，戴上草帽，光着脚丫，踩过铺满金黄稻谷的田埂，用仰望的方式抵达那棵蝉歌声声的苦楝树下。

蝉们似乎已远远闻到我身体的气息，歌唱戛然而止。我只好蹲在离蝉身后几米的红苕堆里，待它们重又忘乎所以歌唱的时候，才探出头，缓慢地移动身子，瞅准蝉密集的树枝，伸出网拍猛地一戳——蝉必定挣扎，它越是挣扎，翼越是容易被蛛胶粘紧。蝉在胡乱翻身，蝉丧失平衡地扑颤着，蝉甚至已失去理智，蝉在惊天动地地哀叫，蝉向世间万物发出求救的信号，蝉用尽全力从肛门喷射出一股水状的雾，却依然脱不开身。

我喜出望外地收回颤抖的竿，心花怒放地从网拍上取下一只只蝉，像是从树上摘得一粒粒饱满的苦楝子，它们全被两个裤袋满满收容。

此时，蝉们的高音喇叭像是关不住的破音响，一声高过一声，一浪盖过一浪，如同一部绝唱的史诗，从一个少年身体的某个器官发出，响彻大人们惊恐万状的眼窝里。大人们将我团团围住，要我把蝉交出来，他们将蝉抛在火堆里烧得吱吱作响，发出甘美异常的味道，然后唤来自家尿床的孩子吃香喷喷的蝉，说这是治病的良方。我把剩下的蝉默默地装进透明的玻璃瓶中，偶尔捉一只出来，用母亲缝补衣服的毛兰线，牵着蝉的手，在土木窗前看袅袅炊烟和云卷云舒。

....

离开故乡几十年之后，蝉与我似乎都成了故乡遗忘的"胎记"。我不知虎榜山下是否还有像我一样恋蝉的孩子。出门在外的世界，瘦小的记忆早已被旧人闯过的大江大河，马不停蹄地覆盖。生命的流程如同一往无前的流水，挡不住，收不回。雪线，带来了塔黄圣洁的气息；雪山，奔袭着鹰的诡异与张狂；雪地，冬虫把安全的梦托给追逐夏草的斑羚，于是心领神会的斑羚便将挖虫草的人，引到山的那一边。河流，送走了一滴水的梦想，却覆盖不了一块石头原地不动的惦记；而城池里车水马龙的日常风景，周而复始地覆盖着暂居者过往的一切，边地百年老树上的乌鸦，把黄昏撕碎了唱给斜阳的虚情假意，被红尘碾得粉碎。

停在岁月枝头的蝉，不经意被一个回不去故乡的人，淡忘得一干二净。

然而,辛丑年立秋后的一个黄昏,我在藏朵舍工作室却被一只蝉给深深地吸引了。玻璃窗前的华灯渐渐初上,在开放式的厨房里,我慢悠悠地张罗着一个人的晚餐,忽然大阳台上传来几声亲昵的蝉声,像是谁猛然扭开了那台滞留在博古架上的半导体收音机。我转头一看,纱窗青丝密缝地关着,这十五层的高楼,蝉怎有力气和勇气飞得上来?可想到大阳台上花草植物弥漫的清香,也就不难理解蝉的奋起直追了。又想:蝉是否像某些人一样恐热?是不是藏朵舍的中央空调引得蝉来乘凉?但这个愚蠢的想法,很快被故乡正午阳光下巨响的蝉鸣打了一记响亮的耳光。当眼睛直视着阳台角落那株快要伸到屋顶的鹅掌柴,和那一株伞形的平安树,以及电脑旁天天泛绿的琴月榕,我想若有一只蝉附在树身上,不正是一种相得益彰的美吗?于是我便从厨房走到了大阳台。

蝉正死心塌地趴在纱窗上。

从蝉时不时发出的"嗯"声里,不难猜想它的愿望,一定是想进入藏朵舍,与平安树、鹅掌柴、琴月榕做伴吧。习惯了独处的我,当然无怨无悔地接纳这诗意的恩赐,接受蝉意的布施和蝉灵隐秘的感召,可转念一想:这只蝉若是进了藏朵舍,不分白天黑夜的蝉鸣,吵着邻居们怎么办?于是只好收敛对它的热情。

可它果真是一只通灵的蝉,在我转身朝厨房走去时,它又开始了蝉鸣嗤嗤。似乎是在恳请我为它打开纱窗，可我不知道它从哪里来。它整体黑色的身子，如一具小小的航母被长长的翅膀笼盖。那透明的翅膀，如森林里风化成翼的树叶，纹理唯美，清晰可辨，仿佛夹在古书里的两枚会飞的书签；背脊凸出的黑壳似一块黑得发亮的煤。除了黑，它的腹部还有几丝血褐色的光泽。它在纱窗上冥思苦想：如何才能突围进入神秘的藏朵舍？我不假思索伸出手去推窗，我以为它吃尽苦头飞抵窗前，完全会听从我的摆布。我一心想帮它实现梦想，让它进入一个奇幻的世界，随意选择它钟爱的花树攀缘，可是它没有，在我的指尖快要触及它身体的时候，它忽然扇动翅翼扬长而去，一点儿商量的余地也没有。

我的心猛烈地颤抖了一下，随着它极速的影子垂直而下，仿佛一块琥珀玉石从十五楼高空坠落大地。背后有万箭穿心的疼痛，眼前是山呼海啸的悲壮；我看见一个历尽千难万险的攀登者，为了见识高空世界里的三棵树，一路翻山越岭却无心看风景，它身子小小却背负着极端的探险精神。我不知高楼之下迎接它的是风情万种的银杏，还是铁石心肠的水泥地；是绵柔的海水，还是汹涌的火焰。停下手中切割的比萨，我满脑子都是疑问。

原以为它会回来，可是它没有。

一只一去不回的蝉，与一个人久别的故乡有着怎样的关系？说有关系一定也有，说没关系也没什么不可以。可我宁愿相信，这只蝉来自久违的故乡，它带着"莫问故乡秋光好"的安慰探访故人，然后迅即提着易碎的灯笼昼夜返回故乡。它停在纱窗上的几次鸣叫，是否可以翻译成这样的句子——

你不能眷恋高处的寒，

你是有故乡的人，

你的尘在大地上。

我不知这只蝉是不是年少玩伴的那些蝉的化身。不管它是与不是，我想作为蝉的叙述者，都有必要在本文里给蝉一个郑重道歉——其实，这也是我对故乡的歉意，毕竟离乡越久的人，知晓故乡事已越来越少；为自然季节和游子思乡传递消息的蝉，本应获得人类至高无上的敬畏，却不幸任随人捉来吃喝玩弄。之于旧年蝉事，我试图有一天能将蝉心刻在苦楝树上，作为出走一代供奉精神故乡的图谱，这童年的苦蝉游戏，值得我如此忏悔。

此刻，它的触角与轮廓已被我手中的小毛笔勾勒在清新的宣纸上；它灵敏的眼睛正对视着我沉默的眼眸，但它背上的黑壳和它发声的机器，始终让我的愚笨难以企及，我在白石老人的蝉世界里反复琢磨，真是赏蝉容易画蝉难。后来，看过不少画家大同小异的蝉，唯发现蝉音最难捕捉。在单调而贫乏的日子里，常常坐于案几，手握狼毫发呆，想着那一片我尚未描摹出的蝉音，手中就像捡到了一块发亮的煤，它足以照亮归乡者的万水千山！

与蛙共鸣的人

写作或过日子,嫁祸乡愁,的确是矛盾又痛苦的奢侈品。

作家阎连科说,拥有乡愁的人,对于写作是一笔财富。然而过日子,人们宁可要铺盖面填满碗缺口,也不愿接受肥得流油的乡愁泡沫,或瘦得长包的精神肿瘤。

当蛙鸣在夏日住进耳蜗的时候,我已在别人的城市生起乡愁。不只是这一年,而是年复一年的盛大夏日,我都在绕不过的高楼大厦与生长不完的社区林荫潭水角落,向清脆悦耳的蛙鸣致歉。因为我至今也没听懂蛙声一片,尽管稻花香里的丰年住着我的亲人。很难排除多年以前那个叫辛弃疾的乡愁主义者,他伙同无所事事的文人墨客聆听蛙鸣,并且把蛙鸣种进唐诗宋词,从而影响了后来不少追梦流离失所的人对蛙鸣的误解。从某种意义上讲,我和蛙都是城市的寄居者。

蛙和我出自同一片田野,我家就在蛙的岸上住。

在浩大的城市里,没有一个我的原住民亲戚。蛙鸣的出现,在许多写作者大惊小怪的笔下,都是不合时宜的兴奋剂。在他们发达的想象意识里,蛙鸣同蚊虫一样,只属于稻田、水塘、沼泽、草棵、粪坑、芦苇、菜畦这些与城市格格不入的乡野范畴。

其实,在城市里听蛙鸣,早已不是什么奇闻,也算不上什么诗意的命题,我想我应该尽量回到平常的叙事状态。蛙不过是人类生活不请自来的参与者,它以旁观者的身份,见证了城乡抱团取暖的胴体亲密相拥的实事,它让倦了累了的飞鸟,可以真正舒下心来,接纳一个金贵的"静"字慢慢抚摸。习惯枕着蛙鸣入梦的人,更能真切体味心静自然凉、褪去浮世见天然的自在。毕竟我们理想的城市生活,已从世界现代田园城市,跨越到美丽宜居的公园城市,这里面当然少不了青山绿水的养德泽福,人类栖息美学价值的追求,以文化人和绿色低碳的健康体系检测标准。我想,有蛙鸣相伴的城市,实在是生态发达与人共情的家园向往所需。

无聊雨天,在有伞不愿打的天空下,一个人总会止不住地产生欲念,要是这城市有我的亲戚,该出现多么恰当又放松的理由——这样我就有温暖的去处。可遗憾的是没有。徘徊在十字街头,无论雨下多大,怎么扳着指头细数,脑海呈现的大多数皆是不值得打扰的熟悉的陌生人。

因为蛙鸣"豉豉""呱呱""踽踽"的牵引,我必须利用失眠的夜晚,扯出大片大片的乡野生活,像遮羞布那样盖住现代文明城市激荡人心之后的空空如也。

茫茫幻幻汹涌的空。

科技闪烁迷离的空。

邻居多年却不知对方姓氏的空。

这满城繁华的"空",如同空气里大面积的虚,看不见,也抓不住。而地面上出现残局般的坑,与空刚好形成对应。坑比空更为丢人现眼。有的坑，像城市撕裂的一道伤口，不知在原地躺了多少年，也无人去填。它被绿色防护网和一些挡板屏障遮掩着，可它们终究未能遮住城市长满蜘蛛网的瑕疵部落。每次路过，我都会伸长脖子，去看看那坑到底有多深。我以为我可以看见蛙的身影，可我看见的只是坑的贪欲——它的野心远不止深造海市蜃楼。有人说，挖坑老板，卷走城市的钱，早已远渡重洋。又有人说，那人已被秘密捉进另一个"坑"里，出不来了。每座城，或多或少都能发现一些岁月无法尘封的坑，它们是城市关节容易生锈的缺口，也是经济断裂带的纠纷和物证，它们需要大量人工和无限量的物质去填补，最终它们还要成为钢筋水泥的产物，然后成为包罗万象的大厦、商场、住宅、超市。它们的高高在上让不知"坑"历史的人去仰望。

历史的"坑"被高楼填满，看不见历史的高楼，如同看不见的城市。没有乡野生活经验的人，不足以体味身处泥泞，仍能遥看满山花开。身居乡野的人，从不拿蛙鸣当谈资，那不过是日不落的农人生活可有可无的轻音乐伴奏。好比暂居城市的人，不知季节变化，也不知眼皮子底下的高楼，早已疯长出"翅膀""眼睛""大脚"，还有植入长空的"天线宝宝"。即使真正的城里人，也不大理会蛙鸣的造访，但凡从乡村奋进城市的人，还能被一缕蛙鸣牵扯神经。

十七岁之前，我的乡野生活已告人生段落。从他乡辗转城市，于我来讲，绝不亚于一个人的长征，"哒哒"的马蹄经过雪山、草地，绕过红尘，好像时光剜了人几眼，便是几十年。直到有一天，月光与蛙鸣在耳边同时升起，循声望去，我这才如梦初醒般地停下来，揉揉眼，开始审视周遭的生活。

究竟我身在何处？每天目及之处，围城的高楼如马赛克般密密麻麻，外部看不见的建筑还在不断扩张延伸，内部地下的铁轨一条条像蛇一样潜伏，不时宣告苏醒启程，一条条绿道已连接到居民楼下，越来越多的健身运动场，不再让人产生走不出围城的捆绑感，也无须刻意去远远的郊外，陪蛙鸣看星空。

忽然之间，这城市似乎能聆听蛙鸣的地方不觉多了起来，除了居住的社区院落，上班的园林式办公区，再远一点儿的三圣乡荷塘月色，更是聆听蛙鸣的好去处，它们或多或少填补了城市之心的空。因对蛙鸣的敬畏，今年六月的某一天，我专程驾车来到荷塘月色。可眼前的荷塘，早已不再是十年前人山人海的赏荷之地，它几近成了一片废弃的荒野和沼泽。有垂钓者带上先进装备，强制突围禁区开始对鱼儿诱导。几只残肢断腿的狗，坐在路边的苹果树下，望着路人半天挤不出一滴泪花。许多路径都被石头和木板做了禁止通行的告示。如此境地，让人唏嘘，甚至震惊，昔日标榜五朵金花的城市示范休闲地，不知何时已夭折一片。好在，蛙鸣并没有缺席。地面上随处疯长的野花，平添了几分自然的野趣。几只活脱脱的蛙，站在露珠晶莹的荷叶上，与稀落人群中的我悄悄对视，它的表情像是有话一定要说。不虚此行的我，从水边带走几株凤眼莲，种进工作室的水缸。

我陪着它盛开，它陪着我怀念一个淡出记忆的地名。

原来，我并未走出故乡多远，原来这乡村的景致，一路都在跟随我的行程演变。只是城市膨胀太快，让我们无法停下脚步，静下心来聆听自然的赋予。只不过乡村田埂里的蛙鸣"大合唱"和"交响乐"，已变成穿过城市亭台楼廊、小河流的长吁短叹，有公园的地方就有水和草，大自然里的好声音变了，蛙鸣出场方式也多了自由的选择。只不过我们眼前少了几个提着蛇皮口袋、手持长杆挑逗青蛙的孩童。那时我们不仅把那翠绿披肩、白色肚皮、鼓起两只眼睛、张大嘴"呱呱"乱叫的可爱之物叫青蛙，也把那一身泥色、体积略小于青蛙一半的同类叫黄鬼。青蛙与黄鬼，它们掩身的方式各有优势，青草植物很容易与青蛙混淆一色，而黄鬼则借助大地颜色，让人难以觉察它的存在。青蛙的歌声果敢明亮，很多时候，仔细聆听得到的答案是——胡豆果果。父辈对此的答复千真万确，他们说蛙声的大小，牵涉着这年胡豆果果的收成。黄鬼的声音则更加轻微、细嫩、隐秘，像是被水呛了鼻子发出的闷声，在万千夏虫拼命嘶喊的田野草棵中，它很久才发出一声呢喃，生怕暴露了自卑者的身份。

秋收后，田埂上的稻草人是蛙们最爱的栖居依靠。因为拮据，久未打牙祭的农人，想出种种办法皆是蛙们的致命弱点——他们用手电光远远地照射蛙们的眼睛，让蛙们无处可逃。一只只蛙，束手就擒。一个夜晚的收获，便成了第二天饭桌上满满的一盆美味。

相对于孤独的庄稼汉捕杀生物的蛮横，城市反而成了蛙们寄居的安全之地。反之，为城市输送蛮横的往往又离不开乡村。城市的文明与丰富，让蛙们免去高效农药、化肥这些足以致命的东西，蛙们不再害怕找不到肉吃的人打它们的主意，进城的蛙们尽可以在城里选择与人共生共鸣的恰当居所，只要蛙们的声音不足以扰民，那何不同城共美呢？

人生至此，世间最动情处，于我不再是人与人的相遇，而是人与野趣的重逢。

但遗憾的是，不是每个人都能尊重一只蛙的生活习性。

无意中，发现网上一则报道，某社区有位年轻人，嫌居住环境里的蛙鸣太吵，影响了他的睡眠，一纸诉状将物业公司告上法庭，并要求物业公司将小区一池清潭填平。几经周折，后来的结局，清潭倒是没有被填平，但蛙鸣通过各种人工和科技办法的整治，确实减去不少。据走访调查，那个小区的多数人还是乐意与蛙共鸣，抗拒蛙鸣者只是少数。

在这之前，有位居住城中别墅的兄长，久未联系却突然驾车来接我。原以为对方有急火火的紧要事，结果得知他干了一件蛙事。缘由是他靠水而居的后窗，夜夜都有蛙鸣高一声、低一声、紧一声、慢一声，抑扬顿挫像是乡下来的亲戚找他唠家常。比起那位状告物业公司的年轻人，他的手法确实要稳妥、智慧得多。想必他的前世或祖辈，总有人抹不去乡野生活的痕迹。他懂得蛙是人类的益友。在一个黑漆漆的夜晚，他将蛙们统统请进一个口袋，然后开车将它们送至十里之外的公园湖泊。他边说，我边笑，他以为我发现了他的不妥，我半开玩笑道："你不怕它们原路返回吗？"我们促膝长谈的笑声，仿佛成了蛙的旁听。

一个风雨飘摇的周末，手上正捧读着莫言的《蛙》，朋友忽然来电，说他陪一位我认识的诗人，在离我住地不远的沙河边等我一起吃晚餐。到达地点，才发现那是一条骑自行车多次经过的大排档街，只是好久没有路过这地方，有时越熟悉的街，越不会在意街的名字。眼下家家吃烤鱼的场面，吸引着各等消费人群。其中川流不息的外来务工人群，甚是引人注目。他们三五扎堆，结伴成席，酣畅淋漓地喝歪嘴①和冰酒，十分洒脱。

年届七十的诗人，举杯与我同欢，他满脸红润的气色，尤其谈起诗来的激情四射，无不令人咋舌。因为多年不写诗的缘故，我心不在"诗"地把脸侧到一边，看那些工友之间的交谈，说来说去，其中几个居然是老乡。那个一直没有脱掉安全帽的女子说，家乡一起的有二十多人在这附近打工，一年回不了一两次家，反正田野里早就不种庄稼了。遇到生产队哪家红白喜事，统统通过微信转账。还有工友已经在大丰买了房子。都是一个地方出来的，大家有事无事就爱吼一声，聚在一起，喝上一杯，说说城里城外的事。说话中，她的眼神一亮说："你发现没得,这个有蛙声陪伴的城市,与我们乡下老家差别不是很大,至少它不会让你产生不习惯的想家感觉吧,这里的人不管你是哪里来的,都一样包容!"

诗人听了,昂起脖子饮尽一杯,豪爽地笑了。各路诗仙在这城里的踪迹,诗人无所不知。随便点一位,他都如数家珍。突然,诗人话锋一转,说自己有个心愿,有待明年才能实现了。我急着问:"啥心愿不能今年实现?"他摆摆手说:"不行,今年的荷花骨朵已经开完了。"我说:"应该没完,还有晚荷嘛。"他一直想邀一拨诗人,不分性别,不论大小,在城里选一个有河流的地方,大家席地而坐,把光脚丫放进水边,然后一人摘一朵荷花,把比月光更白的酒倒进花瓣里,听着蛙鸣,念着诗,各自一饮而尽。

我睁大眼睛,差点儿喜极而泣。这不正是我二十三岁写诗时的天真想法吗?为何多年以后,相遇在一个诗人的暮年里,才得以实现?这是艳遇,还是重逢?屋檐下,淅淅沥沥的雨滴,此时落在雨棚上发出笨重的弹跳声,不远处传来一片急速的蛙鸣,在亮光一片的晚景中,我从烟火人间中站起身,像是看见了从灯火中走来的亲戚,如蛙一样,愉快地同我生活在这里。

①歪嘴:一种白酒名称。

节选自《湘江文艺》2023年第2期